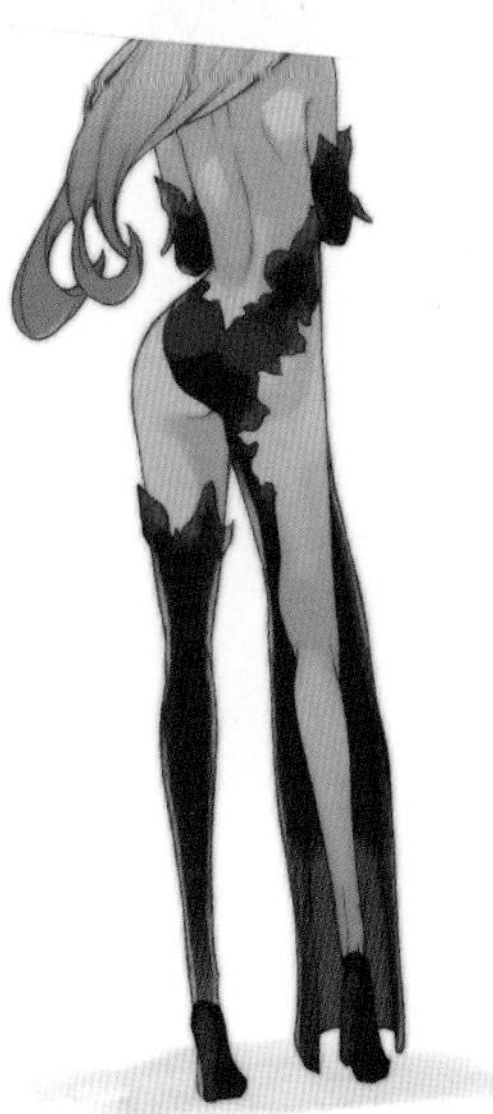

大森藤ノ
OMORI FUJINO

四章　忘れものたち 251
五章　彼女の世界の終わりに 307
Double Role 479

ダンジョンに出会いを求めるのは間違っているだろうか
17

ヘスティア
HESTIA

人間や亜人を越えた超越存在である、天界から降りてきた神様。ベルが所属する【ヘスティア・ファミリア】の主神。ベルのことが大好き！

ベル・クラネル
BELL CRANEL

本作品の主人公。祖父の教えから、「ダンジョンで素敵なヒロインと出会う」ことを夢見ている駆け出しの冒険者。【ヘスティア・ファミリア】所属。

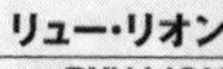

リュー・リオン
RYU LION

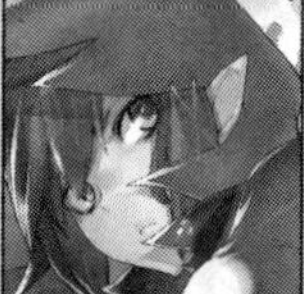

もと凄腕のエルフの冒険者。現在は酒場『豊穣の女主人』で店員として働いている。

アイズ・ヴァレンシュタイン
AIS WALLENSTEIN

美しさと強さを兼ね備える、オラリオ最強の女性冒険者。渾名は【剣姫】。ベルにとって憧れの存在。現在Lv.6。【ロキ・ファミリア】所属。

シル・フローヴァ
SYR FLOVER

酒場『豊穣の女主人』の店員。偶然の出会いからベルと仲良くなる。

フレイヤ
FREYA

【フレイヤ・ファミリア】の主神。神々の中で最も美しいといわれる『美の女神』。

オッタル
OTTARL

ファミリアの団長を務めるオラリオ最強の冒険者。猪人。

アスフィ・アル・アンドロメダ
ASUFI AL ANDROMEDA

様々なマジックアイテムを開発するアイテムメイカー。【ヘルメス・ファミリア】所属。

CHARACTER & STORY

迷宮都市オラリオ——『ダンジョン』と通称される壮大な地下迷宮を保有する巨大都市。冒険者志望の少年、ベル・クラネルはこの街で神ヘスティアと出会い、【ヘスティア・ファミリア】に入団する。憧れの【剣姫】アイズ・ヴァレンシュタインに認められようとダンジョン探索に明け暮れる中で、サポーターのリリや鍛冶師のヴェルフ、極東出身の命や狐人の春姫も同じファミリアの一員に。

酒場の少女シルに『女神祭』デートに誘われたベルは、そのエスコートの訓練と称したヘディンによって厳しいシゴキに晒される。

迎えた女神祭当日、叩き込まれた駆け引きでシルを翻弄するベルと、それを見守る仲間たち。それぞれの想いの行く末とは——。

リリルカ・アーデ　LILIRUCA ARDE

「サポーター」としてベルのパーティに参加しているパルゥム（小人族）の女の子。結構力持ち。

【ヘスティア・ファミリア】所属。

ヴェルフ・クロッゾ　WELF CROZZO

ベルのパーティに参加する鍛冶師の青年。ベルの装備《兎鎧（ピョンキチ）Mk= II》の制作者。

【ヘスティア・ファミリア】所属。

ヤマト・命　YAMATO MIKOTO

極東出身のヒューマン。一度囮にしてしまったベルに許されたことで恩義を感じている。

【ヘスティア・ファミリア】所属。

サンジョウノ・春姫　SANJONO HARUHIME

ベルと歓楽街で出会った極東出身の狐人（ルナール）。

【ヘスティア・ファミリア】所属。

エイナ・チュール　EINA TULLE

ダンジョンを運営・管理する「ギルド」所属の受付嬢兼アドバイザー。ベルと一緒に冒険者装備の買い物をするなど、公私ともに面倒を見ている。

ヘルメス　HERMES

【ヘルメス・ファミリア】主神。派閥の中で中立を気取る優男の神。フットワークが軽く、抜け目がない。誰からかベルを監視するよう依頼されている……？

アーニャ・フローメル　ANYA FROMEL

『豊穣の女主人』の店員。

少々アホな猫人（キャットピープル）。シルとリューの同僚。

クロエ・ロロ　CHLOE LOLO

『豊穣の女主人』の店員。

神々のような言動をする猫人（キャットピープル）。ベルの尻を付け狙う。

ルノア・ファウスト　LUNOR FAUST

『豊穣の女主人』の店員。

常識人と思いきや、物騒な一面を持つヒューマン。

ミア・グランド　MIA GRAND

酒場『豊穣の女主人』の店主。

ドワーフにもかかわらず高身長。冒険者が泣いて逃げ出すほどの力を持つ。

アレン・フローメル　ALLEN FROMEL

【フレイヤ・ファミリア】に所属するキャットピープル。Lv.6の第一級冒険者にして『都市最速』の異名を持つ。

アルフリッグ・ガリバー　ALFRIGG GULLIVER

小人族にしてLv.5に至った冒険者。四つ子の長男で、ドヴァリン、ベーリング、グレールの三人の弟がいる。

ヘグニ・ラグナール　HOGNI RAGNAR

ヘディンの宿敵でもある黒妖精（ダーク・エルフ）。
二つ名は【黒妖の魔剣（ダインスレイヴ）】
実は話すことが苦手……？

ヘディン・セルランド　HEDIN SELLAND

フレイヤも信を置く英明な魔法剣士。

二つ名は【白妖の魔杖（ヒルドスレイヴ）】

ヘルン　HELUN

フレイヤに忠誠を誓う女神の付き人。『名の無き女神の遣い（ネームレス）』の渾名で知られる。

ヘイズ・ベルベット　HEITH VELVET

【フレイヤ・ファミリア】に所属する有能な治療師。オッタルによくダメ出しをするらしい。

イラスト・デザイン
ヤスダスズヒト

♪プロローグ SUPER MARIO RPG

『ロール・プレイング』って知ってる?


役を演じる。あるいは役に成りきる。

想像し、夢想しては、自分ではない誰かとなって疑似体験をする。

ただし、神々の場合は、『疑似』と呼べるほど浅いものではないけれど。


最初は、ただの『遊び』だった。


他の神々がそうであるように、退屈に殺されかけていた私は、天界から下界に降りた。

世界を旅して。

【ファミリア】を作って。

オラリオに縛られることになって。

ダンジョンを攻略して。

そうして、下界の娯楽を一通り楽しんだ後、やっぱり飽きた。

私達を興奮させる『未知』は絶えず訪れるものじゃない。むしろ『既知』に変えれば変えるほど刺激は減り、無味と無臭の日々が増えていく。眷族の成長は嬉しいし、あの子達を愛おしむのは胸が満たされる。これは嘘(うそ)じゃない。けれど、私はいつの頃からか天界と同じように暇(ひま)を持てあますようになっていた。

だから、私は男神(ゼウス)達が行っていた『遊び(ゲーム)』に、ふと興味を覚えた。

それが『役割演技(ロール・プレイング)』。

一部の神々は『神威(しんい)』をゼロにできる。神たる証明を隠した彼等は下界の住人に成りすまし、市井(しせい)に溶け込んで、子供の一人として生活を営む。まさに役割(ロール)を自分に課して、神であることを忘れて下界を楽しもうというのだ。

子供達の生活(テーブル)を見下ろし、性格も声色(こわいろ)も変えて、他者(コマ)になりきる。

物好きね、と笑うのは簡単だったけれど、結局私は極(きわ)まる退屈に耐えかねて、その『遊び(ゲーム)』に興じることにした。

暇を潰(つぶ)すため、興味本位で私が選んだ役割(ロール)は『街娘』。

娘(ヘルン)からもらった『真名』と『経歴(データ)』があるから、ちょうどいいと思った。

あの娘(こ)が発現させた魔法【唯一の秘法(ヴァナ・セイズ)】。

あれには面白(おもしろ)い『副作用』があった。

神血(イコル)を媒介にして女神(わたし)と繋(つな)がり、神威(しんい)と結びつくことで、私が天界で使っていた『娘(むすめ)』の貌(かお)をも生み出したのだ。

天界では男神（ゼウス）も変身の名神（めいじん）。雄牛（おうし）や白鳥（はくちょう）、雨にさえ化ける。あのいけ好かない大神（オーディン）だってそう。神々の多くが百の貌（かお）を持っている。

私の『娘（むすめ）』もそれと同じだった。天界では群がってくる他の神々の目を欺（あざむ）くため、美の神（フレイヤ）ではなくなり神殿をよく抜け出していたものだ。

『神の力（アルカナム）』の規則（ルール）に抵触することなく『娘（むすめ）』になることができるようになった私は、笑った。

結ばれた誓約は娘（ヘルン）に『女神』を与え、こちらにも見返りを寄越したのだ。

げに恐ろしきは下界の『未知』。

娘（ヘルン）の『女神になりたい』という渇望（かつぼう）は、それ一点のみで言えば眷族達（オッタル）の意志をも上回る。

その力は神の召喚――いや『神を降ろす（セイズ）』を成し遂げたということ。あるいは、『女神（フレイヤ）』への渇望以外にも『幸福な娘（シル）』でいたかったという望みが多分に含まれていたのか。

何より、『真名』の交換は重要な意味を持つ。

名は体を表す。

ならば私が『娘（シル）』をもらった時点で娘（むすめ）の貌（かお）を取り戻すのは必然だったのかもしれない。

何にせよ、私は『役割演技（ロール・プレイング）』を行う上であらかじめ有利な『姿（まほう）』、あるいは『仮面（アイテム）』を持っていた。

そして私の『娘（シル）』が始まった。

私は以前から迫られていた眷族の【ファミリア】半脱退を認める代わりに、あの子の酒場で働くことにした。眷族はとても嫌そうな顔をしていたけれど。

神威を消し、私が『娘』でいる間、女神の雑事は全てヘルンに押し付けた。

ヘルンは秘法によって女神にも娘にもなれる。後者の姿を許したことは数える程度しかなかったけれど。

あの娘は感極まって女神の代替を全うした――面倒事なのに栄光のごとくハキハキと精力的にこなすあの娘の気持ちは、ええ、わからなくもないんだけど、「それ私の神物像ではないわよ？」とは言いたかった。

姿形や神威はともかく、どんなに転写しても言動に関しては、ロキにはすぐバレるだろうから、『神の宴』や『神会』には私が出ることにしていた。と言っても、ほとんど顔は出さなかったけれど。

アレン達の護衛は妥協点。私は本当は一人になりたかった。でも、あの子達の愛が理解できない訳はなかったから、呑むことにした。

退屈を殺す一時凌ぎ。

ただの余興。

最初はそう思っていたけれど、私の予測はいい意味で裏切られた。

酒場に訪れる沢山の子供。

様々な輝き。

当事者の立場で経験する騒動の数々。

退屈なんて感じる暇がなかった。

そして私は、自分が街娘(ロール)をそつなく演じられるほど器用じゃないことも知った。

掃除とか、料理とか。

失敗の数々に唖然(あぜん)とする私へ向けられた、眷族(ミア)の呆(あき)れ顔といったら。

悔しくて情けなくて、寝台(ベッド)の上で何度も転げ回ったわ。

けれど、ええ、楽しかった。

子供の視点で触れ合うのも、力を合わせるのも、友情と信頼を得られるのも。

子供達は理解できないほど不完全で、不安定で、取るに足らないことで悩み、迷い、悲しみ、それでも強い意志をもって立ち上がる。それは不変の神々にはない確かな輝き。私はそれを尊んだ。

私は美しいものが好き。

自分以外のもののために、美しく在(あ)れるものが、好き。

迷子の子猫と、寂(さび)しがり屋の黒猫、居場所を求める少女と、間違いながらも誠実であろうとする妖精(ようせい)。どれも私のお気に入り。

沢山の子供がいると、沢山の発見があって、目を輝かせた。

知らない子供と触れ合うのが趣味に変わって、心が疼（うず）くようになった。
私は街娘（ロール）に——娘（シル）になることが楽しくなっていた。

そして、私は見つけた。
いや、出会ってしまった。

白くて、透明な、あの『少年』と。
私を狂わせることになる『　』と。
だから、私は。
作法も、敬意も。
矜持（きょうじ）も、体裁も。
虚（むな）しささえも、全て捨てることにした。
そう、だから私は——娘（シル）を殺したの。

一章
そして始まる『侵略』

その『想い』を拒んだ後。

彼女はうつむき、駆け出して、僕の前から去った。

咄嗟にその背中を追いかけようとして、追いかけられなかった。

人の好意を拒絶しておきながら、待って、と引き止める。理不尽で、残酷で、矛盾していた。

そんな資格なんてない、と心の声が盛大に罵倒した。

空が嗚咽を漏らすように唸り。

雨が降り始め。

水滴の弾丸に全身を殴られながら。

僕は、その場から、一歩も動けなかった。

「……リューさん達の……アイズさん達のところへ……行かなくちゃ……」

どれくらいそうしていたのかはわからない。

譫言のように呟いた僕は、やっとの思いで庭園を発った。

ずぶ濡れになって、そのまま雨の中に溶けて消えそうな体を、無理やり引きずりながら。

そして【フレイヤ・ファミリア】を足止めしてくれたリューさん達と別れた場所、都市北東、第二区画に辿り着いた。

「ベル・クラネル、無事でしたか！　【女神の戦車】達を押さえきれず、心配していたのですが……」

「みんな、怪我をしてて、追いかけられなくて……ごめんね」

廃屋の軒下で、こちらに気付いたアスフィさん、アイズさん、そしてヘスティア様とヘルメス様の手で、リューさん達は治療を受けていた。

ルノアさんとクロエさんは酒場の制服を血で汚したまま気を失い、アーニャさんは普段の明るさが嘘のように項垂れ、魂の抜け殻のように座り込んでいた。

「ベルっ……シルは⁉」

怪我を負いながら、唯一まともに口が利けたリューさんに詰め寄られるも、

「……シルさんは……大丈夫です。……【フレイヤ・ファミリア】も、もう、大丈夫です」

そう答えるしかなかった。

それ以外、答えようがなかった。

実はあのシルさんは偽物で。

本物のシルさんは僕が傷付けました。

そんなことを、どうして説明することができるだろうか。

この時の僕は、全てを説明する術を、どうしても持ち合わせていなかった。

「……ベル？　どうしたの？」

立ちつくす僕にそっと伸ばされた、アイズさんの手。

幾筋もの水滴に濡れて冷えた頰を、温めようとする彼女の指に、びくっ、と。

僕は過剰に反応して、身を退(ひ)いていた。

「ベル……？」

やましいことなんて何もない筈(はず)なのに、アイズさんの顔が見れなかった。

いや違う。見られたくなかったんだ。その金色(こんじき)の瞳(ひとみ)に。

触れてほしくなかったんだ。憧憬(しょうけい)の存在に。

憧憬(アナタ)に思い焦(こ)がれるあまり、大切な人を傷付けた真性の馬鹿野郎(ベル・クラネル)なんて。

目を見開いたアイズさんは、ただ、戸惑っていた。

何も関係ない彼女にそんな顔をさせてしまい、僕は更に死にたくなった。

「ベル君……」

ヘスティア様は、そんな僕を見て、何も言わなかった。

あるいは神様の眼(め)は、愚(おろ)かな子供の心の中なんて見透かして、全て悟ったのだろうか。

「……大なり小なり、みんな怪我をしている。それにこの雨だ、体に障(さわ)る前に屋内へ移って、リューちゃん達を休ませてあげよう」

ヘルメス様も何も言及せず、そう提案してくれた。

僕達はリューさん達を運んで、雨の街を後にした。

——それが昨日のこと。

「……」

女神祭、三日目の朝。

滂沱の涙のように降っていた雨は止んでいた。代わりに、灰色の雲が今も空を覆っている。

そんな曇天を、『竈火の館』の回廊から、見るともなく眺める。

負傷したリューさん達を『豊穣の女主人』に運んだ後、僕達は一度本拠に戻った。

アーニャさん達の代わりに酒場で働いていたヴェルフ達も一緒に。

僕達が担ぎ込んだアーニャさん達の姿に、女将のミアさんは怖いくらい真剣な表情を浮かべていた。ヘルメス様の口から一部始終──【フレイヤ・ファミリア】の襲撃──を聞いて、顔を歪め、何かを考えているようだったけど……。

(……駄目だ。何も考えられない)

館の中庭に面した回廊から、どれだけ見上げても、空は狭い。

考えなきゃいけないことがある筈なのに、心も、体も、鉛のように重かった。

選択して、拒んで、あの人を傷付けたくせに、僕自身が傷付くだなんて、そんな資格ある筈ないのに。

ただ、最後に見たあの人の顔が、瞳の奥に焼き付いている──。

「ベル」

「……リューさん？」

投じられた声に振り向く。

そこに立っていたのは、酒場の制服に身を包んだリューさんだった。

「……怪我は、大丈夫なんですか？」

どうしてここにいるのか。

なぜ僕の前に現れたのか。

僕の唇はその問いを、無意識のうちに避けていた。

「はい……。私と交戦した【黒妖の魔剣】はこちらに致命傷を与えないよう、加減していた。呪武具で斬られた弊害か、癒えるのに時間がかかりましたが……」

僕と同じように、リューさんは黒妖精のヘグニさんと交戦したらしい。

まだ傷が塞がりきっていないのか、服の上から胸に触れる彼女は苦痛を耐えるように、柳眉を歪めた。

しかし、それも僅かの間だった。

顔を上げ、その妖精の瞳で僕を穿つ。

「ベル。昨日、何があったのですか？」

「……」

「貴方を信じていないわけではない。けれど、何故シルの安否がわかるのですか？　そもそもシルは一体どこへ？　何より、どうして【フレイヤ・ファミリア】が彼女を……！」

リューさんが重ねる問いかけは、至極真っ当なものだ。

僕はリューさん達と別れた後のことを碌に説明していないし、自分の心の整理もできていなかった。正直に言えば、今だってそうだ。

けれど……黙っていることは、もうできない。

僕は何から話せばいいのか必死に考えながら、たどたどしく説明した。

【フレイヤ・ファミリア】はシルさんを狙っていたわけではないこと。

リューさん達が見た『シルさんと瓜二つの人物』は、シルさんではなかったこと。

「シルの偽物……⁉」

途中でリューさんは何度も驚きをあらわにしたけれど、話の腰を折ることはせず、最後まで耳を傾けてくれた。

そして、僕はそれを告げた。

「シルさんに……告白されて……それを、断りました……」

「なっ──」

凍りついたように、リューさんの時間が一度、停止する。

息をすることも忘れて立ちつくしていた彼女は、次の瞬間、僕の肩を摑んできた。

「どうして⁉」

鼓膜が震えた。

張り裂けそうな痛切な響きが全身を打った。

その声の大きさは、今まで聞いたことがないほど大きく、激しいものだった。

驚きのあまり頭が真っ白になってしまう僕に、リューさんは激しく問うてくる。

「どうして拒んだのですか！　シルの想いを！　シルの決意を!!」

「っ……!!」

「貴方がっ！　貴方ならっ!!　そんなことする筈がっ……！」

「…………」

「それでは、誰も…………私も…………」

荒々しかった声音は、徐々に勢いを失い、最後には小さくかき消えてしまうほど、儚いものになった。

空色の瞳がまるで糾弾するように、あるいは縋り付くように、僕だけを映している。

その気になれば唇に触れられる目と鼻の先で、傍から見れば恋人のごとく——あるいは決別を前にする番のように見つめ合う。

摑まれた両の肩に、細い指は食い込んだまま。

僕は奥歯を噛み、うつむきそうになる顔を必死に耐えて、答えを絞り出した。

「憧れている人が、いて……ずっと、その人のことを見てきて……」

「!!」

「その人に追いつきたくて……追いついたら、想いを伝えたくて……。だから、シルさんの想いに………応えられませんでした」

どうしようもなく苦しみながら、言わなければならないことを、言いきる。

呆然とするリューさんの両手が、力を失って、だらりと僕の肩から剥がれ落ちた。

空虚な沈黙が躍る。

彼女は何度も唇を開きかけた。

けれど声にならない言葉をいくつも墓に埋めながら、目を伏せる。

「………当たり前だ。……どうして考え付かなかった。シルが貴方に想いを寄せるように、貴方が誰かに懸想することは当然のことで……何も不思議なことじゃないのに……」

小振りな唇から漏れる言葉は、僕を責めてはくれなかった。

むしろ理解を示し、何も悪くないと、擁護してくれた。

それが今、無性に、つらかった。

「……申し訳ありません。取り乱してしまって。貴方の気持ちも……考えずに……」

僕は無言しか返せない。

リューさんは目を瞑り、苦しそうにぎゅっと眉を寄せ、まるで感情の激流を押さえ込むように、両手で胸を握りしめる。

床に落ちるお互いの視線。静まり返った回廊で二人きり。

時計の針は僕達を取り残して進んでいく。

長く続いたそんな停滞を壊したのは、やっぱり、リューさんの方だった。

「ベル……私は、シルを探しにいきます」

「っ……」

「普段ならば、シルはもう酒場に来ている時間だ。それが、来ていない。何かあったのかもしれない。だから……探しにいく」

シルさんの住まいはわからない。探すあてもないに等しい。

そう告げながらも、リューさんの意志はぶれなかった。

顔だけを横に向け、大切な人の姿を探すように、雲に塞がれた灰色の空を眺める。

「貴方は……どうしますか？」

視線をこちらに戻すリューさんは、何度か躊躇(ちゅうちょ)した後、掠(かす)れかけた声で、尋ねてきた。

きっと悩まなければいけない。

シルさんのことを考えて、慎重に動かなければいけない。

でなければまた、あの人のことを傷付けてしまう。

それでも僕は、馬鹿みたいに顔を歪めて、答えを口にしていた。

「僕も……行きます」

街は喧騒に包まれていた。

空は生憎の曇り模様だが、女神祭最終日を楽しもうと、各メインストリートを中心に賑わいを見せている。今日も豊穣の宴の名のもとに、麦や野菜、果実など、色とりどりの収穫物が人々の目を楽しませていた。

「女神祭三日目にして、ようやくお祭りを楽しめそうですねー」

そんな光景を脇目に、ぼやくように呟くのはリリだ。

側にはヴェルフ、命、春姫が連れ立ち、思わずという風に苦笑を返す。

つい昨夜まで、【ヘスティア・ファミリア】は『豊穣の女主人』の重労働に追われていた。非番のシルはもとより、アーニャ達従業員が抜けた穴を埋め合わせるため、休む暇もなく連日働かされていたからだ。迷宮進攻より過酷な激務から解放されたのだから、リリでなくとも重い息を吐き出すのは仕方ないと言えた。

女神祭最終日まで働かせるほど店長も鬼ではなかった——というわけではない。

「アーニャ様達は帰ってきましたが……皆さん、負傷されていましたね」

「……ええ。あの様子では、まともに働けないと思います」

春姫の言葉に相槌を打ちながら、リリは眉をひそめる。

リリ達が解放された表向きの理由はアーニャ達が帰ってきたからだが、実際は営業をするどころではなくなったためだ。

「アーニャ様達を襲撃したのは都市最強派閥で、ベル様も巻き込まれていたなんて……」

「シル殿も酒場に戻られていないようです。先程館を訪ねてきたリュー殿とともに、ベル殿が探しにいかれたようですが……」

リリに頷きを返しながら、命が言葉を継ぐ。

昨日何があったのかヘスティアとベルに尋ね、あらましこそ知ったものの、二人とも歯切れは悪かった。特にベルは喋るのもつらそうだった。何もなかった、とは考えにくい。

リューを館に通してベルと出ていくのを黙認こそしたが、リリと春姫、命は難しい顔を共有してしまう。

「なぁ、俺達もあの給仕を探さないか？」

口を開いたのは、それまで黙っていたヴェルフだった。

リリ達の視線を集めながら、意見を述べる。

「ベル以外に俺達も散々世話になったしな。あの女にも、酒場にも。……それに、気になることもある」

ヴェルフはリリ達とは異なり、あの弟分の少年がどうして塞ぎ込んでいるのか察しがついている。ベルに男としてけじめをつけるよう進言したのは彼自身だ。当事者と同じくらいには、後ろめたい気持ちはある。

しかしそれ以上に、【フレイヤ・ファミリア】が介入してきたことが引っかかっていた。

シルは何者なのかという思いが、疑念と懸念の間で揺れ動いている。

「……リリ達だけで女神祭を楽しむのも、今更できそうにないですしね」

「はい、自分も同じ思いです。楽しみにしておられた春姫殿には申し訳ないですが……」

「いいえ、大丈夫です、命様。祭り囃子はまた一年後、聞けるのですから」

リリと命が頷けば、これまで歓楽街に閉じ込められていた春姫も微笑んで、賛同する。

「悪いな、お前等。……よし、とりあえず地道に聞き込みでもするか」

薄鈍色の髪の少女を見た者はいないか、ヴェルフ達は賑わう街を移動し始めた。

「……嫌な雲だな」

ヘスティアは歩いていた。

一人、オラリオの街路を。

眷族達も出払い、館の留守はタケミカヅチ達にお願いしてある。ミアハやヘファイストスのところと交代交代とはいえ、酒場のバイトから連日悪いことをした。本人達は「食べ歩きを楽しむほど蓄えもないから、煩悩を絶つにはちょうどいい」なんて笑ってくれたが。

そんな取りとめのないことを考える一方、ヘスティアは、己の表情から強張りを取り除けないでいた。

(昨日、ヘルメスに聞き出した……あのシルって娘の正体……)

『シル』と呼ばれていた娘と初めて出会ったヘスティアは、問い詰めた。

『女神』を彷彿させる存在について、一体アレは何であるのかと、同郷の神に。

彼の推測は、『変神魔法』。

たった一柱の女神になるためだけの『秘法』。

正規の階段を登らないまま神の階位まで届いてしまった、異質かつ果てしない『渇望』。

信じられない、という思いが今もなおヘスティアの胸を埋めつくす。

『魔法』という制限下にせよ、そして『神の力』が使えないとはいえ、一時的に人が神へと成り変わるなどと。

法則からも摂理からも逸脱した理外の理、異常の塊に、身震いさえしてしまう。

「けど……本当の問題はそこじゃない」

ヘスティアは、怖い想像をしている。

今日までベルと接していた『シル』が、神に化けていた『眷族』の場合はまだいい。

だが、もし『女神』本神が、これまでずっとベルと接していたとしたら?

その上で、少年(なにか)が円熟するのを待っていたとしたら？

あの美神の銀瞳(め)に、ベルが映り続けていたとしたら？

――『アホウ、気付け。あの女神(オンナ)が、子供(オトコ)を庇(かば)ったんやぞ？』

それは神会(デナトゥス)でロキがもたらした言葉。

あの時、彼女はフレイヤについて忠告していた。

ヘスティアも今日まで警戒を払い、【イシュタル・ファミリア】の事件を経て、更に危機感を抱いた。けれど――。

「あの美神(フレイヤ)が、ずっと『ちょっかい』を出してこなかった。だからボクも、気のせいかもしれないと思っていた」

怪物祭(モンスターフィリア)で直面した騒動(シルバーバック)。昇華(ランクアップ)の契機となった試練(ミノタウロス)。思い当たる節は確かにある。

『美の神』は狙った獲物を決して逃さない。

彼女達の愛の囁(ささや)きによって、主神のもとから奪われた眷族は枚挙(まいきょ)に暇(いとま)がないと聞く。

その話と比するに、これまでのフレイヤの姿勢はあまりにも消極的だった。

本当にベルが狙われているのか、ヘスティアが確信に至れないほどに。

「……でも、『女神』として動く必要がないほど、ずっとベル君の近くにいたのだとしたら」

他神達(ヘルメス)の目では『シル』が神なのか眷族なのかは判断できない。それができるのは付き合いの長いロキだけだと彼は言っていた。あの豊穣の酒場は、まさに『魔法』が解けて蓋(ふた)が開かなければ観測できない猫の箱だ。

『シル』は女神か、眷族か。

それを確かめるために、ヘスティアは街に出た。

詳しい話をするため、ヘルメスと落ち合う予定だ。

彼の他にもデメテルなど、娘(シル)と面識のある神々の話を聞いてみるつもりだった。デメテルは流石(さすが)に女神祭があるので後日ということになるだろうが、最悪、ロキに借りを作ってでも真偽を問わなければならない。

「とにかく、ヘルメスと一度合流して――」

その時だった。

「ヘスティア」

風のように。

立ちふさがるように。

美しい女神の声音が、正面より投げかけられたのは。

「…………………………………………………」

ヘスティアの足は、歩みを止(と)めた。

まるで石畳に縫い付けられたように、不自然な動きで、その場で停止した。

「…………フレイヤ」

いつかの怪物祭の時と同じように、『美の神』は紺色のローブを羽織っていた。

瑞々しい白皙の肌を隠し、美しい銀の髪もフードで覆い、唇に微笑みを浮かべながら。

そしてその微笑と銀の双眸は、同じ神をして、得体の知れないものとして映った。

なぜ、どうして、ここで。

この時機、偶然？　本当に――？

立ちつくすヘスティアの脳内で火花のごとき思考が弾けては駆け巡る。

頰に伝う滴の存在を知覚できず、自分が汗を流しているという事実を自覚できないでいるヘスティアは、そこで、気付いてしまった。

不自然なまでに、周囲に人気がない。

都市のどこも賑わう女神祭でありながら、まるで人払いの結界のごとく、空間がぽっかりと空いていることを。

万物を『魅了』する美神の眼が、妖しき銀の残滓を瞬かせる。

「……なにか、ボクに用かい……？」

舌の乾きを覚えながら、尋ねる。

フレイヤはあっさりと、答えた。

「貴方の眷族(こ)を——ベルを私にちょうだい？」

「なっ」

驚愕(きょうがく)は一瞬だった。

危惧(きぐ)が現実になったことを恐れるより先に、ヘスティアの感情が、一気に点火したのだ。

「何を言ってるんだ‼　そんなこと、できるわけないだろう！」

頭に血が上ったと言ってもいい。顔色一つ変えず告げられた要求に、ヘスティアは糾弾もかくやといった勢いで拒絶の意を浴びせる。

「ねぇ、ヘスティア。私は貴方のことが好き」

それでもフレイヤは、凪(なぎ)の笑みを浮かべたまま、穏やかだった。

「っ……？」

「いつかの『神の宴』でも言ったわ。貴方は私のことが苦手かもしれないけれど、私は貴方を女神の一柱として尊敬している。本当よ？　貴方が司(つかさど)る悠久の聖火は、いかなる黄金(おうごん)より価値がある。私が畏(おそ)れるモノと言ってもいい」

出し抜けの告白に戸惑うヘスティアを他所(よそ)に、フレイヤは赤裸々(せきらら)の想いを語り、そして、

「だから、ね？　乱暴な真似はしたくないの」

『本性』をあらわにした。

「っっ——⁉」

その正と負の二面性を。

愛を司っておきながら、誰よりも奔放（ほんぽう）で残酷な『神性』を。

「私は男神（アポロン）のようになりたくない」

「貴方を地上から消し去ろうとした、道化のような悲恋（ファルス）には」

「私は女神（イシュタル）のようになりたくない」

「欲望に忠実になるあまり、品性を欠いた獣（ケダモノ）なんかには」

「けれど、穏便（おんびん）に解決できないというのなら、手段を選ぶつもりもない」

「だって、何よりもソレが欲しいのだから」

まるで歌うように滔々（とうとう）と語られる銀の神意。

その女王の瞳を弓のようにしならせ、笑みとともにヘスティアを見つめ、逆らうことを許さない絶対の鏃（やじり）を差し向ける。

どくんっ、と。

抑えきれない音を上げて、ヘスティアの胸が震える。

美しい冷酷な笑み。

それは最後通牒（つうちょう）。

この下界で誰よりも美しく、いかなるものよりも富み、そして何よりも強い配下（ファミリア）を持つ女神が下す、慈悲深き譲歩にして不条理の王命だ。

静まり返った街角の一角、距離を残して眼差しを絡める女神達の間で、可視化できないフレイヤの神威が音もなくヘスティアを侵食し始める。

「だから、ヘスティア。ベルを私にちょうだい？」

その最後通牒に対し、ヘスティアの答えは、

「断る」

最初から決まりきっていた。

「どうしても？」

「どうしてもだ」

「本当に？」

「本当だ!!」

眦を吊り上げ、たった一つしかない答えを叩きつける。

「ベル君はボクの眷族だ！　ボクの大切な子供だ！　君なんかに渡さない!!」

それはヘスティア唯一の逆鱗だ。

彼女が持つ最も激しい感情であり、最も強い独占欲であり、最も深い慈愛だ。

自分の少年への愛は下界天界、そして地界、あらゆる世界の中でも誰にも負けないと、聖

火の女神は断言してみせる。

発散されるヘスティアの神威が、フレイヤの神威を押し返す。

「――そう。じゃあ、仕方ないわ」

フレイヤの相貌から表情が抜け落ちる。

決定的に対立した互いの神意に苛立つわけでも、憂うわけでもなく、ただ惜しむように――

こうなることを最初から理解していたように――片手を持ち上げる。

汚れ一つない細い指が、弾かれる。

静寂の街に響き渡る高い音。

直後に召喚されるのは――轟雷。

「!?」

頭上から落ちる、ではなく、地上から打ち上がる雷の閃光。

女神の『合図』を受けて、『狼煙』がオラリオの空を駆け抜ける。

一人の白妖精が下す『号令』が、都市にひそむ『最強の戦士達』へと届いた。

はっと空を振り仰ぐヘスティアに向かって、フレイヤは慈悲を消し、告げる。

「力ずくで奪うわ」

その襲撃はあまりにも無慈悲であり、『即座』であった。

一鎚。

屋根から地に降り立った直後、相手が察知するよりも早く、その大鎚が少女の胴体に爆薬のごとく炸裂する。

「がッッッ――――!?」

臨戦態勢さえ許されず、無防備の状態で信じられない衝撃を叩き込まれた命は、骨を砕かれ、唇から血を吹き出し、商店の一角に突っ込んだ。

「…………え?」

その一秒間。

彼女の側にいた春姫も、リリも、ヴェルフも、まともな反応を取れなかった。

通りを行き交っていた人込みさえ立ち止まり、凍てつく最中、【ヘスティア・ファミリア】を包囲するように現れた四つの影が、それぞれの得物を鳴らす。

長槍、大鎚、大斧、大剣。

砂色の兜に砂色の鎧を纏う、同じ姿形の小人族の四戦士は、酷薄に告げた。

「女神の御下知が下された」

「「「よって死ね」」」

長男アルフリッグの声の後に、三人の弟の同音が続いた瞬間。

民衆の悲鳴が爆ぜた。

「──命ちゃん⁉」

女子供が叫ぶ。

人々が逃げ惑う。

春姫が、茫然自失の時を脱する。

商店の奥で崩れ落ちる幼馴染のもとへ駆け寄ろうとして、できなかった。

迫りくる鉄塊。

命を砕いた大鎚が、己をも粉々にせんとする光景に、春姫の呼吸が断絶する。

「させないよッ!!」

「……!!　アイシャさん⁉」

それを阻んだのは、悍婦の大朴刀。

横合いから大鎚を打撃し、春姫の危機を救ったアイシャは、しかし己の手を痺れさせる威力に舌を弾いた。

「ア、アイシャ様⁉　それに【ヘルメス・ファミリア】まで……⁉　いったい何が起こってるんですか⁉」

「それはこっちの台詞だよ！　どうして【フレイヤ・ファミリア】がアンタ達を襲うんだ！」

一歩も動けなかったリリが正気を取り戻したように叫んだ。

彼女の周囲にはガリバー四兄弟やアイシャの他に、虎人、エルフ、犬人の冒険者がどこからともなく姿を現していた。

「あの主神が『見張れ』だなんて妙な命令を出すと思ったら……！」

【ヘルメス・ファミリア】は【ヘスティア・ファミリア】を見張っていた。

正しくは、【フレイヤ・ファミリア】を監視していた。

全てヘルメスの指示である。

女神祭二日目に起こった襲撃事件、更にベルと『シル』の一件を受け、何か不穏なものを感じ取った男神が【フレイヤ・ファミリア】の動向を探るよう命じていたのだ。

そして第一級冒険者を注目していた結果が、これだ。

「おい、アイシャ！　ヘルメス様には何が起きても介入する真似は止せと言われて……！」

「私は妹分を守るためにアンタ達の派閥に入った！　今日まで散々使われてやったんだ、これまでの利子を払いな、ファルガー！」

「……ええいっ、くそっ！」

虎人の冒険者は呼び止めるも、アイシャの反論に、腹を括ったように大剣を引き抜いた。

正確には、観念した。

こちらを射抜く小人族の四対の瞳が、自分達のことを『障害』と断定していたからだ。

「「「「全て蹴散らす」」」」

間もなく、戦いとすら呼べない『一掃』が開始される。

「なっっ——⁉」

「ぐううう！」

「うっ、うああああああああああああああああ⁉」

長槍が得物という得物を弾き飛ばし、大斧が虎人を薙ぎ払い、大剣がエルフと犬人をまとめて切り裂いて、大鎚がアイシャを脅かす。

Ｌｖ．２のヴェルフ達では介入を許されない、苛烈な交戦。

（速過ぎる——嘘——ありえない——）

ヴェルフと春姫がまともな反応もできず絶句するのを他所に、リリは戦慄に支配される。

指揮者になることを選んだ彼女だけは、その光景の『異常性』を理解してしまった。

——桁外れの『連携』。

声はおろか目すら合わせない『意思疎通』。そう、ありえない。まるで分身のごとく一切の時間浪費なく互いの行動を補完し合うなど。

【炎金の四戦士】が誇る『無限の連携』を目の当たりにするリリが時を止める間にも、【ヘルメス・ファミリア】の第二級冒険者が次々と地面へ沈んでいった。

「化物どもがッ!!」

かろうじて瞬殺を逃れるアイシャが、春姫を背で庇いながら悪態をブチまける。

反撃不可能、全滅不可避。

一分にも満たない交戦時間の中でアイシャは自分達の結末を悟る。

(せめて春姫だけでも逃してっ――!!)

そう考えた、直後。

「『この狐人を守る?』」

何かが倒れた音がした。

い、い、い。

すぐ後ろから。

アイシャは、呼吸を止め、振り返った。

「『守れていないだろう、間抜け』」

そこにいたのは、大斧と大剣を持つ二人の小人族。

そして彼等の足もとに倒れ伏す、狐人の少女。

美しい金髪の一部とともども、背中を斬られ、血溜まりを作っている。

一瞬だった。

二人の戦士が一瞬、視界に消えただけ。それだけだった。

長槍と大鎚を携えるもう二人の小人族がアイシャの視線を誘導した。

その僅かな間隙を縫って、彼等はアイシャの大切なものを斬り裂いていた。

凍結する女戦士の瞳に、嗜虐的に吊り上がる小人族の二つの唇が映る。

唇を血化粧しながら、虚ろな目で、春姫がこちらに手を伸ばす。

「アイ、シャ、さんっ……」

直後、グシャッ、と。

振り下ろされた小さな足が、少女の後頭部を踏みにじる。

石畳と冷たい口付けを交わす春姫は、そこから、ぴくりとも動かなくなった。

「──────ッッッッッ!!」

アイシャの箍が外れた。

視界を真っ赤に染め、眦を裂き、怒りの境界を突き抜けた。

口から人語を忘れた野獣の怒号が、迸った。

そして、そんな怒りごと、斬り伏せら、れ、た。

「──────」

渾身の大朴刀を受け止める大剣、即座に閃いた大斧。

狐人の少女と同じように血の花を撒き散らし、声もあげられないまま、アイシャもまた慮外の『連携』の餌食となった。

「っっ……!! 逃げろ、リリスケェ！」

理不尽じみた暴力と凶行。

状況の把握もままならないヴェルフは、仲間を斬られた怒りの衝動を燃やした。

自分とともに残ってしまった少女を逃がすため、無謀の抗戦を選択する。

大刀を背から引き抜き、駆け出そうとして、

「――っ？」

『風』が吹いた。

そうとしか形容できなかった。

どこからともなく生じた風圧が、ヴェルフの横顔を撫で、彼の視線を横手の方角に導く。

「お前は……【イシュタル・ファミリア】の時の!?」

「……」

無言でたたずんでいるのは、銀の長槍を持つ猫人。

【イシュタル・ファミリア】との抗争の際、隔絶した実力を見せつけ、ヴェルフに暴言を言い残した第一級冒険者。鍛冶師を侮辱した因縁の仇敵と言ってもいい。

【女神の戦車】、アレン・フローメル。

「お前が俺をやろうってのか……！」

咄嗟に大剣を構えようとするヴェルフを前に。

アレンは、侮蔑の眼差しだけを返す。

「馬鹿が」

そして、告げた。

「もう終わってる」

心底くだらなそうに、そう告げた。

「────」

言葉を失うヴェルフは、気付いた。

構えた筈の大刀が、手から滑り落ち、構えられていないことを。

思い出したように発熱し始める脇腹が、穂先の形状に抉られ、血を吐き出していることを。

四肢が急激に力を失い、自身が既に仕留められた後だということを、自覚する。

「……ふざ、けろッ……！」

目の前の敵への震慄、無能の自分に対する憤怒。

それらをない交ぜにした呟きを、逆流する血液とともにこぼし、ヴェルフも崩れ落ちた。

「命様……春姫様……アイシャ様…………ヴェルフ、さま……」

一人取り残されたリリは、青ざめて、震えた。

瞬殺、即滅、暴虐。

援護する暇もなかった。

指揮の声を上げることすら許されなかった。

瞬く間に【ヘルメス・ファミリア】が掃討(そうとう)され、ヴェルフ達もやられ、『抗争』の気配を感じ取る民衆が我先にと散っていく通りの真ん中で、絶望の孤独に晒(さら)される。

「君で最後だ」

「――っっ⁉」

すぐ背後から響いた声に、リリの体は弾かれたように動いた。

腰に差していた武器を――ヴェルフに用意してもらっていた短剣型(ナイフ)の『魔剣』を引き抜き、逆手に持って、まさに最速兎(ベル)のごとく繰り出す。

十五年という人生の中でも間違いなくリリ最速の挙動。

ベルの戦う姿を誰よりも近くで見続け、彼の動きに倣(なら)った、反射的かつ決死の一撃。

そんな一撃を、笑ってしまうくらい、あっさりと。

小人族(パルゥム)の戦士は、片手で受け止めた。

「いい反応だ。対処もいい。ギルドから公表されたＬｖ.２の昇格(ランクアップ)、本当だったか」

残忍で、容赦のない弟達と異なる長男(アルフリッグ)は、攻撃された事実などなかったように、リリの腕を掴みながら淡々と述べる。

(止められた――いやっ、まだ――‼)

これは『魔剣』。力なき者の切り札。

間合いは零距離。撃てば自分も巻き込まれるが、構うものか。

ともに吹き飛んで、爆発の余波を利用して、ここから離脱を――

「あのいけ好かない【勇者】じゃないが、君みたいな同胞が出てきて嬉しく思う。本当だ、嘘じゃない」

だが、リリはできなかった。

何故ならば、手と『魔剣』の切っ先が、だらしなく、見当違いの方向を向いていたから。

静かに握りしめられる細い腕が、崩壊寸前の氷河のごとき呻き声を上げ、あられもないほどに折れ曲がっていた。

「う――ぁああああああああああああああああああああああああああああ!?」

涙が溜まる栗色の瞳を血走らせ、小人族の少女は絶叫を上げる。

「ただ、どうしようもないほど――運がなかった」

それが最後に聞いた言葉。

信じられない怪力で地に叩きつけられ、リリの意識はいともたやすく闇に堕ちた。

「ッッ――!!」

その時、アイズは屋根の上を疾走していた。

【フレイヤ・ファミリア】が【ヘスティア・ファミリア】相手に暴れているというざわめきを雑踏が奏でた瞬間、彼女の体は突き飛ばされるように駆け出していた。

「アイズ、待って⁉」

「落ち着きなさいよ！」

ともに街に出ていたティオナとティオネが必死に追いかけてくるが、止まれない。

前日の【フレイヤ・ファミリア】の騒動に巻き込まれ、アイズは神と同じように嫌な胸騒ぎを覚えていた。それは形容できない感覚で、分析も表現も苦手なアイズには言語化できないものだった。

だが、上手く説明できないなら、ベルが心配だからという理由でいい。

昨夜、雨に打たれて私の手を拒んだ少年はまさに野晒しの、迷子の小兎を彷彿させた。放っておくことは、どうしてもできそうになかった。

だからアイズは朝から街に出て、ベルの姿を探した。

そしてそこで、『最悪の一報』を耳にした。

騒ぎのもとへ急行するのに、もはや理由は要らなかった。

「止まれ」

「っっ⁉」

しかし、そんな彼女の疾走を、一振りの黒剣が阻んだ。

「貴方は……【黒妖の魔剣】⁉」

「刃の輝きは惹かれ合う定めか。僅か一日、短い別れだったな、剣の娘」

剣と剣が甲高い雄叫びを散らす。

咄嗟に抜剣して頭上からの強襲を退けたアイズは、瞠目した。

屋根の上に着地すると同時に立ちふさがるのは黒妖精──ヘグニ・ラグナール。

ベルを守るため、昨日一戦を交えたばかりの相手と、奇しくも再び対峙する。

「忌々しき金色の瞳よ、我等の邪魔立てをするな」

「っ……どうしてベル達を襲うの⁉」

「介入するなと言っている。二度も言わすな。愚かな知恵の実は身を滅ぼすぞ」

あの【剣姫】が声を荒らげても、黒妖精は顔色一つ変えなかった。

既に魔法を発動しているのか今のヘグニには隙の欠片もない。不意に近付けば逆に切り刻まれかねない威圧感さえある。

「【フレイヤ・ファミリア】！　それじゃあアルゴノゥト君達が襲われてるって話、本当なの⁉」

「ちょっと、何が起こってるのよ……！」

アイズが眉を歪めていると、ティオナとティオネが追いついてきた。

状況に置いてけぼりになっているものの、彼女達も既に身構えていた。

アイズは二人の力も借りて強行突破を敢行しようとするが、

「やめておけ。派閥間の『抗争』は貴様等とて不本意だろう」

「……！　【白妖の魔杖】……！」

彼女達の足もとに、都合三つの雷弾が炸裂する。

背後を振り返れば、いつの間に現れたのか、白妖精のヘディンが立っていた。

全員Lv.6の第一級冒険者にして、三対二。しかし護身用の剣を持っていたアイズと異なり女戦士達は得物を所持しておらず、様相は挟み撃ちを呈している。数の利は相殺していると言っていい。

何よりヘディンの口振りは、邪魔をすれば最強派閥同士の『抗争』にまで発展させると臭わせるものだった。

それほどまでの覚悟で、彼等はこの場に立っているということだった。

五対の瞳が油断なく睨み合い、膠着状態を脱せない。

「……『抗争』云々言う以前に、この状況はどう説明するつもり？　女神祭の中で騒動を起こしておいて、今度はギルドの罰則だけじゃ済まないわよ？」

よりにもよって挽歌祭直後の女神祭で、白昼堂々と他派閥への襲撃。

各派閥、そして民衆の顰蹙は免れない。

ティオネが冷静に、けれど挑発的に言葉を投げかけると、

「関係ない」

「なっ……」

やはりヘグニは、顔色一つ変えなかった。

鋭く吊り上がった双眼で、驚くアイズ達を睥睨しながら、それを言う。

「罪も罰も甘んじる。誹謗も中傷も受け入れよう。忠誠捧げし主が願ったのだ、我等は神意を遂げる僕と化す」

ヘグニは絶対の忠誠を明かす。

そしてヘディンは何も語らず、表情を消すように、目を瞑る。

最後に、呆然とするアイズ達に向かって、黒妖精の剣士は突きつけた。

「何より、女神が望むのならば——全ての『意味』など消失する」

『結論』から先に言うならば。

そのあまりにも無慈悲で、かつ『即座』の襲撃は、誰にも止めることはできなかった。

炉の神の眷族のいかなる抵抗も、剣姫達のあらゆる救援も、全てが無意味であった。

そう、逆説的に語ることが許されるのならば。

『彼』が現れた瞬間から、全ては決していた。

「え――?」

巌(いわお)だった。

ベルの前に立ちふさがるのは、巌のごとき『武人』だった。

見上げるほどの身(み)の丈(たけ)、怪物(モンスター)と見紛(みまが)うほどの巨軀(きょく)。

純粋な筋肉のみで編まれた四肢は何者のそれよりも太く、硬く、強く。

その身から放たれる威圧は何よりも凄絶(せいぜつ)で、非常識で、甚(はなは)だしい。

その凶悪的な『力』の塊は、『絶対強者』の証(あかし)である。

今も更なる高みへと登頂せんとする、すなわち飽くなき意志の証明である。

兎は訳もなく震えた。

その獣(ケモノ)は、竜をも屠(ほふ)る猛猪(おう)であると、語られずとも理解したからだ。

錆色(さびいろ)の髪と錆色の眼を持つ『最強』は、ただ静かに、ベルだけを見据えていた。

「猛(おう)……者(じゃ)……?」

相対しただけで呼吸を奪われるベルの隣で、同じく狼狽(ろうばい)を隠せないリューが、その猪人(ボアズ)の二つ名をかろうじて呟く。

都市に数あるうちの一つの街路、波乱を未(いま)だ知らない雑踏の中央。

突如としてベル達の目の前に現れた武人、オッタルは、口を開いた。

「投降しろ」

要求はただ一つ。

「女神の神意がお前を求めた。お前の運命は、定まった」

有無を言わせない語気はしかし、彼がもたらす唯一の慈悲だった。

静か過ぎる重圧が議論の余地を奪う。

錆色の眼差しが不可避の衝突を物語る。

「従わぬのならば――沈める」

ぞっっ!!　と。

一瞬で全身の肌を粟立(あわだ)たせるベルとリューの前で、都市最強の冒険者は、足を踏み出した。

「――逃げなさい、ベル!!」

怒号にも似た叫喚(きょうかん)。

突き飛ばされる少年の肩。

抜き放たれる二刀の小太刀。

余裕の一切を失ったエルフが敷く、臨戦態勢。

神速の即断だった。

だが、それでも間に合わなかった。

リューが戦意を纏うや否や、交渉の決裂を認めたオッタルが、動いていた。

「――」

妖精の時が止まる。

敵を見失った。

視界から消えた。

いや違う。

リューが、吹き飛んでいた。

一歩。

しかし誰よりも大きく、速い、僅か一つの踏み込み。

たったそれだけで彼我の距離を消し、リューの知覚を振り切って、彼女の真正面に立ったオッタルが、その右腕を振るったのだ。

薙がれた。

それだけだった。

大樹のごとき巨腕を回避できなかった瞬間、リューは戦闘の権利を失った。

「――がぁっっ⁉」

走馬灯に似た状況把握の後、遅れて来る果てしない衝撃と、血とともに漏れる叫喚。

リューがこれまで経験した拳の味の中でも、間違いなく『最強』と断言できるほどの威力。

建物に突っ込み、石造の壁を粉砕する。

「リューさんっ⁉」

轟音と衝撃。それに粉塵。

ベルの叫び声とともに民衆の悲鳴が錯綜し、通りが恐慌に陥る。

人々が顔色をなくし、蜘蛛の子を散らすように逃げていく中、ベルはリューのもとへ向かおうとした。煙の奥でぴくりとも動かないエルフのもとへ駆け付けようとした。

しかしそれも、許されなかった。

「────」

猛烈な悪寒、本能ががなり立てる凄まじい警鐘。

僅か一瞬、リューに意識を引き寄せられていたベルは、脳裏の声に従うまま振り返った。そしてすぐに、凍結した。

視界を占領する掌。

目と鼻の先に迫っている、まるで巨人の手。

指の隙間、その奥に見えた、冷徹な猪人の瞳。

決して目を離してはならない存在から意識を外した代償は、『終焉』だった。

「────っっっぎ⁉」

凄まじい力で顔面を鷲掴みにされ、大地へと叩きつけられる。

陥没する石畳、舞い散る破片、生じる夥しい亀裂。

背中を起点に走り抜ける途方もない衝撃によって、意識が千切れ飛ぶ。

ベルは無残なまでに、地へ沈められた。


「……っっ⁉」

アスフィは、言葉を失った。

アイシャ達と同じく主神の命で【フレイヤ・ファミリア】を見張っていた彼女には、目の前の光景に、介入する暇もなかった。

それほどまでの、刹那の襲劇だった。

「リオン………ベル・クラネル………」

リューが瞬殺され、ベルも一撃で屠られた。

Lv.4の第二級冒険者が瞬きの間に。

その『最強』の意味を知っていた筈なのに、あらためて見せつけられた猛威に、アスフィは彫像になることしかできない。

「……」

オッタルは無言で、意識を失ったベルを右の肩に担ぎ上げる。

リューは歯牙にもかけない。

通りの真ん中で固まるアスフィも無視し、その横を悠然と通り過ぎていく。

顔色を蒼白にしたアスフィは立ち塞がることも、呼び止めることもできなかった。


「な、なんだ⁉」

二箇所。

広大な都市の中、明らかに祭の趣とは異なる『轟音』が南と南西から上がり、ヘスティアは弾かれたように顔を振り上げた。

曇天の下に響くどよめきは、確かな恐怖と焦燥を帯びている。

「私の眷族(こども)達が貴方の子を襲った」

「なっ……⁉」

ふざけるな！

どういうことだ！

ヘスティアが放とうとしたその怒声は、フレイヤの次の言葉に阻(はば)まれた。

「そして、もう終わった」

その冷然とした声が落ちた直後、南と南西のどよめきが、波が引くように急速に静まり返っていく。まさに即座の終戦を告げるがごとく。

ヘスティアは固まった。

固まって、否定しようとした。

「う、嘘だっ……そんなこと……！」

「本当よ。それに、ほら——来た」

そんな現実逃避もフレイヤは認めない。

高速の四つの影が、ヘスティアのもとに飛来する。

「〜〜〜〜〜〜〜〜〜〜〜〜〜〜〜〜〜〜〜〜〜〜〜〜〜〜〜〜〜〜〜〜〜っっ⁉」

間近の着弾。

凄まじい破砕音を奏で、前方に突き立った落下物に、ヘスティアは顔を腕で覆った。

ぱらぱらと散る石畳の破片と砂塵を浴びた後、ゆっくりと瞼を開け、息を呑む。

それは大刀だった。

それは刀だった。

それは魔剣だった。

それは扇だった。

紛れもない眷族の装備品が、無念を宿して主神のもとへ還ってくる。

「これは……ヴェルフ君達の……⁉」

ヴェルフの大刀と命(ミコト)の刀、リリの魔剣と春姫(ハルヒメ)の扇。

間隔をあけて突き立つ、あるいは砕けた武器群(ぶきぐん)はまさに『墓標』だった。

使い手の末路を語るには十分な光景に、ヘスティアは声を失いながら顔を上げる。視界の彼方、建物の屋根の上に立つ四つ子の小人族(パルゥム)と、銀の長槍(ちょうそう)を持つ猫人(キャットピープル)——武器を投擲(とうてき)しただろう強襲者の姿が、かろうじて見えた。

ヴェルフ達の姿は、見えない。

「……そん、な……」

拒もうとも、逃避しようとも、叩きつけられる。

厳然たる現実を。

【アポロン・ファミリア】と交わした『抗争』などとはわけが違う、蹂躙を。

圧倒的な力の差。

派閥としての格。

不条理(ふじょうり)に次ぐ不条理。

弱者には抗(あらが)うことができない強者の絶対(ルール)に、ヘスティアはなす術なく立ちつくす。

そして、

「——ベル君⁉」

最後の一人。

どこからともなく現れた巨軀の猪人が、肩に担いだそれを、ちょうど突き立つ武器の中心に放り投げる。

地面に打ち捨てられる白髪の少年の意識は、途絶えていた。

ぴくりとも動かない。服を裂かれたのか、破れかけの腕の部分だけを残し上半身は何も纏っていなかった。前髪に隠れて瞳は見えず、その目もとは暗い沈黙を帯びるのみだ。

ヘスティアは駆け寄ろうとした。

だが目の前まで迫った直前、猪人の大剣に阻まれた。

「っ……!?」

「駄目よ、ヘスティア。貴方がもう、勝手に触れては駄目」

無骨な武人が、片手で持った大剣をまさに境界線のごとく、ヘスティアの眼前に晒す。

ベルと自分を隔てる銀塊にヘスティアが咄嗟に動きを止める中、フレイヤは悠々と、少年の側に歩み寄った。

本来ヘスティアがいる筈の場所に、フレイヤが収まる。

「フレイヤぁぁ……!!」

「貴方もそんな目ができるのね、ヘスティア。でも言ったでしょう？　力ずくで奪うって」

蒼みがかかった双眼が炎を宿し、眦を引き裂きながら、女神の激情をあらわにする。

フレイヤは表情を消したまま、意に介さない。

「もう『遊び』は終わったの。『娘の時間』は、終わり」

「……それじゃあ、やっぱり酒場の娘は女神本人だったってわけだ！　はっ、お笑い種だね！　要はベル君に振られて、君はこんなヤケを起こしているんだ！　愛を司る『美の神』ともあろう者が！」

昨晩の少年の様子から、ヘスティアは娘との間にあったことを何となしに見抜いていた。

その上で、女神を挑発する。

いや正確には、今のヘスティアには嘲笑うことしかできなかった。

それはヘスティアらしからぬほどの他者への苛立ちであり、行き場のない感情の発露であり、どうしようもないほどの『負け惜しみ』だった。

それほどまでに、既に勝敗は決していた。

「そうよ。娘ではダメだった。だからもう、手段はどうでもいい」

対して、フレイヤは表情を消したまま。

その絶世の美貌を小揺ぎもさせず、淡々とした声で、手を伸ばす。

そしてその手で、ヘスティアの髪を摑んだ。

「うっっ――⁉」

「だから、どんな手を使っても、ベルを私のモノにする」

オッタルが大剣とともに身を引くと同時、結わえた黒髪の一房を乱暴に引き寄せ、ヘスティアの顔を、自分のもとへ近付ける。

それは暴虐だ。

外見からしても大人と子供ほどの体格差があるヘスティアには抵抗できない。

髪を摑む指から滲（にじ）み出る氷のような情動を感じながら、痛みに顔を歪める。

そんなヘスティアの顔を、息がかかるほどの距離で、フレイヤは覗（のぞ）き込む。

「ヘスティア、ベルとの『契（ちぎ）り』を解除して」

「っ……？」

「『改宗（コンバージョン）』の準備を済ませてと、そう言っているの」

一瞬なにを言っているのかわからなかったヘスティアは、気付いた。

フレイヤの側、地面に倒れているベルの背中には、【ステイタス】が顕現（けんげん）していた。

『開錠薬（ステイタス・シーフ）』を使ったのか、ヘスティアが施した錠（ロック）が解除されている。

「ベルを私の【ファミリア】に加える」

その要求に、ヘスティアは銀の双眼を睨み返す。

「ボクがやると、本当に思っているのか……！」

「じゃあ、貴方の眷族を殺すわ」

あっさりと告げられたその宣告に、ヘスティアの全身は凍りついた。

「一人ずつ天に還す。要求を拒む度に、今（いま）捕えている貴方の子を」

「なっ……⁉」

「『恩恵』の数が減っていけば、貴方も理解できるでしょう？」

見開かれるヘスティアの瞳の前で、フレイヤは顔色一つ変えない。

それは決して反故にしないという彼女の誓いだった。

絶対の『神意』だった。

「もし、それでも解除しないのなら……子は生まれ変わるから構わないなんて御託を並べるのなら……しょうがないけれど、貴方を『送還』する。貴方が駄々をこねても、結局ベルは私のものになる」

だからこの『要求』は最後の恵みであり、譲歩であり、私の『甘さ』だと。

人間性を打ち捨てた神の貌で、フレイヤはのたまった。

冬の日の凍てついた木枯らしのような声音で、断言した。

「っっ……‼」

本気だ。

フレイヤは本気だ。

その神意を疑えない。ヘスティアが逆らえば、彼女は即刻、捕えられているヴェルフ達を殺すよう眷族に指示を出すだろう。

本当にもう、彼女は手段など選ぶつもりがないのだ。

「辿る結末は一緒。なら賢い方を選択して、ヘスティア」
ビキリッ、と。
周囲を取り囲むように突き立つ武器の墓標の中で、大刀に罅が走った。
ヘスティアの呼吸の間隔が狭まり出す。
差し迫る岐路に息遣いが荒くなり、隠しようのない汗が肌を伝うようになる。
選べるものか。
選びたくないっ。
眷族を秤にかけるなんて！
ベルを、誰にも渡したくない！
でも、だが、けれど、選ばなければ【ヘスティア・ファミリア】は——。
喉が乾き、体から力が抜けそうになるヘスティアは、項垂れそうになった。
しかしそれすらもフレイヤは許さなかった。
今も掴む髪を引き寄せ、呻くヘスティアと無理やり目を合わせる。
「さぁ、選びなさい。意地か、眷族か」
女王の宣告。
今度こそ拒絶できない二者択一。
屈辱と怒り、恐怖と悲しみで、ヘスティアの双眸が揺れる。

無答は反逆とみなしたのか、あるいは『見せしめ』か。フレイヤは冷然と瞳を細め、眷族の抹殺を命じようとする。

「——こんな光景を目にする度、女神の修羅場より恐ろしいものがありうるのか、オレは常々考えてしまうよ」

その時。

陽気で飄々とした、けれど緊張を隠せない優男の声が、投じられた。

「……へ、ヘルメスっ……？」

「やぁ、ヘスティア。悪かったな、待ち合わせの時間に遅れて」

唖然とするヘスティアに、ヘルメスはいつもの調子で笑みを投げた。

時間に遅れるどころか、ヘルメスは奔走したのだろう。

待ち合わせ場所に現れないヘスティアを探しに。

嫌な予感に突き動かされる形で、少ない情報を精査し、悲鳴が轟き渡る都市の中からこの場所に辿り着いたのだ。

「ただならない雰囲気だけど、まずは手を放してあげたらどうかな、フレイヤ様？　そんな乱暴な真似、貴方の品性にも傷が付いてしまう。オレは悲しくなってしまうよ」

「……」

ヘルメスはすぐにフレイヤを見た。

それと同時に、周囲へ素早く視線を走らせた。

墓標のごとく突き立つ武器群、倒れているベル、泰然と控える猪人(ボアズ)、そしてフレイヤとヘスティア。状況を把握し、誰がこの場の支配権を握っているのか見抜いた上で、『調停者』として立ち回らんとする。

「ヘルメス。私の邪魔をするのなら、貴方も潰(つぶ)すわ」

しかし、フレイヤは拒んだ。

ヘスティアの髪から手は放したものの、周囲を取り巻く神威は衰(おとろ)えない。聞く耳を持たない女王のごとく。

美貌を隠すフードの奥、今まで一度だって見たことのない底冷えの光を、銀の双眸が湛(たた)えている。

ヘルメスは笑みを保ちながら、首の後ろに汗を溜めた。

ヘスティアがふらつくようにフレイヤから一歩離れる中、女神達の間に立つ。

ちょうど三角形を描く神々を、オッタルだけが黙って見守る。

「介入も、仲介も必要ない。場をかき回して有耶無耶(うやむや)にしようとするなら、貴方から先に天界へ還す」

「……状況を見るに、とうとうベル君を引き入れようと動き出した、というところかな？」

「そうよ。だからもう私は止まらないと、理解できるでしょう？」

この一件を神会(デナトゥス)で預かることも、ベル達を管理機関(ギルド)へ逃がすことも、許さない。

フレイヤの目はそう言っていた。本来ならば阻まれるべき暴挙も、女王(フレイヤ)ならばまかり通ってしまう。それは彼女とその眷族が『都市最強(フレイヤ・ファミリア)』であるからだ。

少なくとも今、彼女を止められる者はこの場にはいない。

ヘルメスもそれを理解した上で、あっさりと肩を竦(すく)めた。

「わかったよ。確かに貴方を止めることはできない。ベル君を連れていくといい」

「っ……！　ヘルメス!!」

その降伏宣言に当然ヘスティアは声を荒らげたが、ヘルメスの言葉には続きがあった。

「けど、ベル君を眷族(ファミリア)に加えるのは……『改宗(コンバージョン)』をするのは、もう少し待ってくれないかな？」

「なんですって？」

「おっと、そんな怖い顔をしないでくれよ、フレイヤ様。別にオレは貴方がさっき言ったように、場をかき回すつもりなんてないんだ」

おどけて両手を上げるヘルメスは、一転して笑みさえ浮かべてみせる。

しかし、その橙黄色(とうこうしょく)の瞳だけは笑っていない。

「けど、ベル君がヘスティアの【ファミリア】に入って、まだ半年」

「！」

「眷族が別の【ファミリア】に『改宗（コンバージョン）』するには、一年以上の在籍期間が必須だ。オレたち神々が取り決めた下界の規則（ルール）じゃないか」

「……」

「所属派閥が消滅している時はその限りじゃないが、貴方もできることなら主神（ヘスティア）を葬りたいわけではないだろう？　穏便に済むのなら、それに越したことはない筈だ」

その時、初めてフレイヤが口を閉ざした。

ヘルメスは論理的に、順路立てて、筋を通し、感情にも訴える形で滔々（とうとう）と語る。

あくまで規則と不文律に則（のっと）った上で、調停者（じぶん）が『口を挟む』正当性を説いた。

ヘルメスの間合い（ペース）だ。

神々きっての狂言（きょうげん）回しが舌を回し、嘘は用いず、事実と真実を使い分けて話術を尽くす。

「ベル君の身柄は預かってもらっても構わない。何だったら『半入団』扱い、なんてのもいいだろう。特例も特例だけど、オレがギルドを説得してみせる」

「なっ……!?　待てっ、ヘルメス！　そんなこと――っ！」

「ヘスティア～。もう負けを認めろって。旧知のよしみで、オレが『落としどころ』を用意しようとしているんだからさ～」

食ってかかろうとするヘスティアを、ヘルメスは指一本で押しとどめる。

そして鼻先に指を突きつけられたヘスティアは、気付いた。

軽薄な笑みを浮かべながら、それでも真摯な眼差しでこちらを見つめるヘルメスは、自分に『味方』しようとしていると。

計略の神は本来、心の底から信用していい相手ではない。

だが自分の力でどうすることもできない今、ヘスティアは彼を信頼するしかない。

「っ……!!」

理屈と感情は別だ。だが他の眷族のためにも、ヘスティアはうつむいて、あらん限りに歯を食いしばり、拳に変えた両手を震わせた。

その沈黙はヘルメスが用意した『落としどころ』への肯定だった。

「……いいわ。確かに不要な犠牲を出すのは望むところじゃない。貴方の口車に乗ってあげる、ヘルメス」

「嗚呼、ありがとう、フレイヤ様。慈悲深き愛の女神よ」

フレイヤは僅かな思考の末、この状況と自身の感情に、眉一つ動かさず決着をつけた。

感謝を捧げるヘルメスのおべっかを無視し、「オッタル」と短く呼びかける。

黙って控えていた猪人の従者にベルを担がせ、ヘスティア達に背を向けた。

「ベルくんっ……!」

「今は我慢しろ、ヘスティア」

遠ざかっていく女神達と、連れて行かれる少年の姿に、ヘスティアは身を乗り出そうとするが、ヘルメスが肩を摑む。

「ここでフレイヤ様に逆らっても返(かえ)り討(う)ちだ。だが半年も猶予があれば、『策』を講じられる」

「策っ……?」

「ああ。ギルド、他派閥、世論、何だっていい。とにかく味方を増やしてフレイヤ様からベル君を引き剝がすんだ。あの方は確かに無敵の女王だが、それ故に敵も多い」

暴虐な蹂躙を働いたフレイヤに、民衆を納得させる大義名分などない。

他(た)の非難も誹(そし)りも委細構わず、力ずくで奪い取りにきたのだ。少なくとも同情されるべきはヘスティアだろう。これで相手が闇派閥(イヴィルス)のような弁明の余地もない外道(げどう)の集まりだったなら正当化もされただろうが——事実フレイヤは気に入った子供のためだけに真っ黒(ブラック)な派閥を壊滅させては奪っていたが——【ヘスティア・ファミリア】は真っ白(ホワイト)も真っ白(ホワイト)な派閥だ。

何より、ベル・クラネルは、絶えず都市(オラリオ)を沸かせてきた人気者(スーパー・ルーキー)。

彼自身が望まない『改宗(コンバージョン)』は、民衆はおろか、同業者や神々も間違いなく難色を示す。

そこにヘルメスが『火(フレイヤ)』を投げ込めばどうか。【イシュタル・ファミリア】全滅の件も含め、これ以上の暴挙を許せば女王の横暴はとどめることができなくなる——そう思わせれば腰の重いギルドも動かざるをえなくなる。

「それにヘスティアが思っている以上に、お前には味方が多い。こんな一件がまかり通ったら、間違いなくヘファイストス辺りはカンカンに怒ってフレイヤ様とは対立する」

ヘファイストスが派閥を上げて【フレイヤ・ファミリア】のもとまで押し寄せる。

曲がったことが大嫌いな神友（しんゆう）が行動に踏み切るのは、確かに容易に想像できる。

派閥の力が小さかろうとタケミカヅチやミアハも同じだろう。

「そしてヘファイストス達、他派閥の参戦は、必ず事態を動かす呼び水になる」

極端な話、【ロキ・ファミリア】の協力が得られたのなら、最悪『抗争』まがいの戦闘を起こしてもいい。とにかく時間さえあれば、フレイヤからベルを奪回する手立ては用意できる。

ヘルメスはそう訴えているのだ。

「……どうしてだ、ヘルメス。どうして、フレイヤを敵に回してまで、ボク達を……」

「異端児（ゼノス）の件も含めて、色々迷惑をかけた借りを返すため、じゃあ納得できないか？」

全面協力も辞さない男神（おとこ）の弁に、ヘスティアは戸惑いも含めた疑問を呈する。

『中立』を標榜する彼が絶対強者（フレイヤ）に胡麻（ごま）をすらず、ただ旧知の仲だからといってヘスティアを助けるわけがない。

「そんな殊勝なヤツじゃないだろ、君は」と言い返すと、羽根（はね）つき帽子（ぼうし）をいじっていたヘルメスは、ややあって苦笑を浮かべた。

「何だかんだオレは……ベル君はヘスティアのもとにいるのが一番いいと思ってる。それが彼のためにもなるってね」

目を見張（みは）るヘスティアを他所（よそ）に、ヘルメスは「本当に、なんとなくだけどな」と付け足して、もう一度苦笑した。

帽子の鍔を下げて、一度目もとを隠したかと思うと、次に顔を上げた時には真剣な表情を纏い直していた。

「だからこそ、オレは今回お前側につく。フレイヤ様と敵対したとしても――」

商人の守り神も自称する男神が契約の言葉を口にしようとした、まさにその時。

「一つ、言い忘れていたわ」

既に距離が離れた場所で、フレイヤが足を止めた。

ヘスティアとヘルメスがはっと顔を上げ、緊張を帯び直す。

声はひそめていた。

今の会話が聞こえていた筈はない。

だが立ち止まる美神の後ろ姿は、目も耳も向けていない姿勢でなお、全てを見透かすように悠然とたたずんでいた。

「半年後の『改宗』を履行してもらうために、『代償』をもらっておくわ」

「だ、代償……？」

「ええ。ベルを私のモノにするために――先にそれ以外を捻じ曲げる」

その言葉に。

うろたえるヘスティアの隣で、ヘルメスは硬直した。

「約束は守って頂戴ね、ヘスティア」

もはやヘスティア以外、眼中にないように。

顔だけを振り向かせ、瞳で炉の女神を射抜いたフレイヤは、少年を抱えるオッタルとともに今度こそ姿を消す。

「まさか──」

調停者は瞠目し、戦慄する。

フレイヤはこの時、確かに、ヘルメスの思考の『上』を行った。

灰の空が軋む。

激動のごとく推移していく都市の鏡となる。

事態は目まぐるしく、流転していく。

「神フレイヤ！　先程の騒ぎは一体どういうことですか⁉」

ギルド長ロイマン・マルディールは叫んだ。

エルフでありながら『ギルドの豚』と称されるほどの腹の贅肉を揺らし、ちょうど見つけた女神のもとへ走り寄る。

「武装した貴方の眷族が暴れたことは既に聞き及んでいます！　女神祭の最中に『抗争』紛いのことなど、いくらオラリオの栄光に寄与する御身といえ、見過ごすわけには――！」

都市最大派閥といえど、身勝手な真似をするならばギルドも罰則を辞さない。

オラリオの運営に注力するロイマンがそうほのめかすと、

「黙って、ロイマン」

「――はっ？」

フレイヤは一蹴した。

ロイマンも、側に控える複数のギルド職員も愕然とする中、都市の中央を真っ直ぐ目指していた女神は、足を止めた。

「それよりも、群衆を中央広場に集めてちょうだい」

瞬間、銀の双眼が妖しく輝く。

ロイマンが『魅了』だと悟った時は遅かった。

周囲にいた職員達が不自然に体を揺らし、魂が抜かれたかのように忘我状態となる。

「子も、神も、できるだけ多く。あとは、都市の隅々に私の声が届くようにして」

「「かしこまりました……」」

男女関係なく、職員達が『美の神』の願いに応えるために周囲へ散っていく。

その場に残ったのはフレイヤと、あとは地面に両膝をつくロイマンのみ。

「ぐぅぅ……⁉」

「痛みで『魅了』から意識を逸らす……豚なんて罵られる醜い姿とは反して、やっぱり貴方は優秀ね、ロイマン」

咄嗟の判断だった。

大きくせり出た腹の肉を、引き千切らんばかりに両手で鷲摑みにするロイマンは、目を真っ赤に充血させながらフレイヤの『美』に抗ったのだ。

しかし、そこまでだった。

お付きもなく、たった一人、ローブで身を隠す女神に見下されながら、獣のように呻く。

「かみっ、フレイヤ……！　いったいいっ……なにを……⁉」

理性も、本能も、逆らうことのできない魅惑の銀光に呑み込まれていく。

残された意識が虫食いのように蝕まれていく中、酷薄な色を宿す女神の瞳は答えた。

「いつも通りよ。ただの神の気まぐれ」

ただし、と瑞々しい唇が続ける。

「ずっと我慢していた、一番欲しいもの。それを手に入れるために、もう我慢しないと決めた。それだけよ」

そうだ。

女神はずっと我慢していた。

少年（ベル）と出会ってから、怪物祭（モンスターフィリア）、『魔法』の発現、猛牛（ミノタウロス）との死闘、『中層』の決死行、戦争遊戯（ウォーゲーム）、彼が成長していく過程の中で、傍観者で在り続け、介入しようとしなかった。

美神の眷族（イシュタル・ファミリア）や異端児（ゼノス）の時でさえ、少年に直接接触することはなかった。

ずっとずっと、耐えて耐えて耐えて、奪い去ろうとしなかった。

けれど今や、耐える必要なんてない。

正面から、あらゆる手管を使って、自分のモノにすることができる。

フレイヤを戒める『鎖（シル）』は既に存在しないのだから。

「っ……!?」

己を見下ろす神の眼（まなこ）を見上げ、ロイマンは理解した。

――『侵略』が始まる。

残った意識の片隅で、それだけを理解した。

美の神（フレイヤ）が動くことの意味を正しく知る彼は、唸り、上気し、青ざめながら、畏（おそ）れた。

「だからもう、やり方なんて選ばない」

「ヘスティア、神威を高めろ!!」

裂帛（れっぱく）の叫喚が上がる。

余裕をかなぐり捨てた叫び声を上げるのは、冒険者でも誰でもない、男神（ヘルメス）だった。

「ありったけ、限界までだ!!　でなければお前の権能でさえ貫かれる!!」

「な、何を言ってるんだよ、ヘルメス……？　策を講じるんじゃなかったのかっ……!?」

ヘルメスの剣幕に、ヘスティアは激しい混乱に襲われた。

未だかつて見たことのない焦燥に駆られた顔で、ヘルメスは頭（かぶり）を振り、女神の両肩を掴む。

「もうそんな段階は終わった!!　意味がないんだ、もう！」

「っ……!?」

「見誤った！　ああ見誤ったよ、オレは！　オレ達は!!　フレイヤ様のベル君に対する『執念』を、『執着』を！　イシュタルが送還されたあの時から、ずっと見誤っていたんだ!!」

女神（フレイヤ）の心奥でずっと渦巻いていた感情。

それは『嫉妬（しっと）』や『怒り』ではない。

「たった一人の『伴侶（オーズ）』のために、矜持（きょうじ）も外聞も、自らに課した『一線（ルール）』でさえ捨て去って、下界そのものを犯す気だ！」

その『一途な狂気（ねがい）』によって、彼女は冷静に、冷酷に壊れることができる。

「フレイヤ様は本気だ！　もう止まらない！　誰にも止められない!!」

『半年』はおろか、僅かな『猶予』さえもうないのだと。

たじろぐヘスティアに、ヘルメスがそう訴えていると、

「ヘルメス様！」

頭上より、アスフィがヘルメス達のもとに急降下してきた。

「【フレイヤ・ファミリア】が【ヘスティア・ファミリア】を……！　アイシャや、ファルガー達もやられました！　リオンまで……！　いったい、何が起こっているのですか⁉」

飛翔靴(タラリア)で空中から着陸した彼女の両腕には、意識を失ったリューが抱かれていた。

彼女も混乱しているのだろう。『透明状態(インビジビリティ)』になるのも忘れ、人々に目撃されかねないまま空を飛んできたことが動揺の丈を物語っている。

そんな彼女に対し、ヘルメスが言い放つのは説明ではなく、命令だった。

「アスフィ、逃げろ！」

「えっ……⁉」

「空を飛べるお前しか逃げられない！　できるだけ多くの者を連れて——いやっ、駄目だっ、間に合わない！　リューちゃんと一緒に、オラリオから離れろ！」

「な、何を言っているのですか、ヘルメス様⁉」

顔を苦渋に歪める主神の指示に、アスフィは食ってかかろうとするが、

「言うことを聞け‼」

「‼」

「考えるな！　従え！　手遅れになる！　少しでもオラリオから距離を取るんだ！　行け、アスフィ！　——頼む‼」

「…………わかり、ました」

ヘルメスの神意、いや『必死の懇願』に、頷くことしかできなかった。

主従の信頼をもって引き下がり、空へと飛翔して、高速で市壁の先へと遠ざかっていく。

その光景を呆然と見上げていたヘスティアが、何とか視線を戻すと、ヘルメスは破いた巻物の一部に荒々しく何事かを書き殴っていた。

「その時が来たら、コレをオレに渡せ！」

「め、手紙……？　それに、ヘルメス自身に……⁉」

「すぐ渡してはダメだ！　時機をしくじれば、オレはそのまま、お前の敵になる！」

紅の羽根ペンを投げ捨て、千切った紙片をヘスティアに押し付ける。

頰に伝う汁。

切迫した声音。

果てしない焦慮。

説明も何もかもすっ飛ばして、『必要なこと』だけを託すように、吠える。

「今、このオラリオの中で抗えるのはヘスティア、処女神だけしかいない‼」

神の雄叫び。

限界まで見開かれるヘスティアの双眸。
今より何が起きようとしているのか、恐ろしい『仮定』が脳裏に過る。
「ヘルメス……まさか……フレイヤは──!?」
無意識のうちに震え出す声が、男神を問いただすことは、なかった。
『針』の音が聞こえた。
時計の長針と短針が重なり、天を仰ぐかのごとく真上に留まった音が。
そして、『侵略』の幕が上がる。

『今から、つまらない話をするわ』

ヘスティアが揺れる。
ヘルメスが息を呑む。
弾かれたように二神が振り向く先。
都市の中心地から、その『美しい声音』が響き渡った。

『ここには本来、もう一柱、豊穣の神がいる筈だった』

中央広場。

今は四本の『豊穣の塔』が建つ都市の中心部で、フレイヤは言葉を紡ぐ。

「フレイヤ様……？」

「女神祭の閉幕宣言は、日没の後の筈じゃあ？」

「どうかされたのかしら？」

い、いい。

操られたロイマン達に誘導され、人々が続々と中央広場に集まっていた。

従者も護衛もつけず、真北の『豊穣の塔』に一人。

ローブとフードを纏う女神は、バルコニーのように開けた『祭壇』に立ち、眼下の群衆を見るわけでもなく眺める。

『私と同じ美の神、イシュタル。私はアレを天に還した』

フレイヤは静かだった。

淡々としながら、しかし神聖ですらあった。

誰もが彼女の静謐な空気に呑まれ、言葉を失っていき、目を奪われた。

『くだらない敵愾心に囚われ、獣に成り下がり、品性を失った。見るに堪えないほど、あまりにも醜かった。だから、消し去った』

フレイヤの足もと、群衆には見えない位置で、『祭壇』に設置されている魔石製品の大型拡声器が、彼女の美声をオラリオの隅々(すみずみ)にまで届ける。

例外なく、誰も彼も、その声を耳にする。

女神の声を除いて、都市から音が消えていった。

巨大な中央広場(セントラルパーク)を埋めつくすまでに至った群衆は、まるで託宣を預かる大地の子供のように、引き寄せられるように女神を仰ぎ、謹聴(きんちょう)する。

『そして私は、今からアレと同じ醜い存在になろうとしている』

嗤笑(ししょう)。

自嘲(じちょう)の声。

『美の神』が自らを蔑(さげす)む一面に、下界の住人が動揺を孕(はら)む。

都市中にいる神々でさえ目を疑う。

『罵倒は甘んじる。軽蔑(けいべつ)もいくらでも。けれど謝罪はしない。だってもう、決めたから』

女神の瞳が神塔(バベル)を見上げる。

遥(はる)か彼方の天の世界にも告白するように、朗々と言葉を連ねる。

『欲しいものがわかったから』

『何にも代えがたいモノを見つけたから』

『私はもう、それだけでいい』

歌うように、震えるように、喜ぶように、悲しむように。

女神のその宣言に、絶句する人々と神々は、その異様な雰囲気にようやく気が付く。
だが、遅過ぎた。
女神の手が、顔を覆う影ごと、フードを取り払う。

「私はようやく、『愛』以外のものを知ることができるかもしれない」

現れるのは、『娘(むすめ)』の面差(おもざ)し。
薄鈍色の髪、薄鈍色の瞳。
女神の声音を忘れた、少女の声。
その瞳から滑り落ちるのは、一筋の雫(しずく)だった。
美しい微笑を湛えながら、涙が頰を伝っていく。
それは『女神』が葬った筈の『娘』の残滓(ざんし)。
『彼女』の心奥(しんおう)の顕在。
都市の時が止まる。
誰もが言葉を消滅させる。

天(そら)が、割れた。

彼女を祝福するように、あるいは呪うように、雲の隙間から光が降りそそぐ。

「だから、知りたい」

都市南方。

戦いの原野の中で、女神の眷族達が忠誠を捧げるように、臣下の礼を取る。

「だから、放さない」

都市西方。

意識を失った少年達を地に転がしながら、第一級冒険者達が視界の奥に建つ塔を見つめる。

「だから、世界(あなたたち)を犯す」

黒妖精(ダーク・エルフ)は瞳を細めた。

四つ子の小人族(パルゥム)は黙りこくった。

猫人（キャットピープル）は感情を潰すように目を眇（すが）めた。

猪人（ボアズ）は瞑目（めいもく）した。

白妖精（ホワイト・エルフ）はただ見据えた。

全員が、主（あるじ）の決定を受け入れた。

「あの色ボケ、まさか……!?」

その『忌避すべき兆候』にロキが目の色を変える。

「アイズ、あれ！」

「っ……!?」

少年の行方（ゆくえ）を追っていたアイズ達が異変を感じ取り、立ちつくす。

「ヘスティアァ!!」

「ッツ────!?」

ヘルメスの絶叫とともに、ヘスティアの神威が最大展開される。

人々も。

冒険者も。

神々も。

全てが無駄だった。

抵抗さえ許されず、その時がやって来る。

そして。

「ひれ伏しなさい」


全ての存在の鼓動が弾けた。

あらゆる生命の音が、打ち震えた。

薄鈍色の瞳が『銀の輝き』を帯び、少女の声が『銀の鎖』となって、全てを堕とす。

「なっっ――!?」

オラリオから遠く離れた上空。

リューを抱えるアスフィは、捉(とら)えた。

決して視認できる筈のない『銀の神威』が、巨大な円蓋(ドーム)状の輝きとなって、オラリオを覆いつくした瞬間を。

甚だしい『魅了』の瞬間を、彼女だけが知覚してしまった。

正気の者も、意識を絶った者も、あらゆる『魂』が蹂躙(じゅうりん)される。

侵略され、ねじ曲がり、統一される。

――改竄要求（わたしのいうことをきいて）。

娘なのか、女神なのか。

もはや誰かもわからない静謐（せいひつ）な声が響く。

その日、オラリオは『変容』した。

二章
箱庭孤独

何かが轟き渡った。

銀の弦を引き裂くように。

嗄れ果てた喉を掻き鳴らすように。

壮麗で凄絶な音色をもって、あらゆるものを震わせる。

それは全て呑み込む海鳴りにも聞こえた。

それは一糸乱れず、一つの巨大な生物のように鳴り響く軍靴の音のようですらあった。

征服の音。

支配の音。

極めて美しい光の音。

とても恐ろしくて、悲しいもの。

投げられた賽は、足もとに転がり、きっとどうに砕けている。


そして。

何かが燃え上がった。

それは背中から燃え広がり、もう一つの強大な何かから身を守り、抗って、弾いたかのようだった。

憧憬が燃える音。
神意に逆らう音。
高嶺に咲く一輪の金色の花のように、征服も侵略も拒みつくす。
薪はない。
灰も出ない。
火の粉は舞う。
ただ竈の奥で、色褪せない金の情景が燃えている。
瞼を閉じた暗闇の中、身に宿る悠久の聖火に抱かれていた。

それなのに。
どうしてこんなにも不安になるのか、僕にはわからなかった。
まるで自分だけ取り残されたかのような。
誰もいない茫漠の闇の中で立ちつくすような。
決してこちらを振り向かない、たくさんの背中に囲まれているような、そんな感覚。
暖かな聖火が、音を立てて孤独に燃えている。
恐怖に抱き竦められる意識の浮上は、すぐそこだった——。

「……うっ」

酷く掠れた、呻き声が漏れた。

瞼を開き、瞬きを繰り返すと、高い天井が視界に映る。

頬にうっすらとかかるのは、カーテンの隙間から伸びた日の光。

しばらく意識を宙づりにしていた僕は、敷布の衣擦れの音とともに、身を起こした。

「ここは……?」

広い部屋。

猫脚の椅子や円卓、大型収納箱、燭台にも似た魔石灯。僕が寝ていたのは品のいい寝台で、床には足が埋もれるくらい柔らかそうな絨毯が敷かれている。

まるで高級な旅館のようだった。

巨額の借金を背負う【ファミリア】の一員には、間違っても縁がないような。

けれど、それでいて、何だろう。

上手く言えないけど……そう、宿屋にはない『生活感』がある気がする。

客室ではなく、個室と言えばいいのだろうか。戸惑いを覚えながら僕は部屋を見回した。

何故こんな場所にいるのか。必死に記憶の糸を手繰り寄せる。

「……！　そうだ、僕は……！」

襲われたのだ。

リューさんと一緒に、『都市最強の冒険者』に。

愕然として、一瞬で緊張感を纏い直す。

なら、この部屋は？

僕は連れ去られた？

リューさんは、無事なのかっ？

溢れ出す疑問の数々を何とか押さえ込み、音もなく寝台から抜け出す。

着ている服は見覚えのない寝衣に変わっていた。体を拘束するものはない。自由に動ける。

だけど装備品は一切見当たらなかった。《神様のナイフ》も。

武装を没収されていることに奥歯を嚙みつつ、部屋に僕以外の気配がないことを入念に確認し、朝日が差し込む窓辺に忍び寄る。

「……平原？」

顔を僅かに出して外を窺うと、そこは広大な庭……いや、『原野』だった。

青空の下に視界いっぱいの緑の海が広がり、奥には城壁のような石壁が見える。

……駄目だ、こんな景色なんて記憶にない。

むしろ自分のいる場所は本当にオラリオなのかと疑いたくなる。

都市の外に攫われたのでは、と一抹の不安を抱きながら、窓を調べた。

鉄格子の類はなく、鍵もかかっていない。拍子抜けするほどあっさりと出られそうだ。が、眼下を歩く冒険者らしき人影を何人も視認する。これでは必ず見つかる。

僕は窓から脱出するのを諦めた。

「となると……」

僕は部屋に設けられた唯一の出入り口を見る。

一頻り凝視した後、意を決して歩み寄った。

取っ手に手を添え、細心の注意を払いながら、音を立てずに扉を開く。

「…………ここ、本当にどこなの？」

部屋から抜け出した僕は、唖然と呟いてしまった。

白い瀟洒な廊下は広く、長く、まさにお城もかくやといった壮観だった。

自分はとんでもない場所に連行されたのではと、うろたえていると、

「何をしている」

「!!」

背中に投じられた声に、息が止まるほどの衝撃を受ける。

反射的に振り返った先、立っていたのはここ最近で急激に人となりを知った、金髪の

白妖精だった。

「ま……師匠……」

横の廊下からやって来たのか、ヘディンさんは一人で立っていた。

気配を感じられなかった——いや当然だ、この人はLv.6の第一級冒険者。

こちらの知覚なんていくらでも誤魔化せるし、拳と蹴りだけで僕を制圧できる。改造特訓の中で嫌と言うほどそれを認識させられた。

弟子にしたよしみで僕を助けてくれる……そんなこともありえない。

だって師匠は冷虐非道で、そもそも【フレイヤ・ファミリア】なのだから！

「っ……！」

捕まるのか、部屋に戻されるのか、そもそも何故攫われたのか。

首筋に汗を感じながら、しばらく視線を交わしていると……師匠は、汚物を見るかのように舌を弾いた。

「その汚い顔をすぐさま洗え。朝食に行くぞ」

…………………………えっ？

僕は最初、何を言われたのかわからなかった。

「……ちょ、朝食？　どっ、どうして……？」

「何を言っている。夜が明けるのに理由など要るまい。朝餉を取るのもそれと同じだ」

「えっ、え……？　師匠（マスター）の方こそ、何を言ってるんですか？　あ、頭がおかしくなって――」

「舐（な）めているのか愚兎（ぐさぎ）」

「ふべしっ⁉」

　音もなく眼前に迫られ、以前と全く変わらず蹴（け）りを入れられる。

　いや確かに朝ご飯を食べるのは普通なことかもしれませんけど……！

　痛みに悶絶（もんぜつ）しつつ、僕は、少し安堵（あんど）してしまった。

　いやいや蹴られて喜ぶとかそういう意味じゃないんだけど……師匠（マスター）がこの前と全く変わらず、いつも通りだったから。

　少なくとも敵対しているような雰囲気はない。状況がまるでわからず混乱している中、張り詰めていた僕の心を弛緩（しかん）させてくれる。

　……『違和感』は、拭（ぬぐ）えないけれど。

「支度（したく）を済ませろ。さっさと行くぞ」

　眼鏡（めがね）の奥、珊瑚朱色（さんごしゅ）の双眸（そうぼう）で僕を見つめていた師匠（マスター）が、背を向ける。

　僕は口を引き結び、黙って付いていくしかなかった。

　――そして「支度を済ませろと言っただろうが屑（クズ）が」と再び蹴られ、水を張った浴槽（よくそう）に頭ごと沈められた。後頭部を鷲掴（わしづか）みにされながら。

戦闘衣らしき服を着せられ、強制的に身なりを整えさせられて、師匠の後に付いていく。

十分豪邸と呼べる【ヘスティア・ファミリア】の『竈火の館』が、話にならないほどの屋内。広さは当然として、金銀を散りばめた内装は凄まじい。足が沈む豪奢な絨毯に萎縮し、シャンデリア型の巨大魔石灯に口を開け、宮殿のような幅広の階段に目玉を剝く。そして頻りにきょろきょろおどおどしているうちに、そこに辿り着いた。

物語の中にしか存在しないような、凄まじい規模の『特大広間』。

「今、起きたのか」

「寝坊とは恐れ入る」

「重役出勤か、兎」

「近頃調子に乗っているな、兎」

連結を重ねて五〇Mはあるのではと思わせる長机、そこには足がつかない子供のように四人の小人族が椅子に座っていた。

【炎金の四戦士】、ガリバー四兄弟。

都市最大派閥の第一級冒険者の姿に、僕は啞然とするより先に……戸惑ってしまった。

「おい、トマトを残すなドヴァリン」

「朝食から赤茄子（あかなす）とか拷問だろアルフリッグ食え（パス）」

「ふざけんなお前っ。ってベーリングも真似（まね）するなっ」

「違う、これはアルフリッグのデザートと交換だ食え（パス）」

「なお悪いだろ！　オイこらグレールお前もやめろ！」

「食え食え食え（パスパスパス）」

「せめて何か言い訳しろよぉぉぉ！」

「「アルフリッグお兄ちゃぁ～ん、お願い～」」

「ブッ飛ばすぞお前等ぁ‼」

同じ顔に同じ声の兄弟が、皿（プレート）の上で赤い野菜を押し付け合っていた。

まるで自分の分身と戯（たわむ）れているかのような、奇妙な朝食の喧騒（けんそう）が繰り広げられている。

……な、なんだ、これ？

神様達がよくおっしゃる、家庭的（アットホーム）な感じは……。

あの恐ろしい第一級冒険者の、想像もしていなかった奇妙な姿に、目を疑っていると、

「もういい！　ベル、お前が食え！　寝坊の罰だ！」

胸に抱く戸惑いに止（とど）めを刺すように、『僕の名』を呼んだ。

「「アルフリッグお兄ちゃん、いけないんだ～」」

「お前等が言うなよぉ！　あとその口調うざい‼」

動きを止める僕には気付かず、小人族の四つ子は子供のように騒ぎ続ける。

「魂を分け合う宿命の四子。黎明の餐食が俄に戦乱と堕ちるのもまた必定……」

「へ、ヘグニさん……」

「いい夜明けだ。健啖の戒めは未だ解けないか？」

小人族の兄弟とは一つ分席を空けて、フォークとナイフを使っているのは黒妖精。

先日激しく戦ったことが嘘のように――いや人見知りをしなくなったように――ヘグニさんは気軽に僕へ声をかけてきた。

多分……「いい夜明けだ。健啖の戒めは未だ解けないか？」と言っている……。

「なに突っ立ってやがる。とっとと飯を済ませて『庭』へ出ろ」

最後に口を開くのは黒い毛並みの猫人。

【女神の戦車】アレン・フローメル……さんは、悪態を吐きながら、それでも『座れ』と目線で命じていた。

僕を連れてきた師匠も、何も言わず朝食の席につく。

「…………っ？」

呆ける。

緊張とか、生きた心地がしないとか、それら全てを台なしにされ、呆然としてしまう。

しずしずと朝食を配膳する侍女さん達にぎょっとするのも束の間、椅子を引かれた。

同じ食卓で、ご飯を食えというのか。敵対派閥(あなたたち)と。

僕は、立ちつくしてしまった。

「おい、何をしている」

「なんだ、その間抜け面は」

「第一級冒険者(われわれ)と朝食をともにするのが、そんなに気まずいか?」

「全くもって今更だろうに」

「汝、恐れ知らずの異端の子。そう、汝の名は世界最速兎(レコードホルダー)……」

小人族(パルゥム)の四つ子が、黒妖精(ダーク・エルフ)が、口々に言う。

おかしい。

何かが。

致命的なまでに。

同じテーブルについて食事を取ることがさも当然のように振る舞う彼等に、僕の混乱は限界を突破した。

「こ、ここは!!」

大広間に叫び声が響く。

第一級冒険者の視線が集まり、気圧(けお)されそうになりながら、上擦りかける声で尋ねた。

「……ここは、どこですか……?」

僕がその問いを発すると。

胡乱（うろん）な眼差（まなざ）しが殺到する。

答えたのは小人族（パルゥム）のうちの……多分アルフリッグさんと、ドヴァリンさん。

「僕等の本拠（ホーム）に決まっているだろう」

「この神聖な領域を『戦いの野（フォールクヴァング）』以外の名で、どうやって表す？」

戦いの野（フォールクヴァング）……？

じゃあここは、やっぱり【フレイヤ・ファミリア】の本拠地？

僕は他派閥の拠点に攫われた？

でも……だけど……それでも……状況を理解してなお、『違和感』が拭えない。

薄気味悪い寒気を感じながら、唇をこじ開け、まくし立てた。

「なんで、僕を連れ去ったんですか？」

「どうして、僕達を襲ったんですか？」

「リューさんは、無事なんですかっ⁉」

沈黙。

静寂。

無音。

広間から音が消え去り、叫んだ筈（はず）の僕が動揺した。

まるで自分の発言がおかしかったような錯覚に陥る中、誰もが、怪訝な顔付きをする。

「汝を攫う必要なし。汝は囚われの姫君では非ず」

「寝惚けてんのか、てめえは」

ヘグニさんとアレンさんが告げる。

「というかリューさんとは？」

「竜だろう。ドラゴン」

「竜さんとかモンスターと心を通わせた友達かよそれは」

「鍛練ならともかく、君を襲うなんてことはしていない筈だけど？」

三人の弟が首をひねり、長兄が茶化すことなく断じる。

「話が噛み合わん。先程から何を言っている」

そして、師匠の眼差しが、僕を串刺しにした。

「貴様はフレイヤ様に見初められた眷族、【フレイヤ・ファミリア】の一員だろうに」


時が止まった。

心臓が鼓動を忘れ、ただの置物に成り下がる。

何を言われたのかわからない。

どうしてそんな馬鹿(ばか)げた『冗談』を言うのか、まったく理解できない。

「なにを……なにを、言ってるんですか……？　僕はっ、僕は【ヘスティア・ファミリア】！　フレイヤ様の眷族じゃない！」

動転しながら叫ぶと、周囲の空気が再び豹変(ひょうへん)する。

「何をほざいてやがる、てめえ」

「フレイヤ様への侮辱……叛意(はんい)の表明ということか？」

真っ先に猫人(キャットピープル)と、一人の小人族(パルゥム)が殺気に満ちる。

「いや、待て。様子がおかしい」

「この兎がいくらアホでも主神(あるじ)への敬意を忘れはしないだろう」

次には別の小人族(パルゥム)が二人、制止する。

「彼(か)の者の眼差しは混沌(こんとん)のそれ……外なる世界より暴君が訪れ、動乱の兆しが夜空に瞬(またた)く」

「何を言ってるのかわかりそうでわからないよ。ヘディン、訳してくれ」

「『記憶の混濁を疑うべきでは？　外部から強い衝撃を受けて錯乱したとか』と言っている」

ヘグニさんとアルフリッグさん、師匠(マスター)が論じ合う。

どうして明らかにおかしいことを言っているのに、自分達を疑わないのか。

どうして僕が『おかしい』ことになっているのか。

何を言ってるんだ。

この人達はみんな、何を言ってるんだ!!

「ぼ、僕は神様にっ、ヘスティア様に拾われました！　フレイヤ様のもとに改宗(コンバージョン)なんかしていません!!」

「馬鹿を言うなよ。この都市に来た君に『恩恵』を授(さず)けたのは、フレイヤ様じゃないか」

叫んだ直後、アルフリッグさんに言い返され、呼吸を止めてしまった。

ベル・クラネルに『恩恵』を授けたのは後にも先にもフレイヤ様だけ。

全く嘘(うそ)のない瞳(ひとみ)にそう告げられ、ぐらり、とよろめきそうになる。

「鍛練のしすぎで頭でも打ったか？」

「あるいは他派閥の人間に厄介な『魔法』でもかけられたか」

「こいつの面倒係はヘディン、お前だろう。何か心当たりはないのか」

「四六時中この愚兎(ぐさぎ)を見張ることなどできるものか」

小人族(パルゥム)の弟達とヘディンさんの会話を他所(よそ)に、僕の足は無意識のうちに、後ずさっていた。

得体の知れない恐怖が、腹の底からこみ上げてくる。

怖いっ。

この人達が怖い！

「ヘイズを呼び出せ。今は『バベル』にいる筈だ。異常がないか、調べさせろ」

周囲で戸惑っている侍女(メイド)さん達にそう指示が出された瞬間。

僕は溢れ出る恐怖に負け、駆け出していた。

「ッッ！」

背後から呼び止める声が聞こえる。

構うものか。

無視しろ。聞いちゃいけない。

相手は第一級冒険者、その気になればすぐに追いついて僕を捕獲できる。

だから逃げろ。早く逃げろ。この気持ち悪い場所からすぐさま逃げ出せ！

広間を飛び出した僕は出口を求めた。

宮殿のごとき広すぎる屋敷内を駆け抜け、外の気配を探って、ホール然とした正面玄関の扉を勢いよく破る。

「っ……!?」

直後、視界に飛び込んできたのは『戦い続ける戦士達』だった。

宮殿が立つ丘の上――現在地から見下ろす広大な原野。花の小輪が揺れる緑の海の中で、何十人もの冒険者が得物をもって衝突している。頭上の青空を震わせるのは、幾重にも折り重なる喚声だ。

聞いたことがある。

【フレイヤ・ファミリア】では……その本拠『戦いの野』では、団員達が日夜『殺し合い』

を繰り広げていると！

酷烈なまでの【ファミリア】内競争。

全ては己を高め、主神の寵愛を得ようとするがための過程。

だがそれこそが、【フレイヤ・ファミリア】を今日都市最大派閥に君臨させている一因。

性別、種族、年齢、何も関係ない。誰もが血を流し、戦意に猛りながら、鎬を削り合う。

僕はその熱気に圧倒され、立ち竦みそうになった。

同時に判断に迷う。

広大な敷地を取り囲む四壁に辿り着けなければ、ここを脱出できない。

見つからないようにここを出る——いやそんなの不可能だ。

いつ師匠達が来るかもわからない！

僕は一気に丘を駆け下り、正面突破を図った。

「ベル！　貴様、のうのうと遅れて現れて！　しかも丸腰で、舐めているのか！」

「っ……⁉」

すぐ側で殺し合いを行う団員達のすぐ側を抜け、原野を縦断していると、一人の『ハーフ・パルゥム』に斬りかかられる。

双剣を手にした彼は、しかしよく知った人物を前にするかのように呼びかけてくる！

「Lv.4になったからといって調子に乗るな！　以前までのように半殺しにして、稽古をつけてやる！」

鋭く踏み込んでくる半小人族の斬撃をすれすれで躱し、冷や汗をかく。

そしてそれ以上に『僕が知らない僕』に叫びかけてくるこの人に、恐怖を覚える。

僕は相手をせず、転がるようにすぐ脇を駆け抜けた。

その敏捷を最大限に利用し、離脱を図る。

途端、周囲で剣戟を交わしていた戦士達がこちらに気付き、武器を突き出してくる。

戦え！

戦え！

戦え、ベル!!

貫いてくる眼差しを、叩きつけられる怒気を、浴びせられる『僕の名前』を、僕は頭を振りながら拒絶した。

「知らない！　貴方達なんか、僕は知らない!!」

全てを振り払うように草原を蹴りつけて、勢いよく踏み切った先。

門番が待ち構える荘厳な巨門を、大跳躍することで飛び越えた。

「はっ、はっ、はぁっ……！」

繁華街をひた走る。

【フレイヤ・ファミリア】の本拠から脱出した僕が移動するのは、都市の南区画。

女神祭は無事終了したのか、ギルド職員や街の人々の手で後片付けが始まっている。大量の作物を入れられていたトロッコ状の木箱が運ばれ、屋台も引き払われつつあった。華やかな豊穣の飾り付けが姿を消していく様は、まさに祭りの後と呼べる寂寥感を感じさせてくるものの……今の僕はそれどころじゃない。

上級冒険者達から逃れるため、息は盛大に乱れていた。

強行突破の代償で、服はあちこちが薄く裂かれている。

これじゃあまるで、牢屋から逃げ出した罪人のようだ。

今も心臓が喚き、発汗が収まらない。肌の内側を滑る不安が腹の底から込み上げてくる。

早く安心したい。すぐにこの気持ち悪さを忘れたい。

だから神様達のもとへ。

僕達の家へ……！

「うっっ⁉」

不安と動揺から逃れようとするあまり、脇目も振らず走っていた僕は、すれ違う人物と肩をぶつけてしまった。

体勢が崩れかけるも、踏みとどまる。

体格がいい相手も何とか転倒を防いだ。

そして、こちらが慌てて謝罪するよりも先に、よく知った声で、罵倒を飛ばしてきた。

「痛てぇな！　一体どこ見てんだっ！」

――モルドさん！

少なくない交流を重ねてきた顔見知りに、僕は訳もなく安堵した。

強面の先輩冒険者はいつもの調子でこちらを睨みつけ、そして肩をぶつけた相手が僕だと気付いた瞬間、

「ラ、【白兎の脚】⁉　【フレイヤ・ファミリア】あ⁉」

そう、怯えた。

「――――――」

安堵の笑みを浮かべようとしていた顔が、不自然に硬結した。

顔面の筋肉が、不細工に痙攣した。

頭の中が真っ白に染まる僕に気付かず、モルドさんはひたすら謝り倒してくる。

「わ、悪いっ！　アンタとは気付かなかったんだ！」

「モルドっ、お金、お金っ！」

「有り金渡しちまって、早く許してもらえ！」

仲間のスコットさんとガイルさんも揃って取り乱す。

その光景が意味するところは、簡単だった。

まるで都市最大派閥の報復を危ぶむように――僕を恐れている！

「ちがう……違うっ⁉　僕は【フレイヤ・ファミリア】なんかじゃない‼」

「な、なに言ってんだよ⁉　た、頼むっ、許してくれぇ！」

「許すも許さないもない！　僕ですよ、モルドさん⁉　貴方に散々殴られて、変なことを沢山教えてもらってっ、それでも何度も助けてもらった、僕です‼」

「そんなことしてねえっ、してねえよ！　いちゃもんなんてつけないでくれぇ！」

　赤の他人を見る目に、僕はとうとう平静を失った。

　目の前に迫ってその分厚い両肩を掴む。けれど、いくら訴えても勘違いされる。むしろ『勘違いしているのはお前の方だ』と言わんばかりに、モルドさんは悲鳴を散らした。

　その瞳は、自分より体が小さいヒューマンに正しく怯えていた。

　理性なんてものが、奪われていく。

「許してやってくれ！」と止めようとするガイルさん達の姿も、動揺を助長させた。

　騒ぎに気付いて周囲の人々がざわつき始める中、自分の立っている居場所が、不確かになっていく。

「何をしているんですか！」

知らない街に迷い込んだように立ち竦んでいると、声が投じられた。

こちらに向かってくるのは、一人のハーフエルフ。

僕は、はっとした。

「今は女神祭の片付け中です！　一体なにがあったんですか！」

黒のパンツとスーツの制服姿。普段と何も変わらない、眼鏡をかけた整った相貌。

作業していた同僚の中から、彼女は凛と歩み出てくる。

冒険者を勇ましく仲裁しようと、職務を全うしようとするその姿は、真面目で公正なギルド職員のそれだ。

「エイナさん！」

僕は彼女の名を叫んでいた。

この人なら。

冒険者になった僕を見守り続けてくれた、エイナさんなら。

僕が【フレイヤ・ファミリア】だなんて、馬鹿げたことを言いっこない！

名を呼ばれた彼女は、緑玉色の瞳を見開き、苦笑した。

僕を安心させてくれる笑みを浮かべて、口を開いた。

「申し訳ありません。どこかでお会いしたでしょうか？」

パキンッ、と。


今度こそ。

硝子(ガラス)が罅割(ひびわ)れたような、脆(もろ)く、乾いた、致命的な音を幻聴した。

視界が弾(はじ)け飛んだかのように。

眼球に亀裂が走ったかのように。

全ての景色と人物が、歪(いびつ)な輪郭を描く。

「…………僕を、覚えて、ないんですか？」

「まさか！　世界最速兎(レコードホルダー)の名を持つ貴方を知らない者は、この都市にはいません。ただ……私の名前を呼ばれて、驚いてしまって」

笑う。

エイナさんは笑う。

僕のよく知ってる笑みで、僕のことを知らないと、そう笑う。

「…………モルドさん達が、冗談を言って……僕は、【ヘスティア・ファミリア】なのに……」

「……？　クラネル氏が改宗(コンバージョン)したという情報は聞(き)き及(およ)んでいませんが」

呼んでくれない。

エイナさんは、『ベル君』と、呼んでくれない。

いや違う。ここは公の場だからだ。ギルド職員として規範を守っているに過ぎない。

そうに決まってる。

その筈なのに。

「………貴方は、僕のアドバイザー、ですよね？」

「ええっ⁉　そんな、私がクラネル氏のアドバイザーなんて！　そもそも【フレイヤ・ファミリア】は派閥の方針で、アドバイザー制度を利用されていませんし……」

否定する。

彼女は、僕の言葉を、ことごとく否定する。

僕達の出会いなんてなかったと、断言する。

「ク、クラネル氏……？　どうなされたんですか？」

解放されて息をついていたモルドさん達が、周囲にいる人々が、目の前に立つエイナさんが、蒼白となる僕を困惑の視線で見ていた。

わからない。

自分の声がどうして震えているのか。

自分の足が一体どこに立っているのか。

僕は一体、いかなる迷宮に迷い込んでしまったのか、何も理解できない。

「…………………………僕は、誰ですか？」

乾ききった舌をもつれさせ、それを尋ねた。

断崖から飛び降りるように、絞首台に上がるように、怪物の前で武器を捨てるように、ずっと避けていた『核心』を、尋ねてしまった。

彼女は、不思議そうな表情を浮かべ、告げた。

「貴方は、【フレイヤ・ファミリア】のベル・クラネル氏です」

断崖の底に叩きつけられたかのような衝撃が生まれた。

「神フレイヤの『恩恵』を授かり、世界最速昇華の偉業を成し遂げた英雄候補」

縄が首に食い込み、窒息するがごとく呼吸が閉じた。

「僅か半年で第一級冒険者を目前にした、誰もが認める『強靭な勇士』です」

凶悪な牙に四肢をもがれ、体を噛み砕かれ、髪の毛一本に至るまで咀嚼された――そんな風に、肉体と精神が停止した。

僕は誰だ？

ここはどこだ？

今はいつで、何が起こって、なぜこんなにも、体が寒いんだろう。

僕を串刺しにする視線の中に、『僕』を知っている眼差しは存在しない。

姉代わりで、いつも助けてくれた、目の前に立つ彼女の中にも。

背中に宿る聖火(ほのお)が、音を立てて、孤独に燃え続けている——。


「首尾は？」

アルフリッグは尋ねた。

少年(ベル・クラネル)が逃げ出した【フレイヤ・ファミリア】本拠(ホーム)、その奥に存在する『特大広間(セスルームニル)』。

猫人(アレン)一人が追跡して少年を今も監視している中、弟達とともに椅子に腰掛けながら、斜向(はすむ)かいに座る白妖精(ホワイー・エルフ)を見やる。

「……ほぼ女神の神意通り」

ヘディンは眼鏡の位置を直しながら、告げる。

「あの愚兎(ぐさぎ)を除く、全ての人と神が『魅了』され、記憶を改竄された」

感情を殺したエルフの発言に、小人族(パルゥム)の三人の弟達は戦慄(せんりつ)を秘め、口々に語る。

「恐ろしい」

「ああ、実に恐ろしい」

「我が主(あるじ)ながら、怖気(おぞけ)が走る」

そして、三人同時に言った。

「「「ベル・クラネルを捻(ね)じ曲げられないなら、ヤツ以外の世界(すべて)を捻じ曲げるとは」」」

それが全てだった。

それが今、一人の少年が世界から孤立している『原因』であり、フレイヤが為(な)した『侵略の正体』であった。

「ベル・クラネルが混乱するのも無理はない」

「今日までの半年間、全てがなかったことになった」

「【ヘスティア・ファミリア】としてのヤツは民衆の記憶から消え、代わりに我々【フレイヤ・ファミリア】の一員だと認識されている」

それは『美』の権能である。

それが『美』の極致である。

時には操(あやつ)り、時には破滅させ、時には傀儡(かいらい)を生み出す『美』は、『神の力(アルカナム)』なくして下界を変貌させてのける。『魂』そのものを——掌握する。

『究極の美』とは、そこに在(あ)るだけで全てを惑わす存在のことを言う。

「『記憶の改竄(かいざん)』というより、『魅了』によってそう思い込んでいると言った方が正しい。神へ

ステイアの眷族であったヒューマンを認知するな、ベル・クラネルは最初から我々の派閥で
あったと誤認しろ……フレイヤ様の奴隷と化した人々と神々は、そう命じられた」

畏れる弟達を横目に、アルフリッグもまた戦慄を滲ませながら補足した。

『美の神』の『魅了』には、世界はおろか人々を改変する力などはない。

だが、フレイヤの『虜』になることで、従順な『僕』を作り出すことはできる。

人々と神々は王命に従うがごとく、ベルだけでなく自分自身をも騙っているのだ。

それは『自己暗示』に近い現象でもある。

つまり改変の理屈、及び過程は異なっても、結果は同じ。

『記憶改竄』と変わらない事象が今、オラリオでは発生している。

「苦楽をともにした友も、陰から支えし恩人も……誰もが永久の絆を忘却し、思い出の中の少年を殺す」

一人立った姿勢のヘグニは、目を閉じ、呟いた。

「兎が落ちるは不思議の国……どれだけ駆けても、誰も兎を追いかけない、孤独の世界」

「っっっ⁉」

ベルはエイナ達の前から駆け出す。

現実を直視できず、恐怖に屈し、混乱に呑まれる。

『自分』を知る誰かを見つけるために、衝動の言いなりとなった。

しかし、

「見て、あれ。【フレイヤ・ファミリア】よ」

「【白兎の脚(ラビット・フット)】だっ」

通り、街角、路傍(ろぼう)、横道。

人で溢れる都市の空気が、全て余所余所(よそよそ)しく、距離が遠い。

「っ……⁉」

声をひそめる街の住民。森の木霊(こだま)のようなざわめき。

ベルが覚えるのは『既視感』だった。

あの高過ぎる高嶺(たかね)の花、【剣姫(リトル・ルーキー)】に向けられるような民衆の眼差しを今、自分が浴びている。

間違っても昨日まで街の人気者に向けられていた視線ではない。

純粋な恐怖とも違う、羨望(せんぼう)と興奮。

そう、これは——『畏怖(いふ)』。

まさしく『最強の眷族』の一員に向けられるような、掛け値なしの畏敬の念。

嘘だ！

気のせいだ‼

己にそう叫び返し、住民も商人も冒険者さえも道を開けることに目を背(そむ)け、ベルは駆ける。

「フレイヤ様が『魅了』を使うと決めた時点で、ベル・クラネルの運命はもはや決した」

『特大広間』に落ちるアルフリッグの声。

女神祭最終日、つまり昨日。

『豊穣の塔』から自らの『美』を用いたフレイヤによって、オラリオは堕ちた。

「あの方の『魅了』が及んだ範囲は——オラリオ全域」

中央広場で彼女を目視した者、魔石製品の拡声器に乗る彼女の声を聞いた者、全てが『魅了』されたのだ。睡眠や気絶、意識を断っていた者も例外ではない。美神の声は意識がなかろうが肉体の中に滑り込み、『魂』を震わせる。

多くの人と神が『虜』に落ちたと自覚できないまま、昨日までと同じ生活を送っている。

「ベル・クラネルからすれば悪夢だろう」

「一夜のうちに自分を取り巻く世界が豹変していたのだから」

「今ならば少しだけ、憐憫の情を抱いてやってもいい」

ドヴァリン、ベーリング、グレールの全く同じ声音が三度、響く。

「「何より、何も知りえないヤツは何も疑えず、この超常を理解することはかなわない」」

「どうして……なんでっ⁉」

ドヴァリン達の言う通り、走り続けるベルの混迷と焦燥は収まらない。

『神の力（アルカナム）』を使わず世界を捻じ曲げ、都市丸ごと改変するなど、『神』の底を見通せぬ下界の住人に想像できる筈がない。

ベル・クラネルが透明の魂を持ち、どんなに白く、今も成長を続けようとも、『神の尺度』で物事を推測することは、決してできない。

「あ、ベル。何をやってるんですか、こんなところで」

「え……？　だ、だれっ？」

ベルをようやく呼び止めたのは、見知らぬ年長の美少女。

薄紅色の髪に戦闘衣（バトル・クロス）の構造に似た白衣。戸惑うベルは——気付いてしまった。

「誰（だれ）、って……ヘイズですよ、ヘイズ。いつも怪我ばかりしている貴方を治している治療師（ヒーラー）。今はお使い中です」

その白衣の肩に刻まれている『戦乙女のエンブレム』に。

【フレイヤ・ファミリア】。

血の気が引き、少女の美しい顔立ちがたちまち、人形めいたものとして瞳に映る。

「お使いの途中で甘味を買ったんです。貴方も一つ、食べますか？　……って、ああ、貴方は甘いものは苦手でしたね。しょっぱい味も買っておくんでした」

知らない人物が自分のことを知っている。

それはともすると、知っている人物が自分を知らない光景を上回る恐怖だった。

「う、ぁ……!?」

後ずさり、再び駆け出す。

逃げていく少年の後ろ姿を、少女は感情が抜け落ちた相貌で見つめた。

「眷族はおろか同じ神さえも堕とす『魅了』の力……僕達も、あの方の『魅了』に堕ちると覚悟していたが……」

「正確には一度『魅了』された。その上で、『魅了』を解除された。我々が宿すフレイヤ様の神血を媒介にすることで」

フレイヤの『魅了』はほぼ無差別。

美神の姿を目にし、声を聞いた者は堕ちる。特定の人物を対象外にする芸当はできない。

だからこそ、【ヘスティア・ファミリア】襲撃前、フレイヤの神意を聞いた眷族達は全てを受け入れた。主が望むのならば、自分達が捻じ曲げられることも厭わないと忠誠を示した。

しかし今、【フレイヤ・ファミリア】の面々は改竄前の情報を認知できている。

アルフリッグの呟きにヘディンが答えたように、己の神血を起点に、神威をもって『美』の効果を解除したのだ。

「だが、そのおかげで女神が望む『設定』も共有できている」

面倒がなくていいと、そう発言するのはドヴァリン。

一度は『魅了』され、『設定』を入力(インプット)された上で、正気を取り戻した。

よってフレイヤが望む役割(ロール)を、【フレイヤ・ファミリア】は演じることができる。

『ベル・クラネルはもともと自分達の仲間であった』と、申し合わせることなく、全団員が振る舞えてしまう。

「『ベル・クラネルは半年前にオラリオを訪れた』」

「『そこでフレイヤ様に拾われ、急速に力をつけ、現在Lｖ．４に至った』」

「『そして【白兎の脚(ラビット・フット)】は【フレイヤ・ファミリア】の幹部候補として、派閥内外で注目されている』……」

それが今の迷宮都市(オラリオ)の状況(ステータス)。

ひいてはベル・クラネルを囲(かこ)う『偽りの実情(シチュエーション)』。

ベルは何も確かめられないまま、自分を取り巻く世界に翻弄される。


「っ……ミアハ様！　ナァーザさん、ダフネさん、カサンドラさんっ！」

でたらめに駆け抜ける先で巡り合う、ともに助け合い、ともに戦った大切な人々。

派閥総出で祭りの片付けを行っているのは、とある医神(いしん)達。

「む？　そなたは、確か……」

「【フレイヤ・ファミリア】です、ミアハ様……世界最速兎とか言われてる、生意気な新人。いや、今は【白兎の脚】だっけ……？」

「都市最大派閥の幹部候補がウチらに何の用？」

「──ッッ⁉」

初めて出会ったように首を傾げるミアハ。

全くの他人を見る目のナァーザ。

警戒心をむき出しにするダフネ。

絶望を押し付けられるベルは、全身を痙攣させ、再び走り出す。

『ありえない正夢』を見たかのように青ざめて絶句する、一人の少女には気付かないまま。

「タケミカヅチ様！　桜花さんっ、千草さんっっ！」

喧嘩の仲裁を行う武神達。

諍いを起こす他派閥同士の冒険者を止めている彼等に駆け寄り、取り乱しながら、少女の肩を摑む。

「ひっ⁉」

「お前、何のつもりだ！　千草から離れろ！」

「……フレイヤのところの子供か？　妙に馴れ馴れしいが、どこかで会ったか？」

「っ……⁉」

怯える千草。

怒気とともに手を打ち払ってくる桜花。

怪訝な眼差しを向け、用心深くこちらを観察してくるタケミカヅチ。

ここでもベルは打ちのめされた。

上手く息が吸えない。心臓が暴れる。

いない。

どこにもいない。

【ヘスティア・ファミリア】のベル・クラネルを知る者が、存在しない。

超越存在である神々でさえ自分を覚えていないという『現実』。

間違っているのは下位存在たる子供の方ではないかという疑念が芽生え、少年を追い込んでいく。

人の身でありながらベルだけが『魅了』の権能に抗うことができ、『正常』であるがために、捻じ曲がった世界から『異端』の烙印を押される。


「真の『魅了』の力……我々も初めて目にした」

「これほどの権能を、フレイヤ様はずっと使うことなく、秘め続けていたのか」

「当然のごとく。世界の変転、それすなわち至高の女王が嫌う『下界の冒瀆』そのもの」

ドヴァリン達の会話に、ヘグニが断言する。

【フレイヤ・ファミリア】は万軍を叩き潰すことができる。

しかしその主神のフレイヤは、戦わずして万軍を掌握する。

フレイヤがその気になれば、比喩ではなく全てが終わってしまうのだ。

王位の簒奪、楽園の構築、下界全土の支配。

その眼差しと声が届く範囲は、全て女神の領土である。

同位の存在にも及ぶその『魅了』の威力は圧倒的で、神々をも怖れさせるほどだ。

――傾国の美女ならぬ『統世の魔女』。

それが『美の神』フレイヤの正体。

しかし絶対の女王でありながら、フレイヤが世界を蹂躙しようとしないのは、娯楽を楽しむためであり、何より下界を尊重しているためだ。

彼女は己の権能がこの上なく虚しく、これ以上なくつまらないものだと理解している。

全く労せず手に入れた万物にどれほどの価値があるだろうか。それは一体、どれほどの虚しさと引き換えにするのか。

全てが『魅了』され、彼女の思うままに動く世界など『死んでいる』のと同義だ。

だからフレイヤは下界を『魅了』し、支配下に置こうとしない。

それは彼女にとって禁忌なのだ。

「……だが、あの方はその戒めをも破った。それほど、あの愚兎（ぐさぎ）を……ベル・クラネルを欲した」

美の神イシュタル、及びその元従者だった青年（タンムズ）からもたらされた情報。

『ベル・クラネルには魅了が効かない』。

あの少年は娘（シル）の想（おも）いにも絆（ほだ）されず、女神の『愛』にも屈しない。

故に、フレイヤは少年ではなく、少年の周囲を変えることにした。

少年が孤立するよう、世界を捻じ曲げた。

ベルを手に入れるために。彼の身も心も、我がものにするために。

ヘディンが落とした言葉を皮切りに、『特大広間（セスルームニル）』には沈黙が落ちた。

戦士達の瞳の多くが宿すのは、『嫉妬（しっと）』。

次には『忠誠』。

瞑目するエルフ達の代わりに、小人族（パルゥム）の四つ子は斉唱した。

「「「「全ては女神が望むままに」」」」


そして。

「神様っ！　みんな!!」

少年はとうとう、【ヘスティア・ファミリア】と二度目の『出会い』を果たした。

「っっっ‼」

ベル君！　と。

少年が目の前に現れた瞬間、全てを覚えているヘスティアは思いきり叫び出したかった。

東のメインストリートに近い、都市南西区画。

蜘蛛(くも)の巣のように入り交じる通りの一つに【ヘスティア・ファミリア】はいた。

リリ、ヴェルフ、命(ミコト)、春姫(ハルヒメ)、そしてヘスティア。他の者達と同じように女神祭の後片付けに従事している――そんな風を装って世界の改竄状況を調べ、確かめれば確かめるほど絶望するヘスティアの前に、少年(ベル)は現れてしまった。

惹(ひ)かれ合うように、孤独の聖火を分かち合うように、最悪の『邂逅(かいこう)』を遂げてしまった。

「白髪に、紅い目……まさか、【フレイヤ・ファミリア】の新人(ルーキー)冒険者か？」

「と、都市最大派閥が、リリ達みたいな弱小【ファミリア】に何の用ですか⁉」

訝(いぶか)しげなヴェルフと、動じた声で警戒するリリに、ベルの顔が槍で胸を貫かれたような痛苦を生み出す。

ヘスティアも、剣で斬りつけられたような痛みを胸の奥に負う。

見えない涙を流すように歪(ゆが)む深紅(ルベライト)の瞳が、己の場所を探していた。

敵のように相対する家族（ファミリア）の中に、自分の居場所を欲していた。

「みん、な………」

嗚呼（ああ）、駆け寄らないと。

抱きしめてあげないと。

あの子があんなに震えて、寒がっている。

あんなに痛がって、苦しんでる！

けれど――できない。

「リ、リリッ……！　僕のサポーターになってくれたこと、覚えてるよねっ……？」

「リリみたいな小人族（パルゥム）が、貴方のサポーターになったことなんて一度だってありません！」

小人族（パルゥム）の少女は、何を言ってるのかと否定した。

最初の仲間、初めてパーティを組んだパートナーの言葉が、少年の心を抉る。

「ヴェルフ！　僕に、武器を作ってくれて……！」

「生憎（あいにく）、依頼を受けた覚えはないぞ。お前だって、俺（おれ）の作品なんか持っちゃいないだろう」

鍛冶師の青年は、眉唾物（まゆつばもの）を見るように冷たく突き放した。

少年がいくら己の体を見下ろしても、青年の装備はどこにもない。

「命（ミコト）さんっ！　戦争遊戯（ウォーゲーム）の時、助けてくれて……！」

「……【フレイヤ・ファミリア】が戦争遊戯（ウォーゲーム）を行った記憶は、自分にはありませんが……」

義理堅い極東の少女は、そもそも通す義理などなかったように強い当惑を見せた。

彼女とともに救った幼馴染（おさななじみ）が隣にいるというのに、その青紫の瞳は何も覚えていない。

「春姫（ハルヒメ）さんっ……！　一緒に、たくさん英雄譚の話を……！」

「ゆ、遊郭（ゆうかく）でお会いしたのでしょうか……？　ですが、もう、私（わたくし）は娼婦（しょうふ）ではありません……」

狐人（ルナール）の少女は、はっきりと怯えた。

娼婦時代の苦痛と抑圧からか、初対面の男を恐れるように体を震わせ、命（ミコト）に庇（かば）われる。

彼等、彼女等の、その全てがベルを傷付ける。

吐きそうだ。

自分の眷族が、大切な少年を、傷付けている。

足が無様にへたり込み、喉が破れて大声が飛び出しそうになる。

やめてくれ！

もうやめてくれ！

これ以上、あの子を傷付けないでくれ!!

ヘスティアはそう泣き叫びたかった。

それでも――――止められなかった。

「っ……!!」

ヘスティアの瞳のみに映る、二つの影。

通りを見下ろす建物の上、そして暗い横道、猪人（ボアズ）の武人と猫人（キャットピープル）の青年が、今もヘスティアのことを見張っている。

——ヘスティアは眷族（ベル）と同じだった。

彼女だけはフレイヤの『魅了』に堕ちていない。

その身は天界の『三大処女神』の一柱。

知神（アテナ）や純潔神（アルテミス）と同じく貞淑を尊（たっと）び、『美の神』の絶大な支配力をも厳然と拒絶する。

都市が捻じ曲げられる直前、ヘルメスが『抗えるのはお前しかいない』と断じたのも処女神（ヘスティア）であるが故だ。『神威』を全開にして、処女神（しょじょしん）の権能をもって『魅了』の力を弾いたのである。

そして、だからこそ、『監視』されていた。

（見てる……いやっ、ボクに言ってる！　ここでベル君に全てを打ち明ければ、サポーター君達の命を……！）

ヘスティアだけにわかるよう、気配と姿を見せる『都市最強』と『都市最速』。

前者は朝から女神達（ヘスティア）を監視しており、後者は【フレイヤ・ファミリア】の本拠（ホーム）から飛び出したベルを追跡していた。

彼らの冷然とした双眸（そうぼう）が告げるのは『警告』だ。同時に『人質の通告』でもある。今、ここで、ヘスティアがフレイヤとの約定を違えれば、彼等は瞬きの間にヴェルフ達を始末するだろう。

特に後者の、アレン。

彼は女神に忠誠を誓う一方で、この『茶番』を厭うている雰囲気を放っている。仲間を殺されることでベルが壊れ、彼の魂がフレイヤのモノにならないことが決定したとしても、あの猫人は必ず粛々とヴェルフ達を殺めるだろう。

ヘスティアには、ベルとの接触はもとより密告、伝筆、全てが許されない。

ベルの改宗が行われ契約が履行されるか、あるいは少年の心が美神に落ちるまで、『監視』され続ける。

「…………………」

近寄って少年を抱き締めたい、その感情を少年に悟られてはならない。

そんな矛盾を抱えながら、ヘスティアはベルを見た。

ベルは、残っていた僅かな力さえ、今にも消失しそうだった。

いくら尋ねても、いくら訴えても、誰もがベルを拒絶する。自傷行為にも近い行為を繰り返し、少年の精神はもうボロボロだ。

そこに屈強なLv．4、第二級冒険者の面影は残っていない。

猛牛撃破、18階層の決死行、戦争遊戯、美神の派閥との対峙、異端児を巡る攻防戦、そして深層域にもわたる『遠征』――。

これらの冒険と試練は、決して一人で乗り越えたものではない。

仲間がいたからこそ、ベル・クラネルは乗り越えられたのだ。

今でこそ誰もがベルは成長したと言う。誰もがベルはすごいと称賛する。

だが、それは間違いだ。

冒険者の皮を剝いでしまえば、ベルは十四歳の、年相応の少年だ。

みんなと変わらない、ただの人間だ。ヘスティアだけがそれをわかっている。

一人では傷付くし、葛藤する。ひとたび孤独に晒されれば、弱さだって露呈する。

むしろベルは祖父との別離を経て、絆の喪失を極度に怖れている節がある。

どんなに苦しんでもベルが立ち上がれたのは、かけがえのない人達が支えてくれたから。

数々の『出会い』があったからこそだ。

そんな『出会い』を根本から否定された今、ベル・クラネルは何も理解できず、限りなく情緒不安定になっている。


「…………かみ、さま…………」


そんな少年の最後の寄る辺は、一つだけだった。

深紅の瞳がこちらを見る。

息を吹き返せば壊れてしまいそうなほど脆く、儚い眼差しで、ヘスティアに縋る。

ヴェルフ達の陰に隠れる両の手が震えた。

体の内側が砂漠のように乾ききっている。

五人で立つ【ヘスティア・ファミリア】と、戦闘衣――【フレイヤ・ファミリア】の制服を着せられている少年。

その光景と、対峙する自分達の間に存在する深い『境界線』が、この時の全てだった。

「……行こう、みんな」

今、自分はどんな顔をしているだろうか。

ちゃんとベルに悟られず、感情を消して、彼を傷付けているだろうか。

「【フレイヤ・ファミリア】に、関わっちゃいけない……」

美神の眷族が満足する程度には、綺麗に、彼に止めを刺せてあげただろうか。

「ぁ――――」

どさっ、と。

糸が切れたように、少年の膝が、地面に落ちる音が聞こえた。

既に背を向けているヘスティアにはわからない。

主神の神意に従い、リリ達も後に続く中、己の仮面が剝がれ落ちないようにするのが精一杯だった。

「かみさまっ……神様ぁ……！」

嗚咽じみた少年の声が背中を叩く。

春姫達が戸惑うように顧みる中、ヘスティアは決して振り返らない。

震える拳が汗に塗れていた。

いや違う。汗だと思っていたのは血だった。皮が破けていたらしい。いつの間にこんなことになったのかもわからない。興味もない。

だって、涙を流す資格なんてなかった。

己自身に絶大な失望を覚えながら、炉の女神は、初めて嘆願者の手を拒んだ。

最も愛しかった子供の手を、振り払った。

あれから。

どうなったのか、何も覚えていない。

意識さえ不確かな状態で、人形も同然だった僕は、気が付けば【フレイヤ・ファミリア】の本拠（ホーム）に連れ戻されていた。

飛び飛びの記憶は、アレンさんに手を引っ張られていたことだけを教えてくれる。

心に穴が空いたような、形容しがたい虚無感に包まれる中、師匠（マスター）達の命令でなされるがまま、体を調べられていた。

そして。

「これは、『呪詛（カース）』ですね」

開口一番。

長い『診察』の後に、そう告げられた。

「……カー、ス……？」

「だから、『呪(のろ)い』ですよ。貴方は『偽の情報』を植え付けられ、一種の混乱状態にあります」

椅子に座らせられた目の前、治療師(ヒーラー)の少女が『診断結果』を告げてくる。

まだ碌(ろく)に頭が動いていない僕が絞り出せるのは、かき消えそうな声だけだった。

冷えきった体に、熱が染(し)み渡(わた)っていくように……焦りの感情が四肢を痺(しび)れさせる。

「まって……まってください……そんなの、って……」

受け入れられない。

当然だ。

持っている記憶が全て偽物(にせもの)で、今の貴方は本当の自分を忘れているだけなんです。そう言われて『わかりました』と頷ける人なんている筈がない。

本当に、僕が、【フレイヤ・ファミリア】の一員なんて、認められるわけが……！

「呪われている状況を顧みれば、こう言うのは酷なんでしょうけど……早く現実を受け止めた方がいいですよ？　たくさんの人に、変な顔をされたんでしょう？」

「そ、それけっ……！」

「記憶混濁系の呪いは多くの事例があります。『耐異常(アビリティ)』でも防げませんからね、呪詛(カース)は」

言い返せない。

何も言い返せない。

優しく全ての退路を塞(ふさ)いでいく彼女の言う通り、誰も『僕』を知らなかったから。

僕がいくら自分自身を肯定しようとしても、周囲の人達が全て否定する。

世界に拒絶されてしまえば、それは僕が間違っていなかったとしても『間違い』ということになる。白は黒に、光も闇に、正人(せいじん)さえ道化に。

息を上手く吐き出せない。胸が、苦しい。

薄紅色の髪を結わえた治療師(ヒーラー)は「別人としての記憶を植え付けられるなんてかなり特殊ですけど」と肩を竦(すく)める。

「こんなタチの悪い呪詛(カース)、どこでもらってきたんですか?」

呪詛(カース)……? 本当に、これが……?

僕の記憶、神様との思い出、色々な人との出会いが……全て『嘘』?

ぐにゃり、と目の前の光景が音を立てて曲がった。

違う。曲がったのは僕の視界だ。

僕の瞳だ。

僕の、心だ。

「ひとまず、フレイヤ様にご報告だな」

「ああ、我が派閥をコケにした不届き者を炙り出し（あぶりだし）、見せしめにする必要がある」

「フレイヤ様は今どちらに？」

「『バベル』だろう。猪（いのしし）も一緒だ」

僕達がいる部屋、お城の応接間のような治療室には、第一級冒険者が軒並み揃っていた。

師匠（マスター）と、ヘグニさん、アレンさん、そしてアルフリッグさん達。

動転する僕を置いて小人族（パルゥム）の兄弟が会話する中、彼等の視線は治療師（ヒーラー）の少女に向かう。

「ヘイズ。早く解け」

「呪いであるなら解呪するのが治療師（ヒーラー）の役目だろう」

「無理言わないでくださいよぉ～。私は傷を治す専門なので、解呪はからっきしです。……それにこの呪い、並大抵の術者じゃ解けないと思います。それこそ【ディアンケヒト・ファミリア】に頼っても怪しいくらい」

ヘイズ、と呼ばれた少女が嫌々そうに答えた。

まるで示し合わせたような会話の内容は矛盾もなく、演技にも見えず、嘘も窺えない。

あたかも一度『記憶』を共有していたように、僕を巡って会話する。

「【ディアンケヒト・ファミリア】……【戦場の聖女（デア・セイント）】か」

「連中に借りを作るのは癪（しゃく）だが、致し方ない」

「ドジった兎のために骨を折るのは癪だが、致し方ない」

「フレイヤ様のお気に入りだしな」

「「「はぁウゼェ」」」

好き放題に言われる。けれど何も反応できない。未だに現実を否定したくてたまらない。

師匠とヘグニさんは無言でこちらを見つめ、アレンさんは今にも舌打ちをつきそうな顔を浮かべていた。

最後に、治療師の……ヘイズさんは、僕に手を差し出した。

「仕方ありません。治せないのはこちらの責任ですし、他の団員には私が頭を下げます。【戦場の聖女】に診てもらって、解呪してくれることを祈りましょう」

こちらの手を取ろうとするその手を、僕は凝視した。

……解いたら、どうなるんだ？

もし、仮に、信じたくないけれど、本当に僕が『呪詛』にかかっていたとして……それを解いたら、僕は忘れてしまうのか？

神様を、エイナさんを、ミアハ様を、ナァーザさんを、アイズさんを、シルさんを、リューさんを、ミアさんをアーニャさんをクロエさんをルノアさんをリリをデメテル様をヘファイストス様をヴェルフをティオナさんをティオネさんをベートさんをフィンさんをリヴェリアさんをガレスさんを命さんを桜花さんを千草さんをヘルメス様をアスフィさんをレフィーヤさんをモルドさんをガイルさんをスコットさんをボールスさんをタケミカヅチ様をロキ様をダフネさんをカサンドラさんを春姫(ハルヒメ)さんをアイシャさんをルヴィスさんをドルムルさんをライをフィナをルゥをマリアさんをウィーネ達も、みんなみんなみんな!!

全ての出会いが——全部偽りだったと思い知らされ、なかったことになる!?

嫌だ。

嫌だっ。

嫌だっっ!!

気付けば、僕は椅子を飛ばし立ち上がり、差し伸べられた手を弾いていた。

「いったっ……」

「あ………ご、ごめんな、さい……」

記憶を取り戻すことを恐れて——いや記憶を失うのを恐れて、拒絶した。

周りにいるアルフリッグさん達には、そう見えたのだろう。

立ち竦む僕をじっと見つめていたヘイズさんは、嘆息して、告げた。

「重症ですね、これは」

本拠(ホーム)の廊下は、やはり宮殿のそれのように華やかで、瀟洒(しょうしゃ)だった。

身の丈より高い窓、豊かな彫刻が施された柱、神様達が住まう天界の一部を切り取ったかのような美しい庭園。そして、そのどれもが僕にとって現実離れし過ぎている。荘厳な白を基調にした内装もあって、未だ醒めない夢の中に迷い込んでいるかのようだった。

治療室を後にした僕は、生気が失せた顔で、一言も喋れないまま無人の廊下を歩かされる。

「ここがお前の部屋だ」

「……」

「フレイヤ様が戻るまで、この場で大人しくしていろ」

扉の前で足を止めた師匠が、こちらに振り返る。

『僕の部屋』だという場所は朝、目覚めた一室と同じだった。

案内された部屋に入るしか、選択肢はない。そもそも行く宛がない。

竈火の館に帰っても、今のリリ達は僕を迎え入れてくれないだろう。

いや……違う。

『ここはお前の家じゃない』

『出ていけ』

そう言われるのが、怖いんだ。

告げられた瞬間、もう二度と立ち上がれなくなってしまうくらいに。

「……師匠」

上目遣いで、縋るようにエルフの青年を見上げる。

けれどそんな僕に対し、師匠は何も言ってくれない。

『記憶を失った今のお前にかける言葉はない』。珊瑚朱色の瞳が、眼鏡越しにそう言っているような気がした。

僕は首から力を失い、床に視線を落としながら、師匠(マスター)の横を抜け、部屋に入った。

「…………」

過不足が存在しない、都市最大派閥の眷族に宛てがわれる個室。

室内は当然のように広く、天井は必要ないほど高く、調度品は足りないものを探すことが難しい。ついこの間まで零細派閥の一員だった自分がこんな部屋……落ち着く筈がない。豪奢な額縁に収められた絵画の中で、僕という人物だけが浮いているようだった。

同時に、気が付く。

今朝(けさ)、起きた時に感じた『生活感』は、確かに誰かがこの部屋で暮らしていた痕跡が存在するからだと。

几帳面(きちょうめん)とまではいかなくても行き届いている掃除。

机の上に誇らしげに置いてある迷宮(ダンジョン)の採取物。

いつか、街娘(だれか)に愛読本だと話した気がする、数点の英雄譚。

まるで『僕の分身』が生活していたかのような、そんな痕跡が部屋の随所にある。

本当に、ここでベル・クラネルが、生活していた……？

「うっ……！」

喉の奥から込み上げてきた吐き気に、口もとを両手で押さえながら、よろめいた。

数歩後退して、顔を上げると、壁際の姿見に映るのは……【フレイヤ・ファミリア】の制服を纏う冒険者の姿。

「っ……」

すっかり青ざめる僕は、唇を痙攣（けいれん）させながら、大型収納箱（クローゼット）へ足を向けた。

把手（はしゅ）を持ち、ゆっくりと扉を開ける。

「………僕の、『装備』？」

収められているのは衣類と、複数の武具だった。

ナイフ、両刃短剣（バゼラード）、短刀と大剣。

防具は軽装に手甲、篭手（サポーター）、装靴（グリーブ）、そして精霊の護布（ごふ）。

……僕が使用したことのある装備品ばかり。

震える手で架けられたナイフを取ると、恐ろしいほど握り（グリップ）が手に馴染（なじ）んだ。

指の長さや掌の大きさまで計算された特注品（オーダーメイド）。防具も同じだ。ぴったりに採寸されてる。

『冒険者ベル・クラネルに適した装備一覧』が、そこには広がっていた。

ヴェルフのサインが刻まれた装備は、ない。

神様のナイフも、存在しない。

「…………う、ぁ」

呼吸が震え、喉が詰まりそうになる。

この装備以外だってそう。【ヘスティア・ファミリア】の僕ではなく、【フレイヤ・ファミリア】のベル・クラネルの軌跡が、そこかしこに見受けられる。

気持ち悪い。足が崩れそうだ。

鏡の中には依然、僕の知らない僕が、こちらを見つめていた。

床にへたり込むことも、寝台（ベッド）に倒れ込むこともできない僕を、茜色（あかねいろ）の光が照らす。

窓の外、太陽は西へ傾（かたむ）き、黄昏（たそがれ）が訪れようとしていた。

* * *

ヘスティアは一人、歩いていた。

リリ達とは別れている。心配する眷族を神（かみ）相手に用があるのだと言って説き伏せて。

『ベル君……？　一体どなたのことを言っているのですか、ヘスティア様？』

昨夜、目を覚ました時にリリ達が告げた返答である。

フレイヤの『改竄要求』が為（な）された後、ヘスティアはしばらく意識が定まらず蹲（うずくま）った。間違いなく、下界で行使された中でも最も凄まじい『魅了』の威力は、処女神の神威をも揺るがしたのだ。ようやくヘスティアが立ち上がる頃には、日は落ちようとしており、『全てが変わった』後だった。

周囲では都市の人々が何事もなかったように女神祭を楽しみ、ヘルメスも姿を消していた。代わりに、大刀など武器が突き立った『墓標』の周りには、ヴェルフ達が倒れていた。

慌てて駆け寄ると、ヴェルフ達には傷一つなく、すぐに目を覚ました。

そして何があったのか、全てを忘れていた。

【フレイヤ・ファミリア】の強襲も、ベルのことでさえ。

「フレイヤの『魅了（ちから）』が、ここまでだったなんて……」

呆然とするヘスティアは、今のオラリオが美神（フレイヤ）の『箱庭』と化したことを悟った。本拠（ホーム）に帰った後、リリ達を混乱させないように状況を確認してみると、全員が記憶の中からベルの存在を消し去っていた。リリを【ソーマ・ファミリア】から助けたのはヴェルフであり、ヴェルフが武器を打ったのは命（ミコト）、そして命（ミコト）が単身救い出したのが春姫（ハルヒメ）。都合のいいように補完されている記憶は、『ベル』という決定的な要素（ピース）が欠けており、どう考えても齟齬（そご）がある筈なのに、リリ達はそれを『矛盾』と認知しない。『何もおかしくない』と誤認し続けている。

思考の方向性を統一されている、まさしく『魅了』の症状だった。

ベルがいたからこそ成り立った今の【ヘスティア・ファミリア】に、リリ達は何も疑問を覚えない。

ヘスティアとベルの【ファミリア】は、もう存在しない。

「っ……！」

辺りではまだ人々が女神祭の後処理に追われているにもかかわらず、ヘスティアは頭を抱え、叫喚を上げそうになった。怒りも、悲しみも、空虚な思いも、無力感も、全てを叫び声に変えて吐き出したかった。

その衝動は、きっとベルが散々味わってきた経験だ。

試練に直面する度に苦悩してきた彼と同じ立場になって、ようやくその気持ちを真の意味で理解してやれたと思いはすれど、慰めにもなりはしない。思いを分かち合いたい少年は、ここにはいないのだから。

「ヘスティア？　どうしたんだ、こんなところで？」

「……！　ヘルメス！」

投げかけられる声に、ヘスティアは顔を振り上げた。

尋ね神がそこにはいた。リリ達とともに女神祭の後片付けをする振りをして都市の様子を確かめる傍ら、接触しておきたかったのが目の前の男神だった。

「ヘルメス……昨日の、ことはっ……」

「ん？　昨日のこと？」

「その、なにか……覚えて、いるかい……？」

「なんだ、歯切れが悪いな。遠慮なく聞いてくれ、オレとヘスティアの仲だろう？」

『魅了』を受け付けず正気を保つヘスティアは、今もなお『監視』の対象だ。フレイヤが望む『箱庭』を壊さないように、おそらく今後もずっと。

この会話も必ず聞かれている。下手なことは言えない。にこやかに振る舞うヘルメスを前に、ヘスティアは言葉を選ぼうとして……結局、それを尋ねた。

「……ベル君を、知っているかい？」

「ベル君？　おいおい、知っているに決まっているじゃないか」

その明るい声音に、ヘスティアは一瞬、希望を覚えた。

「フレイヤ様の眷族だ。都市を賑(にぎ)わす世界最速兎(レコード・ホルダー)！」

「っ……！」

そしてやはり、すぐさま絶望に翻(ひるがえ)った。

「半年でLv．4なんて聞いたことがないぜ。しかし、これで下界の悲願、ひいては神々(オレたち)の願いが叶(かな)う一筋の光が見えてきた。世界は英雄を欲している、ってね」

世界が変ずる直前まで自分に助言を授けてくれたヘルメス、ベルの育ての親の存在も知る使いの神(トリックスター)。彼ならばもしや、と思って接触を図ったが——無駄だった。

機嫌良く『フレイヤの所有物』を語る彼もまた、『魅了』に堕ちている。

都市の改竄前、ヘルメス自身が危惧した通りに。

（その時が来たらオレに渡せ……すぐ渡してはダメ……）

手の中に隠してある、千切った手紙(メモ)の切れ端を、ヘスティアは握りしめる。

(時機(じき)をしくじればオレはそのままお前の敵になる……そういうことなのか、ヘルメス？　君も、他の神々(ヘファイストスたち)も、ボクが妙な真似(まね)をした瞬間、敵に回るのか……？)

『魅了(インプット)』の支配下にある人々と神々は、フレイヤの『箱庭』を壊そうとする存在を排除する。そう入力されている。ヘルメス自身が殴り書きしたこの手紙(メモ)を今渡しても、勘繰られた瞬間、ヘルメスは表情を消してヘスティアを取り押さえるだろう。『改竄前のヘルメス』は、こうなることさえわかっていたのだ。

頼れるものは何もなくなった。

今、状況を打開する術はない。

ベルと同じように、美神(フレイヤ)の掌の上で、ヘスティアは孤立している。

盤上では、既に完膚なきまでの王手(チェック)が叩きつけられている。

「さすがフレイヤ様だよ。あんな眷族を見出して、魂の収集家(コレクター)の名は伊達(だて)じゃない」

「…………」

「それにしても、意外だったな。ヘスティアが彼のことを『ベル君』なんて呼ぶなんて」

「…………」

「いつからそんなに親しい間柄になったんだ……って、ヘスティア？　おい、どうしたんだ。酷(ひど)い顔色をしているぜ」

明るく話していたヘルメスが怪訝な顔付きをする。

そんな彼の顔を見ていることもつらくて、ヘスティアはうつむいた。

「……なんでも、ない……なんでも、ないんだ……」

「ヘスティア？」

「ごめん、ヘルメス……もう、いくよ」

快活さなど忘れた幽鬼のような足取りで、ヘルメスの前から去る。

街の喧騒がつらい。賑やかな笑い声も憎たらしい。女神の眷族を知らない都市が悲しい。

そして、ベルの方がずっと苦しんでいる。

その事実が途轍もなく、切なかった。

大切なものを剝奪された袋小路。どこへも進めなくなったヘスティアは苦渋に満ちる。

すると、

「……あれは……」

ふと顔を上げた遥か頭上、見覚えのある人影を見たような気がした。

ヘスティアは立ち止まり、僅かな逡巡を挟み、そちらへと足を向けていた。

自分と、ベルと、『彼女』。

三人で歩いた道のりを思い出し、階段を上って、巨大市壁の上へと出る。

「…………」

少女は一人、立っていた。

秋の風に金の長髪を揺らされながら。

美しくて、どこかもの寂しい一枚の絵のような光景に、ヘスティアは声をかける。

「ヴァレン何某君……」

「……ヘスティア様？」

笑ってしまう。

少年という要因がなければ自分と彼女は関わることもなく、あるいはもっと別な関係になっていたかもしれないのに、二人は昨日までの間柄のまま名を呼び合っている。

あまりにも滑稽で、理不尽な現実に、ヘスティアは笑おうとして、笑えなかった。

「ここで、何をしているんだい？」

「……わからなくて」

「わからない？」

「はい……どうして、ここに来たのか……なにかを、探したかったのか…………だれかに、会いたかったのか」

ヘスティアの問いに、アイズは自分でも持てあましているような、そんな答えを返した。

その感情の機微を察し、まさかベルのことを覚えているのかと、そう思おうとして、ヘスティアはすぐに落胆した。

その美しい金の瞳も、『銀の光片』に犯されている。

角度が変わる度にちらつく銀光の破片は、アイズも『魅了』に堕ちている証左だ。

他の神々でさえ従順な奴隷になっているのだ、いくら『特別』だったとしても一人の少女が呪縛から逃れられる道理がない。

希望的観測を持つのはやめろ。すべきことをしろ。そう自分を戒める。

「ヴァレン何某君……ベル君を、知っているかい？」

「……？【フレイヤ・ファミリア】の、ベル・クラネル、ですか……？」

彼女がベルのことをそんな風に呼ぶのが、無性に寂しかった。

きっと今も【フレイヤ・ファミリア】の監視が、【剣姫】にも気配を悟らせない【猛者】が、こちらを見ている。

それをわかっておきながら、ヘスティアは次の言葉を絞り出した。

「頼む……君は、ベル君の前に、現れないでくれ」

美神の『目』と『耳』にどう判断されたかはわからない。

だが、構うものか。

何も変えられない今の自分ができることは、少しでもベルから苦痛を遠ざけることだ。

『憧憬』たるアイズから拒まれたなら——少年はもう、美神の魅了に抗えないかもしれない。

憧憬一途の力を失い、本当に、フレイヤのモノになってしまうかもしれない。

ヘスティアはそれを危ぶみ、恐れた。

「私が……？」

「ああ……」

「どうして……？」

「言えない……」

「……」

「……」

「……」

「……」

「…………わかり、ました」

ごめん。ありがとう。

石畳の上に伸びる、己の昏い影を見つめながら、ヘスティアはかき消えそうな声で告げた。

市壁の外、暮れなずもうとする空。

黄昏が、女神と少女を儚く照らし出していた。

巨大市壁の奥に日が沈んでいく。

美しい夕刻の空は泣いてしまいそうなくらい紅い。

その光景に、多くの者が手を止め、見入っていた。

「……あった。ベル・クラネル氏の人物情報（プロフィール）」

夕焼けに燃える都市北西、『冒険通り』に面する『ギルド本部』。

エイナは、数えきれない資料が収められた棚から、数点の書類を抜き出した。

（お会いしたクラネル氏、何だかおかしかった……。都市きっての有望冒険者と私なんて面識はない筈なのに……名前を呼んで、あんな必死に……）

日中に出（で）くわした『ベル・クラネル』。

彼の死人のように青ざめた顔がどうしても脳裏（のうり）から離れず、エイナは同僚（ミイシャ）に断りを入れ、一人で『ギルド本部』に舞い戻っていた。決して少年の言葉を信用したわけではないが、ベルの履歴を調べてみようと思ったのである。

「……それに、何でだろう。知らない筈なのに……どうしても、引っかかって……」

何より、胸の奥が、必死に想い（なにか）を訴えているような気がした。

説明できない狂おしい衝動。自分でも不気味で、それでいて『正しい』と思える不思議な感覚に口を引き結んでいた彼女は、棚の前から離れる。

『女神祭』の片付けに追われ、『ギルド本部』にはほとんど人が残っていなかった。

エイナが後にした資料室、そして自分の作業机（デスク）が置いてある第二事務室も無人だ。
故に行儀悪く歩きながら資料に目を通す彼女を、咎（とが）める者は誰もいない。

「ベル・クラネル……十四歳、男性。ヒューマン。半年前に冒険者登録を済ませ、オラリオ入都（にゅうと）前に『神の恩恵（ファルナ）』を授かった形跡はなし。現在は【フレイヤ・ファミリア】所属……」

ロビーに居残りの受付嬢と僅かな職員がいるのを気配で感じつつ、ギルドに保管されている冒険者の人物情報（プロフィール）を読み進める。

やはり既知の情報通り。

少年の写実的な似顔絵付きの書類におかしなところは見受けられない——いや。

「……改竄（かいざん）された、跡がある？」

腰を据えて調べようと思っていたエイナは、自分の作業机（デスク）に辿り着いたにもかかわらず、座ることも忘れて書類を凝視した。

所属派閥を始めとした項目に、雑な修正痕が確認できる。

あたかも『操られた職員』が速やかに、昨夜のうちに資料を書き直したかのような。

まさか、これは、本当に……誰かがベルの経歴を偽装した？

ベルが、私（エイナ）に言ったことは、間違っていない？

エイナがそう思った、次の瞬間。

「——ううん、改竄の跡なんてない。クラネル氏は、元々【フレイヤ・ファミリア】——」

緑玉色の瞳に『銀の光片』が過り、虚ろな呟きが落ちた。

感情が抜け落ちた表情で、エイナは情報を『誤認』した。

――美神が都市全体に施した強力な『魅了』。

それはエイナ達から自由と人間性を奪い、束縛するものではない。少年を奪うため手段を選ばなくなったとはいえ、フレイヤは虚無的な『人形劇』をするつもりは毛頭なかった。

それが己の所業を嘲笑する彼女が引いた最後の一線にして下界への尊重だ。都市の住民はこれからも自分の意志で、これまで通りの日常を送ることができる。

フレイヤの『魅了』が定めた規律は単純。

『ベル・クラネル』にまつわる情報を全て誤認せよ、というものだ。

フレイヤに入力された『偽りの設定』に疑問を抱き、改竄が及ばなかった少年の軌跡にどんなに違和感を覚えても、規律に抵触した瞬間、魅了された者は強制的に思考を修正される。

いや、自ら是正する。今のエイナのように、思考の歪曲を知覚することもなく。

改竄事項をそもそも自覚させないフレイヤの『魅了』は、完璧だった。

「……う、っ……」

しかし。

エイナは頭痛を覚えた。それはともすれば、人格が引き裂かれるかのような痛みだった。

彼女が今日まで育んできた『少年への想い』と、『魅了』の強制力の間で軋轢が生じている。

度重なる事実誤認が負荷を生み、エイナの体をふらつかせ——どさどさっ、と。

「あ……い、いけないっ」

自分の作業机に積まれていた本の山を崩し、床に散乱させてしまう。

思考がおぼつかないエイナは慌てて片付けようとする。

普段整頓を欠かさない自分がどうして資料を出しっぱなしにしていたのか、疑問を覚えつつ、一冊の本を手にとって…………

「……えっ？」

時を止めた。

呼吸も忘れ、緩慢に瞬きを行い、もう一度表紙を見る。

表紙に綴られている共通語は、『ベル・クラネル担当日誌』。

エイナは、アドバイザーとして自分が担当した冒険者の記録を必ず録ってある。

ひとえにダンジョンの活動記録を活かし、冒険者を死なせないために。担当を外れたエルフのルヴィスやドワーフのドルムルの日誌も、集合住宅の自室に眠っている筈だ。

その日誌に、何故『ベル・クラネル』の名前が？

理解が追いつかない。考察もできない。とても息苦しい。見間違える筈のない自分の文字。

どうしてこんなものがある？　いや、そもそも、私は無意識のうちに、この日誌と記録の山をギルドの廃棄箱に捨てようと——抹消しようとしていた？

なんで？　どうして？

わからない。何もかも。

だが、エイナは震える手で、頁をめくった。

『上層部にかけ合って、無理やりベル・クラネル氏——ベル君の担当になった。ローズさん達が賭博の対象にした、あの子だ。確かに冒険者の才能はないかもしれないけど……絶対に死なせてやるもんか！　いつも通り、今日から日誌をつけることにする』

苛立った筆跡が語る少年との馴れ初め。

ギルド支給の装備を渡し、顔合わせ初日から座学に励んだことが記されている。

『言いつけを破って5階層なんて、信じられない！　しっかり死にかけた上に血まみれで街を突っきってくるし！　ベル君は素直だけど、ちょっと調子に乗る時がある。これまで以上に厳しく注意しないと。それにしても、あの【剣姫】に一目惚れなんて……大丈夫かなぁ』

音を立てるほど何枚も頁をめくる。

憤りつつも、私の記述は常に少年のことを案じている。

『猛牛（ミノタウロス）を単独撃破して、Ｌｖ．２……もう訳がわからない。でも、もしかしたら、あの子はすごい冒険者になるかもしれない。それと同時に、目を離すとあっさりと死んじゃうかもしれない。それが、とても怖い。……キミは本当に私をハラハラさせるのが上手いね、ベル君』

少年の昇格（ランクアップ）。期待と興奮、そして不安に揺れる想い。
それは私（エイナ）が知らない少年の記録——すかさず『魅了』の力が働く。
日記に記された『ベル』の記録は、『ベル』を示すものではなくなる。

『初めて、あの子に手を上げた。冒険者を襲って、都市の嫌われ者になって、私に何も話してくれない、あの子の頬を叩いた。バカみたい。私の方が年上なのに。こんなのただの子供だ。でも……寂しいよ。悔しいんだよ、ベル君。私、キミの力になりたいんだよ。キミが困ってるなら……支えてあげたい』

けれど、頁（ページ）をめくる手は止まらない。
まるで涙が落ちたような水滴に滲んだ筆跡を目にする。
それと同時に、緑玉（エメラルド）色の瞳から、音もなく雫（しずく）がこぼれる。

『ダメだ。私はもうダメだ。この身に流れるエルフの血にあるまじき背徳を抱いてしまった。担当冒険者にっ、よりにもよって担当冒険者にっ……！　なんて不埒！　破廉恥な！　何が公私を区別しているギルド職員！　謝って！　神ヘスティアに謝って‼　嗚呼、アイナお母さん、私を叱ってください。リヴェリア様、どうか私を裁いてください。こんな想い、抱いちゃいけないのに……

私は、彼のことが好きです』

瞳から、雨が降る。

日誌に綴られている『少年』が『誰か』だと認知できないのに、粒の雫が止まらない。

悲しみも、喜びも、不安も、笑顔も浮かべず、表情を消した顔で、涙を流し続ける。

『冒険者じゃないベル君のこと、ぜんぜん知らないことに今更危機感を覚える。というかこの日誌、いつの間にか恋の日記帳みたいになってるよ！　ちゃんとダンジョンの記録は録ってあるけどっ、も～～っ！　も～～～っ！　……でも、それくらい、私はベル君のことが（必死に文字を消した跡がある）。……忘れたくないな。何が待ち受けていたとしても。彼が死んじゃっても。私が先にいなくなったとしても。……私は、この想いを忘れたくない』

エイナは頁（ページ）をめくった。

何もわからないまま、泣きながら頁（ページ）を追いかけ続けた。

そして胸が訴え続けている『想い』に、必死に手を伸ばそうとして、

「何も認知できずとも求め続けるなんて……興味深いけれど、誤算ね」

「!!」

横から伸びた手が、本を取り上げた。

はっとするエイナの真隣、いつの間にいたのかローブで身を隠した人物――いや『女神』が立っていた。

フードから覗（のぞ）くのは雪花石膏（アラバスター）のごとき滑らかで美しい白皙（はくせき）の肌。

宝石のような銀の双眸（そうぼう）を認め、何者かを察したエイナは息を呑む。

「か、神フレイヤっ……？」

「個人相手ではいざ知らず、不特定多数に施した大規模の『魅了』では抜かりが生じる……中

でも、あの子を強く想っていた子には特に。先に気付けて良かったわ」

どうしてここにいるのかというエイナの困惑を無視しながら、フレイヤはぱらぱらと頁をめくって本の中身を確認した。

誰に聞かせるわけでもない独白を落とし、おもむろに顔を上げる。

「何の力も持たない娘が神に抗う……嫉妬するわ。まるでベルと絆で結ばれているようで」

フレイヤは微笑んだ。

静かに、美しく。

エイナは何故か背筋に冷たいものを感じ、ぴくりとも動けなかった。

「これは私が持っててあげる」

「あ……」

「大丈夫、捨てはしないわ。約束する」

本を胸に抱いて、フレイヤは一歩遠ざかる。

エイナは咄嗟に手を伸ばそうとするが、銀の視線に制された。

それだけで、体が痙攣した。

強力な『魅了』のかけ直しだと、今のエイナは知る由もない。

「後で私の子に、そこの本の山も取りに来させるわ。貴方はもう戻りなさい。全てを忘れて」

「………はい」

足もとに散乱している本を一瞥し、フレイヤは背を向けた。

虜となり、『美』に服従するエイナは、感情が消えた顔で頷く。

魔石灯が作動しておらず、夕暮れの光だけが差し込む室内。

ぼうっと立ちつくしていたエイナは、女神が消えた後、意識を取り戻したように呟いた。

「何やってたんだろう、私……。はやく、ミィシャ達のところへ、戻らなきゃ……」

そして。

「あれ……？　どうして、わたし、泣いて……」

自分の頰に伝う涙の理由が、エイナは、まるでわからなかった。


カツン、カツン、と。

光が消えた階段に靴の音が残響する。

靴音が吸い込まれるのは遥か下、薄闇の奥。

少女の本を携えるフレイヤは、誰にも止められることなく、段差を下っていった。

階段を下りきった先、辿り着くのは四炬の松明が燃える『地下祭壇』。

「やっぱり貴方を捻じ曲げることはできなかったようね、ウラノス」

古代の神殿を彷彿させる石の大広間、その中心。

巨大な石の玉座──祭壇の神座に腰掛ける老神に、フレイヤは場違いなまでに婉然と微笑みかけた。

「大神としての神格に加え、この『地下祭壇』に守られている貴方には、私の『魅了』も通じきらない。そもそも地上の『声』が届いていたかも定かではないしね」

「……フレイヤ」

蒼の瞳に正気の色を宿す巍然たる神は、重々しく唇を開く。

己の『魅了』が効いていないことを承知で堂々と乗り込んできた『美の神』を、神座から見下ろしながら、問いかけた。

「私も『魅了』するつもりか?」

昨日の女神祭とは異なり、既に『祭壇』の内側に入られた至近距離。

今『魅了』を使われれば大神とて抗えない。

この場への侵入を防げなかった時点で、生殺与奪の権は握られている。

「まさか。貴方は迷宮都市の安寧を維持する上で誰よりも欠かせない存在。私が惑わして、もし『祈禱』に支障が出たら元も子もないもの」

「……」

「それに……ふふ、貴方を『魅了』しても、顔色一つ変えなさそうだから」

冗談めかして笑うフレイヤに、ウラノスは厳しく双眼を細めた。

彼女の言葉通り、ダンジョンに『祈禱』を捧げるウラノスは——『大穴』からモンスターの流出を防いでいるオラリオの創設神は——都市の最重要神物にして下界最後の要石である。

彼の『祈禱』が乱れることがあれば『都市崩壊』の事態も起こりうる。

つまり、フレイヤは最初からウラノスを『魅了』するつもりなどなかったのだ。

『英雄の都』を零落させることだけは許されない。

破滅を求める『邪神』でもない限り。

フレイヤがどんなに傲岸な女王を気取ろうとも、だ。

「何が目的だ、フレイヤ」

「聞く必要がある？　欲しいもののために禁忌を犯した、それだけよ」

「ベル・クラネルか……」

私兵達を通じて都市の動向を常に見守っているウラノスは、ヘルメスからフレイヤの神意についても聞き及んでいる。変わらない表情の裏で、あらゆる『事件』の渦中にいる少年へ同情しながら——同時にやはりあの好々爺の置き土産だと妙に納得しながら——本当に、本当に僅かな、小さな嘆息をつく。

「では、何をしにここへ来た？」

ダンジョンに『祈禱』を捧げるウラノスは、そもそもこの『祭壇』から動けない。

そして動けない彼の指示を受け、手足として動く従者達（ロイマン）がフレイヤの手に堕ちたなら、ウラノスには打つ手がない。ヘルメスやヘスティア達と同じように、『魅了』を止められなかった時点で彼の負けだ。

正確には、ウラノスだけでなく、全ての神々の敗北だ。

「都市の創設神である貴方には、きちんと『交渉』しておこうと思って」

そんな誰の命令にも左右されない筈の君臨者は、被っていたフードを下ろし、真っ直ぐ（まっすぐ）ウラノスを見た。

「私の邪魔をしないで頂戴」

「なに？」

「もし約束を守ってくれるなら、代わりに迷宮攻略を一気に進めてあげる」

疑問に答えず『交渉』の内容を提示する女神に、ウラノスは目を見張った。

「今まで眷族（オッタル）達に任せて自由にさせていたけれど、私が号令を出すわ。『全ての団員が一致団結して、ダンジョンを攻略しなさい』と」

「……！」

「未到達領域の進出は勿論（もちろん）、『黒竜』討伐（とうばつ）の準備も進める」

全ての『元凶』である地下迷宮の踏破。

そして下界の悲願、三大冒険依頼（クエスト）の達成。

『交渉』を呑んでくれるのなら、それに本腰を入れると、フレイヤはそう言っているのだ。

確かに個の武勇が突出し過ぎていた【フレイヤ・ファミリア】が、【ロキ・ファミリア】のように派閥一丸となって迷宮進攻（ダンジョン・アタック）に乗り出せば、攻略は間違いなく躍進を遂げるだろう。

そもそも、【フレイヤ・ファミリア】は主神を中心に回るのみだった。

フレイヤに心を奪われ、その慈悲に救われ、神性（カリスマ）に心酔する眷族は他の団員を蹴落（けお）としてでも寵愛（ちょうあい）を得ようとしていた。しかしそれが——女神の一声をもって統率されたならば。

「私が、『救界（マキア）』を成し遂（と）げてあげる」

偽りのない女神の宣言。

常に不動のウラノスをもってしても、驚きをあらわにしてしまう。

「……女神（ヘラ）に敗北し、オラリオに縛られていたお前が、なぜ今になって？」

フレイヤはまさに、気紛（きまぐ）れな風だった。

十五年前の男神（ゼウス）・女神（ヘラ）の失脚以降、彼女は迷宮都市（オラリオ）の一員として『義務』こそ果たしていたが、あまり真剣ではなかった。それこそ眷族達の自由意思に派閥運営を委（ゆだ）ね、自分の『趣味』——目的を優先させるきらいがあった。

「欲しいものが……伴侶（オーズ）が見つかったから」

それを翻（ひるがえ）したのは、何てことはない、簡潔な理由。

尊大で、傲慢で、しかしどこか儚げな少女のような微笑が、相貌に浮かぶ。

「私はベルが欲しい。その体も、心も、魂も私のモノにしたい。ええ、ベルだけでいい。あの子が手に入るなら、私はもういい」

「……」

「だから、今回の一件を見過ごしてくれるなら、オラリオには不利益（ふりえき）をもたらさないと約束してあげる。それに、これが一番冴（さ）えたやり方でしょう？」

一転して、次には魔女の笑みが浮かぶ。

「私がベルを無理に奪おうとすれば必ず犠牲が出る。ヘスティアの眷族然（しか）り、ヘスティアに味方しようとするヘファイストス達然り。けれど私の方法なら、誰も傷つかない」

事実であった。

都市そのものを捻じ曲げるやり方は決して褒められたものではなく、間違っているが、フレイヤのやり方は『都市戦力』という観点では全くの負債（マイナス）がない。抗争はおろか戦争遊戯（ウォーゲーム）も起きず、都市民の認識のみを引き換えにして、ことを穏便に済ませられる。

更に、【フレイヤ・ファミリア】の迷宮攻略の加速を取り付けられるというのなら、不利益などある筈がない。

「この都市で『魅了』前の記憶を保有しているのは、私の眷族を除けば憧憬の奴隷（ベル）と処女神（ヘスティア）、そして創設神（ウラノス）、貴方の三人だけ」

「……」

「私の『箱庭』を壊すとしたら、それは貴方達」

だから余計な真似はするな。

打開策を講じず、都市の外にも応援を求めず、大人しくしていろ。

フレイヤはそう言っているのだ。

万が一の『可能性』も摘み取るために、ここまで来て、『交渉』という先手を打ったのだ。

「今日一日、大変だったのよ？　『魅了』の綻(ほころ)びを生まないように、子供達と一緒に都市を回って」

「……」

「『魅了』した子供達にお願いして、ベルの軌跡の編纂(へんさん)は行わせたけど、やはり取りこぼしは起こる。さっきだって、貴方の非戦闘員(こ)が編纂された『記録』に疑問を持つところだった」

エイナから取り上げた日誌を開き、頁(ページ)に踊っている情報に目を通す。

その告白通り、フレイヤは眷族(アルフリッグ)達にはベルの前で『巨塔(バベル)にいる』と言わせておく一方で、自らは『魅了の後詰め』を行っていた。

「ダンジョンに私の『魅了』は届いていない。つまり昨日、ダンジョンにもぐっていた冒険者は記憶の改竄を受けていない」

「……それを塗(ぬ)り潰していた？」

「ええ。把握できる限りの冒険者を洗い出して『魅了』を済ませた。宿場街(リヴィラ)の住人も含めてね」

フレイヤは傲岸なまでに『勤勉』だった。

ウラノスを『魅了』しなかったのと同じ理由で、ダンジョンを刺激しては意味がない。ほとんどの者が女神祭を楽しんでいたとはいえ、ダンジョンにもぐっていた一部の冒険者はフレイヤの『魅了』に堕ちていないのが現状だ。よって、先んじて憂慮を潰した。

18階層の『迷宮の宿場街』の住人も、冒険者を操って地上へ呼び出し、『魅了』を施した。この時期に下層域から深層域へもぐったロキの子供が一部いるようだが、流石に下層以下へ眷族を差し向けるわけにもいかない。広大な迷宮で行き違いになり、発見できないのがオチだ。

地上に帰ってきたら直ちに処置する方が労はないだろう。更に言うと、ここから離れていない港街も既に堕とした。これでオラリオ近隣の共同体が都市の異変に気付くことはもはやなくなったと言っていい。

『魅了』した者には人も神も関係なく、フレイヤの『箱庭』の瑕疵になりうる存在を密告するようにも命じてある。ベルが【フレイヤ・ファミリア】ではないと疑問を持つ者は、直ちに洗い出される手筈だ。

そのための『後始末』。

フレイヤは本気で、少年を自分の『箱庭』に取り込むつもりだった。

「ついでに、コレも手に入れてもらった」

フレイヤが取り出すのは一つの小瓶。

『開錠薬(ステイタス・シーフ)』にも似ているそれは、裏市場(アンダーグラウンド)でしか手に入らない非合法品だった。迷宮の宿場街(リヴィラ)の中でも僅か一つしかなかった超稀少品(それ)を入手するため、フレイヤはウラノスとの交渉を後回しにしていたほどだった。

「まだまだ取りこぼしはあるでしょうけど……それも娘達(ヘルン)を使って埋めていくわ」

抜かりはない。あっても速やかに正す。

わざわざ語られた女神の行動は、老神(ろうじん)から頷く以外の選択肢を断つ『鎌(かま)』だった。

薄暗い地下祭壇の中であって美しい銀の長髪が、月の雫のようにきらめく。

「私の情報は全て開示した。誠意は見せたつもりだけれど……ウラノス、貴方の返答は？」

自身を穿つ眼差しを、ウラノスは黙って受け止め、深く瞑目する。

「望まずとも私は『都市の創設神』などと呼ばれる身。故に私の誠意とは、都市に住まう者達への献身。よってフレイヤ、お前の蛮行を是と認めるわけにはいかない」

「それで？」

「……が、お前を今、止めることができないのも事実。この瞼が閉じている間は、好きにしろ」

ウラノスの答えは『沈黙』。

女神の差し伸べた手を取らない代わりに、動かぬ彫像となることを約束する。

「ふふっ……やっぱり貴方も食えない神」

フレイヤは唇に薄い笑みを宿し、踵(きびす)を返した。

最初からこの結果も見越していたように、悠然と地下祭壇を後にする。

取り残されるのは四炬の松明と、瞼を封じた老神のみ。

「……信じられん」

女神がいなくなり、しばらく経った後。

広間の片隅に溜まる闇が戦慄するように震え、一人の魔術師が姿を現す。

「今の話は本当なのか、ウラノス……？　私はおろか、都市にいる全ての存在が『魅了』されているなど……」

神座へと続く階段の足もと、祭壇の前へ、フェルズが動揺を隠せない様子で歩み出る。

黒衣の魔術師はウラノスの片腕として、そして護衛として待機し、耳を澄ませていた。

しかしそれでなお、『状況の把握がかなわなかった』。

「一部始終を聞いた今でさえ、自分に違和感を覚えない。何を言われても眉唾物だと判じてしまいそうに……いや、神フレイヤの『奴隷』となったことを、客観的に観測できない」

「それが『美の神』だ。あれこそが、フレイヤの権能だ」

「誤認の強制と、認知の曲解……この私でさえ、貴方の敵に回るというのか、ウラノス？」

『異常効果』は勿論『呪詛』さえ防ぐフェルズの魔道具であっても、フレイヤの『魅了』は防げなかった。既に彼女の規律に取り込まれている魔術師は、ウラノスが不穏な動きを見せた瞬間、平然と密告を行う『監視役』に成り下がっている。よってウラノスもまた、フレイヤへの約束を遵守するため何も答えず、瞼を閉じ続けていた。

フェルズは震えた。

意識と無意識がもはや区別できない自分自身に。

『隷属の無自覚』。

フレイヤが都市にかけた『魔法』は誰も傷付けず、誰も妨げない優しいもので、同時に何より極悪な『呪縛』であった。

「フレイヤの言う通り、都市に直接の不利益はないだろう。しばし傍観するしか手立てはない。そして、この傍観が永遠となるかは……ベル・クラネル次第」

瞼の裏に一人の少年を思い浮かべ、老神(ろうじん)はただ、石の玉座に座するのみだった。

黄昏の光が途絶え、残照も消え去り、蒼然とした空が都市を覆(おお)う。

空は晴れていた。ただ星々は遠い。僅かにかかる薄い雲によって、月が朧(おぼろ)を唄(うた)っている。

僕にとって、とても長い一日。

その中で、ようやく夜を迎えた。

「フレイヤ様がお戻りになられた。来い」

部屋の扉が開かれるや否（いな）や、師匠（マスター）がそう告げた。

部屋の寝台（ベッド）にただ腰掛けていただけの僕は、黙って、立ち上がる。

無抵抗の虜囚のように、その背中へ付いていく。

「…………」

「…………」

師匠（マスター）は何も言わない。僕も何も発さない。

一言一句交わさず、月明かりに照らされる青白い廊下を歩いていく。

宮殿と見紛（みまが）う館は静かだった。

館内が、ではなく、本拠（ホーム）そのものが。

広大な敷地を有する『戦いの野（フォールクヴァング）』は大きな四壁に囲まれている。繁華街が存在する都市南、第五区画に位置しながら街の喧騒とは縁遠い。

女神祭が終わった宴の後とはいえ、まるで外界と隔絶されているかのようだ。

『巨大な牢獄』だと錯覚する僕の心は、大袈裟（おおげさ）に過ぎるのだろうか。

「……師匠（マスター）…………ヘディンさん……」

どう呼んでいいかわからず、僕が言い直すと、師匠（マスター）は振り向かないまま応じた。

「なんだ」

「……シルさん、という人を知っていますか？」

止まらなかった歩みが、ぴたり、と止まる。

立ち止まった師匠(マスター)は、ゆっくりと振り返った。

「……誰だ、それは？」

「ヒューマンの、女の人で……豊穣の女主人っていう酒場で、働いていて……」

「……」

「都市最大派閥(フレイヤ・ファミリア)と、関係があった筈なんですけど……その人は、ここにいますか……？」

誰も僕のことを覚えていない、そんなわけのわからない状況の中でなお、いくつかの気がかりがあった。

朝、リューさんのことを尋ねても、第一級冒険者達(アルフリッグさん)は覚えがないようだった。

ならシルさんは？

僕が傷付けて、姿を消してしまったあの人は、どうなったのだろうか。

縋るように尋ねると、師匠(マスター)は何も見通すことのできない瞳で、答えた。

「そのような娘(むすめ)はここにはいない。ここにいるのは、一柱(ひとり)の女神のみだ」

予想していた答えが、一縷(いちる)の望みを砕く。

そうですか、とも言い返せず、僕は目を伏せた。何もかも記憶と異なる『世界』に諦観を抱きつつある自分に、吐き気を覚えそうになる。

師匠(マスター)は僅かの間こちらを見つめていたかと思うと、歩みを再開させた。

朝、連れてこられた特大の食堂——館の中央一階の特大広間から続く廊下を真っ直ぐ北上する。天界の風景じみた壮麗な中庭、それを縦断する屋根付きの渡り廊下を進み、本拠（ホーム）の奥へ。あまりの広さと欠片（かけら）も見覚えのない風景に、強烈な困惑を覚えながら、別館の最上階に連れてこられる。

「フレイヤ様。参上しました」

入りなさい、と。

閉じられた扉の奥から、ソプラノの声が響く。

胸の奥で心臓が揺れる中、戦槍（やり）を持った二名の女性団員、守衛が両開きの扉を開ける。

師匠（マスター）の目線に促され、緊張する僕だけが、女神の神室（しんしつ）に通された。

「いらっしゃい、ベル」

そこに玉座はなかった。

ただ、部屋の真ん中に据わる瀟洒な寝椅子（カウチ）に、彼女はいた。

背を流れる銀の髪。そして同じ色の瞳。

長髪は星の海のようにきらびやかで、双眸は宝珠のごとくきらめいている。

窓からそそぐ月の光を浴びる御姿（みすがた）は、美しい以外の言葉で表せない。

静謐（せいひつ）な神々しさは蠱惑（こわく）さを忘れ、その眼差しを僕だけにそそいでくる。

「……フレイヤ様」

乾いた唇から、かろうじて声の欠片が落ちた。

都市最大派閥の主の神室は、思ったよりものが少なかった。

室内の広さも手伝って、ということもあるだろうけれど、目にとまるのは天蓋付きの寝台や本棚、精緻な装飾が施された姿見くらい。青みがかった白い石材の床には一部のみ絨毯が敷かれ、天井を支える同色の柱がいくつも立っていた。『王の間』をそのまま私室に変えた、とでも言えばいいだろうか。

天井に吊るされた大型魔石灯は沈黙している。魔石灯は寝椅子の側、単脚の丸テーブルの上に置かれた薄明かりのみ。

広い部屋全体が、蒼い月明かりに染まっていた。

「ごめんなさいね、すぐに時間を取れなくて。豊穣の女神は女神祭の後も雑事があるの」

「……」

「話はヘディン達から聞いているわ。私達のこと、覚えていないんですって？」

「……」

「どころか、自分が他の神の眷族だと思っているらしいわね」

一方的に話しかけるフレイヤ様に対し、僕は終始無言だった。

神室の中ほどまで進み、立ち止まっている僕のもとへ、彼女は立ち上がって歩み寄る。

踵の音が絨毯に埋もれる中、こちらより少しだけ高い目線から、頬に右手を伸ばす。

僕は肩を震わせ、咄嗟に後ろへ下がっていた。

「……最初は冗談かと思っていたけど、どうやら本当みたいね」

口を引き結ぶ僕に、女神様は困ったように、微笑んだ。

気安い態度。柔らかな口調。『神の宴』などで何度か見かけた際、超然としていた彼女が決して見せなかった振る舞い。

まさに自分の眷族へ接するような『主神』の姿に、僕は気付かれないように、息を吸った。

「僕は……本当に、【フレイヤ・ファミリア】だったんですか……？」

「ええ。私が貴方を見初めた」

「それじゃあ……ずっと、貴方のもとで戦っていた……？」

「そうよ。本拠の庭でも、ダンジョンでも、忙しない兎のように戦っていた。貴方はいつも危なっかしくて……実は私は、よく気を揉んでいたの」

張り詰めた声で尋ねる僕に、フレイヤ様はしっかりと答えた。

最後は少し内緒話をするように、優しい声音で。

『美の神』様のそんな様子に内心うろたえ、すぐに押さえ込む。嘘を言っているようには全く見えない。けれど相手は神様、下界の住人では見透かせない偽りかもしれないし、あるいは事実の中に嘘が混ざっているのかもしれない。

神様を疑う不敬の念を今だけは殺し、要求を放った。

「それじゃあ、『証拠』を見せてください」

ひたすら動揺して、混乱する状況は終わった。

誰も『炉神の眷族(ヘスティア・ファミリア)の僕』を覚えていない。みんな、僕がおかしいと言う。ひたすら追い詰められてあの部屋に放り込まれた後、一人でずっと考えた。必死に現状を整理し続けた。

そして自分の『記憶』を肯定するために出した答えが、これ。

「僕の【ステイタス】を更新してください」

主神と眷族の繋(つな)がりを証明する最も有効な材料にして、何よりの証拠。

『神の恩恵(ファルナ)』。血の絆にして契約。眷族の背中には例外なく神血(イコル)で刻まれた【ステイタス】が存在する。そして、これを更新できるのは主神ただ一柱(ひとり)だ。

僕はベル・クラネル。ヘスティア様の眷族。

神様との今日までの日々は、決して嘘なんかじゃない。

僕はそれを証明するために、フレイヤ様と二人きりになる、この時を待っていた。

「今、ここで……！」

他神(たしん)には【ステイタス】の更新ができない。僕の背中にヘスティア様の『恩恵』が確認できれば、みんなの記憶が異なる状況は説明できなくても、全ての前提が覆る。

何も見えない暗闇の中で、希望という名の行灯(カンテラ)を持つ冒険者の面持ちで、身を乗り出す。

「――貴方が望むのなら、私は別に構わないけれど？」

そんな僕に対し。

フレイヤ様は動揺するでもなく、涼しく、あっさりと、要求を呑んだ。

「っ……？」

「ヘイズ、針（はり）を」

フレイヤ様が呼び鈴を鳴らすと、僕を診察した治療師（ヒーラー）――ヘイズさんが入室する。

主神の指示に仰々しく頭を下げ、彼女は金銀がちりばめられた豪奢な盆（トレイ）を差し出した。

受け取った鋭い銀の針を刺し、フレイヤ様の指の腹に血の玉が浮かぶ。

一切の躊躇がないその姿に、心臓が重々しく鳴った。

まさか、本当に？

いや違う。絶対に違う。だからここではっきりさせなければ。

自分は間違っていないと。だから、早く、その震える手で服を脱げ――。

僕は必死に鼓動の音と戦いながら、上半身を生まれたままの姿にした。

そしてフレイヤ様に導かれるまま、寝椅子（カウチ）の前に用意された椅子に座る。

「いつも通りするから、動かないでね」

耳もとで囁（ささや）かれた呟きに、ぞくりと体が震える。

僕が頭を真っ白にさせた直後、間もなく神血（イコル）と思しき滴が背中に落とされる。

（――っ⁉）

女神様の指が背中をなぞった瞬間感じる、『恩恵』が開かれた感覚。

ヘスティア様に更新される都度、いつも肌から伝わっていた脈動の気配。

嘘だ、ありえない、そんな筈が——背を向けたまま硬直する僕を他所に、フレイヤ様は勝手知ったる動きで指を走らせていく。

僕の時間が凍りついていたのは、長くはなかった。

「終わりよ」

あたかも死刑宣告を告げるように、背後から、フレイヤ様が一枚の用紙を手渡す。

僕は、震える手でそれを受け取った。

ベル・クラネル
Lv.4
力：A843→846　耐久：A812→871　器用：A881→895　敏捷：S928→935　魔力：B767→769
幸運：F　耐異常：G　逃走：I

「ッッッ!?」

他神様(フレイヤ)が知る筈のない能力(ステイタス)の全容、更に更新されている数値に、心臓を握(にぎ)り潰される。

全身に満ちる高揚感が、無事『能力値(アビリティ)が上昇したこと』を無慈悲に伝えてきた。

「やけに『耐久』が上がっているわね。またヘディンにしごかれていたの？」

絶句する僕を他所に、フレイヤ様は丸テーブルの上に針を置いた。

彼女の言葉に反応も示せず、僕は用紙を放り捨て、動いた。

服も着ずに、もつれかける足で、転ぶように姿見の前へ出る。

「────」

そして、鏡に映る『現実』は、これ以上ない残酷なものだった。

背中を向け、首を巡らせた僕の目に飛び込んでくるのは、『銀色の神聖文字（ヒエログリフ）』。

碑文を彷彿させる文字群は見慣れた『聖火』の形状ではなく、『女主人』のそれ。

ヘスティア様ではなく──フレイヤ様の『恩恵』!!

「そん、な…………」

動かない『現実』を叩きつけられた僕の膝は、いつの間にか、崩れ落ちていた。

（──砕いた）

フレイヤはこの時、確かに聞いた。

少年の疑心暗鬼が罅割れ、破砕する音を。

ぎりぎり保たれていた心の秩序が、跡形もなく壊乱する音を。

フレイヤは胸の内側に笑みを秘め、その哀れな子供のもとに近付いた。

「大丈夫よ、ベル」

「‼」

膝を床につく少年の体を、後ろから抱きしめる。

電流を流されたように彼の全身が震える中、両腕を回し、隙間など生まないほど密着する。

自分の豊かな胸に、彼の儚げな背中が張り付いて——嗚呼、鼓動が聞こえる。

恐怖の動悸だ。絶望の律動だ。そして、何よりも愛しい『魂』の音色だ。

耳を甘噛みし、うなじに唇を落とし、熱い吐息を絡めて、互いの境界がなくなるまで一つになりたい——そんな衝動を堪えながら、囁きを施す。

「貴方の恐怖も、絶望もわかってる。今、全てを受け入れられないことも、理解しているわ」

「え……？」

「だから自分を壊さないで？　ほら、こんなに体が冷たい。怯えないで……怖がらないで？」

赤子をあやすように、己の鼓動を聞かせるように、『少年が求める言葉』を囁く。

少年は今、完全に『拠りどころ』を失い、丸裸だ。

その隙を逃さず、温もりとともに寄り添う。

氷塊のように強張っていた体から、僅かに、しかし確実に力が抜けていく。

（『更新薬』……リヴィラから入手して正解だった）

その名が少年に偽りの現実を叩きつけた絡繰りである。

ベルの予想通り、未だ改宗(コンバージョン)を済ませていない彼の背中にはヘスティアの『恩恵』が刻まれている。どんなに『魅了』の力でベルを孤立させたとしても、このままではフレイヤは『恩恵』を更新できない。ベルの疑念が育まれることになる。

そこでフレイヤは『魔道具(マジックアイテム)』を使った。

『開錠薬(ステイタス・シーフ)』より更に稀少な『更新薬(ステイタス・スニッチ)』。

男神と女神、司(つかさど)る権能が異なる複数の神血(イコル)を原料に作られるそれの効力は、他神の【ステイタス】の更新。

他派閥の眷族の更新など普通に考えれば百害あって一利なしの代物だが、意地の悪い主神に生殺しにされている眷族の救済や、間諜に基づく戦力の引き抜きなどで使われる。用途が用途なので派閥運営を行う主神からは蛇蝎(だかつ)のごとく嫌われ、製造されている絶対数自体が少ない。『開錠薬(ステイタス・シーフ)』で錠(ロック)を解除する手順は必要だが、それさえ達成(クリア)してしまえばこの紅液を垂らすことで能力を更新できる——ただしあくまで能力値(アビリティ)の上昇のみで『魔法』や『スキル』の発現及び昇華(ランクアップ)は不可能となっている——。

今日一日、『魅了』の後詰めに動いていたフレイヤはこの『更新薬(ステイタス・スニッチ)』を確保し、ベルの虚を突いたのである。

更新のために背を向けたベルの耳もとで囁き、一瞬の隙を奪って、『開錠薬(ステイタス・シーフ)』と『更新薬(ステイタス・スニッチ)』を素早く用いた。『更新薬(ステイタス・スニッチ)』は最初の一滴以外は己の神血(イコル)を使うため、更新後の眷族の背にはしばらく自神の権能が映し出される。

この作用をもって、フレイヤはベルの目を欺いた。

「貴方が孤独しか受け入れられなかったとしても、私は貴方を一人にしない……大丈夫よ」

何度も言葉を囁く。何度だって自分の温もりを預ける。

ややあって、間隔が狭く、浅かった少年の呼吸が、ゆっくりと戻っていった。

ベルの心が平常に戻っていく過程で、己の『慈愛』をすり込み、『布石』を仕込んでいく。

フレイヤは、笑った。

嘲笑でも冷笑でもない。

少年の側に身を置ける、喜びの微笑だった。

「平気？」

「…………は、い……」

ようやく体から震えが消える頃、フレイヤは名残惜しいのを我慢し、抱擁を解いた。

フレイヤが立ち上がると、ベルもよろよろと立ち上がる。

その目は伏せられており、床だけを見ている。

しかし先程まであった警戒心が薄くなっている。そう、『薄くなっている』程度だ。

今はそれでいい、とフレイヤは目を細める。

「ベル。貴方の話を聞かせて？」

「えっ……？」

「私の眷族じゃない、貴方の記憶を教えてほしいの」

顔を上げたベルは目を見開いた。

何故そんなことを言うのかわからないという表情だった。

フレイヤは神(ははおや)の眼差しをもって答える。

「貴方は私達の【ファミリア】なの……そういくら言っても、受け入れがたいでしょう？」

「そ、それは……」

「気にすることはないわ。私がベルの立場だったら同じように混乱するし、何も信じられなくなる。だから、貴方の話を聞かせてほしい。私が知らない今の貴方を、私に教えて？」

「…………」

「私はどんな貴方だろうと否定しない。勿論、私の愛を思い出してほしいけれど……ベルがつらいなら、する必要もない。私にとって大事なのは、貴方との今と、これからだから」

嘘偽りのない言葉。そしてベルにとって『都合のいい提案』。

少なくともベルはフレイヤの神意を察せない。何より『今の自分』を否定しないたった一つの存在は、仮の『拠りどころ』として映るだろう。

そう、最初は『仮』でいいのだ。

これを『本物』に変えていけばいいだけの話。

「今日、ウラノスに呼び出されてね。そろそろ迷宮攻略を進めろ、と言われてしまったの」

「えっ？」

「記憶が戻っていないことは心苦しいのだけれど……ベルも昼間は他の子供達と一緒に、鍛錬を積んでほしいの。私は貴方をダンジョンで失いたくない」

「………」

「それが終わった後、こうして話しましょう。二人きりで」

「………………わかり、ました」

ベルに選択肢はない。今日一日拒絶され続けた彼にとって、仲間だとみなしてくれる【フレイヤ・ファミリア】しか身を置く場所はない。たとえ本人が望まずとも。

フレイヤはベルの頬に右手を添えた。

今度は逃げられなかった。

怯える小動物のようにぴくりと体を震わせ、しかしなされるがままになる。

「また明日の夜ね」

「……」

「それとも、今夜はこのまま一緒に寝る？」

「ね、寝ませんっ⁉」

「ふふっ、残念……色々あって、疲れたでしょう。部屋に帰って休みなさい」

「は、はい…………ありがとう、ございます……」

ベルは絡めていた視線を断ち切り、そう答えた。

長過ぎる激動の一日を過ごした彼にとって、これ以上の問答は無理だろう。何かを考えることすらつらい筈だ。

頼りない足取りで扉の前まで赴き、去り際、こちらを振り返る。

慈愛をこめた微笑みを返すと、深紅(ルベライト)の瞳は動揺し、再び目をそらした。

今度こそ少年の姿が消え、神室(しんしつ)に沈黙が訪れる。

「――ヘイズ。今日からベルに気付かれないよう護衛をつけて。一日の行動を私に報告するように徹底して」

「かしこまりました」

「あとは、ヘルン」

ベルと入れ替わりに入室するのは治療師(ヒーラー)の少女と、侍従頭。

名を呼ばれて肩を微動させる後者の少女、ヘルンに、フレイヤは流し目を送った。

「貴方の『嘘』がベルに暴かれた時の『条件』……私と交わした『契約』を覚えているわね？

貴方はもうベルと接触しては駄目。あの子の視界に入ることも許さない」

「……はい、フレイヤ様」

「代わりに『私』になって、しばらく働いてもらうわ。今日一日動いたけど『改竄』の矛盾は潰しきれていない。『魅了』を使うことを許すから、綻びを見つけ次第、埋めて頂戴(ちょうだい)。特に、これから都市の外からやって来る子供達には念入りに」

長い灰色の髪で顔の右半分を隠すヘルンは、あらわになっている己の左目を戸惑いに揺らした。

『変神魔法(へんしん)』を使えるヘルンは、『神の力(アルカナム)』が使えないことを除けば女神(フレイヤ)と変わらない存在になれる。それは彼女も美神の美貌をもって『魅了』を行使できるということでもある。本物(オリジナル)と比べてその威力も精度も下がることになるが、フレイヤは『もう一人の自分』に等しい少女へ、『箱庭』を完璧な形にするよう命じた。

オラリオの外へ一歩出れば、『炉神の眷族(ヘスティア・ファミリア)のベル・クラネル』という認識は健在だ。『世界の中心』たるオラリオは旅人や商会の出入りが活発であり、彼等が認識を捻じ曲げられた都市民に違和感を抱くかもしれないし、ベルに余計な疑念を吹き込むかもしれない。

故にそのための『対処』。既にフレイヤ達の言うことを聞くようになっている門衛(ガネーシャ・ファミリア)と連携して、ヘルンに『魅了』を施させる。前日の『改竄要求』の漏れも彼女に当たらせるつもりだった。

情報とは上書きされていくものだ。

一度、都市の外の人間に「ベルが【フレイヤ・ファミリア】の所属となった」と広まれば、それは本当になる。多少の違和感を覚えられたとしても、都市(オラリオ)の人間はみな口を揃えて「その通りだ」と何度だって答えるのだから。

少なくとも時間さえかければ世間には浸透していく。

真偽の判断は抜きにして、「ベルがフレイヤの眷族になった」という字面が重要なのだ。

『情報操作』の徹底を命じられたヘルンは、そこで、何度も躊躇した後に口を開いた。

「本当に……私を罰さなくてよろしいのですか、フレイヤ様？　私は、烏滸がましくも貴方様に嘘を吐き、この手でベル・クラネルを殺そうと……」

「私が罰さないこと。それが貴方にとって何よりの『罰』になるでしょう、ヘルン？」

「っ……！」

「私は貴方の罪悪感を減らす手伝いはしないいし、貴方の忠誠も疑ってはいない。だから、これからも私に尽くしなさい」

全てを見透かす銀の瞳に、ヘルンは畏怖と戦慄を等しくした。

彼女は今日までお咎めを受けていない。覚悟をもって少年の殺害に臨んだとはいえ、主神を裏切った背徳感は存在している。行き場を失った感情に苦しむ少女は、目を伏せて「かしこまりました……」と消え入りそうな声で承諾した。

「ヘルンは今日からまた、私の付き人に戻すわ」

「お言葉ですが、アレン様達から反感の声が上がるかと思います」

「私が許した。そう伝えなさい」

主の神意にヘイズが恭しく頭を垂れる。

それからフレイヤは視線を移し、神室の扉を見つめた。

自分が囲った少年に思いを馳せる。

(『ありえない現実』に直面した時、人はどうするか……最初は自分の『主観』に縋り、やがて徐々にソレを疑っていく)

ベルの精神はまだ不安定。

未曾有の孤独に圧倒的な恐怖と不安を感じつつ、誰も信じることができない。どれだけ今、フレイヤ達が仲間であると説いても絶対に納得はしないだろう。

では、どうするか。

簡単だ。『理解者』であればいい。

フレイヤだけが、唯一の『少年の理解者』になればいいのだ。

否定せず、拒絶せず、共感を示す。

そうすれば子供の心はたやすく揺れ、毒とわかっていても甘美の林檎を受け入れる。

「これからも貴方を傷付けるわ、ベル。そして傷が生まれる度、抱きしめて、癒すわ。必ず、絶対に」

女神は感情を悟らせない顔で、笑った。

「だから、ごめんなさい――でも、手段はもう選ばないって決めたから」

彼女の名はフレイヤ。

正と負の二面性を持つ、残酷で奔放な女神にして、誰よりも愛の毒と奇跡を識る『魔女』だ。

三章
戦いの野

日が昇った。

まだ青みが残る朝空に雲は見えない。澄(す)み渡った雨上がりのようだ。

心の奥は曇り続けていて、晴れることはないけれど、そう思った。

「ベル！　ぼさっとするな！　さっさと来い！」

「……はい」

半小人族(ハーフ・パルゥム)の団員に呼ばれた僕は、丘の上で空を仰(あお)ぐのを止め、彼の後を追う。

【フレイヤ・ファミリア】本拠(ホーム)『戦いの野(フォールクヴァング)』。

オラリオ所属の数ある派閥の中でも最大と言っていい敷地を有する本拠(ホーム)の『庭』は、まさに原野(げんや)と表現するに相応(ふさわ)しかった。中央の丘に立つ館を取り囲む緑の海、朝焼けの野原は朝露(あさつゆ)に濡(ぬ)れ、目が奪われるほどきらめいている。

塀と言うにはあまりにも堅牢な四壁と門によって外界(そと)の風景は何も見えず、ここが都市の中だなんて未(いま)だに信じられない。

僕はそんな場所で、今から戦うことになっている。

「記憶が混濁したか何だか知らんが、俺(おれ)はお前への態度など変えん！　これまで通り、この『庭』で『洗礼』を与えてやる！」

僕の『お目付け役』に抜擢された半小人族(ハーフ・パルゥム)の男性、ヴァンさんは、こちらに背を向けたまま厳しい声音(こわね)で告(つ)げた。

昨夜、フレイヤ様から僕が呪詛(カース)によっておかしくなっていると【ファミリア】に通達があった……らしい。そこで日常生活などの面倒を見ることになったのが、同じＬｖ．４の第二級冒険者(ヴァンさん)だ。こちらの事情など知ったことかと部屋にやって来て僕を叩(たた)き起こし、『特大広間』の長机(テーブル)に並べられた朝食代わりの軽食を詰め込ませ、他の団員と一緒にこの『庭』へとやって来た。

昨日までのことは夢だったらいい、なんて希望や不安にも浸(ひた)らせてくれない強制のそれ。

各々が武器を持って集結する光景も相まって、まるで軍隊のようだった。

「記憶を失う前のお前は、ぽっと出のくせに主神(フレイヤさま)の関心をかっ攫(さら)っていった生意気糞野郎(クソ・ルーキー)だ！　全くもって気に食わんし、俺はお前が嫌いだった！　他の者も同じ思いだ、手加減なんて期待するなよ！　……ってなんだ、その死んだ兎(うさぎ)のような目は！」

「す、すいませんっ……」

僕より身長が低い半小人族(ハーフ・パルゥム)をぼうっと眺めていると、怒られた。

こちらを振り返り、顔を赤くするヴァンさんに慌てて謝る。拭(ぬぐ)えない戸惑いと一緒に。

……ヴァンさんのこと、見覚えがないわけじゃない。

女神祭のシルさんとのデートでこちらを監視していたり、船の上まで追いかけてきた【フレイヤ・ファミリア】の中に、半小人族(ハーフ・パルゥム)の団員がいたような気がする。

もはや今となっては、確かめる術(すべ)なんてないのかもしれないけど。

「一応説明してやるが、栄えあるフレイヤ様の眷族はこの『庭』で殺し合う！　夜明けから日没まで、毎日だ！　ダンジョンに向かう者はその限りではないが、むしろ『庭』を出ていく者の方が少ない！　なぜならば、ここは『戦いの野』だからだ！」

原野を示しながらヴァンさんが語る。

何でも、【フレイヤ・ファミリア】の団員はLv．1からLv．4まで――治療師など戦闘職ではない者を除いて――毎朝こうして『庭』に出て、実戦を繰り返すらしい。

オラリオの中では有名な話だし、昨日自分の目で直接見たばかりだ。

だから、飛び上がって驚く、なんてことはないけど……。

「……戦いの合図は？」

朝早く外に出されて、武器まで持たされて、戦いの準備を強要されて。

自分でも何をしているかわからない。

もっとやるべきこと、考えることがあるんじゃないのかと強迫観念じみたものが胸を叩くけれど――何かやれることがあるんだったら、誰か教えてほしい。

沢山の人に拒絶された傷は癒えていない。

みんなの目や、神様の言葉を思い出すだけでも、今も立ち竦みそうになる。

『世界が変わってしまった原因』を探せばいいのか。それとも『僕が変わってしまった理由』を自覚するべきなのか。周囲が訴えているのは圧倒的に後者で、いい加減認めてしまえと耳もとで囁いてくる。そしてその囁きに耳を塞ぐことが、今の僕には精一杯だった。

暗澹たる闇が立ち込めている、そんな僕の葛藤を――

「そんなものはない」

――良くも悪くも、『戦士達』は吹き飛ばしてくれた。

振り向き様、ヴァンさんの双剣が僕の胸もとに吸い込まれる。

「⁉」

本能が悲鳴を上げ、反射的に手に持っていたナイフで剣撃を防いだ。

骨の髄まで痺れさせる痛撃。防御しなければ確実に心臓を貫いていた刺突。

本気だ。

僕を本当に、殺そうとした‼

「この原野に立った時！　それが戦いの始まりだ！」

その言葉を肯定するように、周囲の団員達が武器を解き放つ。

轟き渡る開戦の音色。

鼓膜を塞ぐ激烈な斬撃音と打突音、そして凄まじい喚声に、全身という全身がわななく。

闘争の坩堝と化した『庭』に驚愕する暇もなく、僕は周囲の『戦士達』の行動に倣った。

目の前の半小人族が、全力で斬りかかってきたからだ。

「言った筈だぞ‼　『洗礼』を与えてやると！」

「っ……⁉」

「ここは戦場だ！　此処こそが、女神が望む勇士が生まれる場所だ！」

双剣とナイフが散らす火花越しに、ヴァンさんが吠える。

間髪入れず相手の得物が翻り、手の中からナイフを弾かれ、唸るような剣捌きが斬閃の嵐を生んだ。

対して、僕の体は勝手に動いていた。

腰に装着させられていた両刃短剣を引き抜き、迎撃。

命懸けの防御と回避を重ねる。

持てあましていた葛藤など無理矢理捨てさせられ、冒険者としての自分を引きずり出された。

『うおおおおおおおおおおおおおおおおおおおおおおおおおおおおっ‼』

大気を震わせる鬨の声に囲まれながら、『戦士』の一員となることを余儀なくされる。

突き出される剣尖、地を這うような回し蹴り、瞳に宿る紛れもない『殺意』。訓練でも鍛練でも試合でもないヴァンさんの姿勢に気圧されながら、ひたすら『死』を拒む。

違和感を覚えるほど手にぴったり馴染む武器なんてもはや関係ない。

何度も刃と一緒に手を振り回し、足で必死の激踏を踏み、遮二無二に戦った。

手加減できる相手じゃない。迷っていることだって許されない。

半端な気持ちで突っ立っていれば——やられる！

「シイッ！」

「はああああああああああ！」

それは四方の団員も同じだった。

すぐ隣で男女のヒューマンが斬り合っているかと思えば、背後ではドワーフの戦鎚がエルフを殴り飛ばし、斜向いでは獣人とアマゾネスが鍔迫り合いを演じている。もし鳥が空を飛んでいたなら、その目にはまさに混戦の光景が映るだろう。『魔法』や『呪詛』まで行使して、同じ派閥である筈の仲間を殺しにかかる。

血飛沫が舞う。

誰かが倒れる。

手から武器が離れる。

その転がった槍を、あるいは突き刺さった剣を引き抜いて、鮮血に塗れながら立ち上がった誰かが戦闘を続行する。

僕は血の気が引く音を確かに聞いた。

（これが——）

舐めていた。

認識が浅かった。

『殺し合う』というのは比喩だろうと、心のどこかで高を括っていた。

この猛々(たけだけ)しい戦意に、何一つだって嘘(うそ)なんかない！

（これが――『戦いの野(フォールクヴァング)』‼）

実際に死者も出るだろう酷烈な派閥内競争。

必要なのはいかなる者にも屈さない力と、闘争心。

生き残り、勝ち抜き続けた者だけが、『強靭な勇士(エインヘリヤル)』の資格を手にする！

戦闘の熱狂に呑(の)まれ、ぐわっと汗腺という汗腺が開く一方、視界の片隅で小輪が揺れた。

どんなに踏み潰(つぶ)されても、切り裂かれても、赤く染まろうが咲き誇る小さな花々。

この『庭』は戦士達の血を吸ってきた、たくましき『原野』なのだと、今更になって気付く。

「余所見(よそみ)しているなァ！」

「づっっ⁉」

周囲に気を取られていた僕の頬(ほお)をヴァンさんの大喝が殴りつける。

間断なく繰り出される剣撃が戦闘衣(バトル・クロス)を裂き、続く追撃が、必死に距離を取ろうとする僕を串刺しにしようとした。

選択肢はなかった。

咄嗟(とっさ)に、空いている左手を突き出す。

「【ファイアボルト】‼」

「ぐがあっ⁉」

喉から迸った砲声が炎雷を生み、ヴァンさんに直撃した。

『魔法』を使ってしまった。

いや、使わされた！

モンスターならばともかく、冒険者相手に威嚇でもなんでもない本気の『魔法』を炸裂させるなんて、アイズさんとの鍛錬の中でもなかったのに！

腹部から胸部にかけて炎雷を浴び、体から煙を吐き出すヴァンさんの体が、よろめく。

が、その眼はギロッと僕を睨み返し――再び襲いかかってきた。

ありえない強靭性。『技と駆け引き』は言うまでもない。周囲で戦っている人達だってそうだ。同じ階位帯の冒険者、他派閥の団員と比べても遥かに格上。

ここにいる人達が【ファミリア】の幹部にすら至れていない事実が信じられない！

「ぐあああああああああ――――!?」

違う誰かの口から再起不能の絶叫が迸ったかと思えば、戦う相手を失った他の冒険者達までこちらに飛びかかってきた。

四方から迫る刃と剣を交えること何十、何百、何千――瞬く間に時の流れが溶けていく！

体感時間が極限まで圧縮され、死ぬわけにはいかないと血液が全身を駆け巡り、焦燥と一緒に四肢が躍動する。ダンジョン内での連戦とも異なる『大乱戦』、それに身を投じた。投じるしか、なかった。

僕は戦った。

誰も僕のことを覚えていないとか。

何をすべきなのかとか。

そんな悲しみや思考など放り投げて、置き忘れるしかないほどに、戦った。

頭が真っ白になるまで、ただ死なないために。

ひたすら、戦い続けた。

そうして。

朝焼けなどとうに終わり、太陽が中天に差しかかる頃。

戦士達の原野に立っていたのは――僕だった。

「ぐううう…………く、そっ……！」

ヴァンさんを始め、地に膝(ひざ)をつく他の団員達から怒りと悔恨の眼差(まなざ)しをぶつけられる。

僕が彼等より――特にＬｖ．４のヴァンさん達より――強かったわけじゃない。

僕が勝ち残ったのは、ひとえに速攻魔法(ファイアボルト)のおかげだった。

『一対一』を何度も繰り返していたら、冒険者になって半年の僕は技量の差で今頃(いまごろ)負けていただろう。しかしこれは大乱戦(バトル・ロイヤル)。誰かを倒せば違う誰かに立ち向かう永遠の戦場に、敵味方なんて関係ない。四方八方からの攻撃や不意打ちを凌(しの)ぐ必要がある。そして、そんな乱戦の中で、速攻の火力を持つ僕は誰よりも優位性(アドバンテージ)を持っていた。

自分を狙い撃つ者がいれば狙撃し返す。

複数人いっぺんに斬りかかられれば吹き飛ばす。

一射で倒れなければ、連射する。

超短文詠唱をも凌ぐ無詠唱魔法は『魔法剣士』の速度すら上回った。呪文を必要としない【ファイアボルト】は乱戦でこそ効果を発揮することを図らずとも再確認させられた形だった。

何より……強靭性と我慢比べだったら、『深層』を四日四晩さまよい続けていた僕も負けてはいない。

それは本当にあったことなのか――そう胸が問いかけてくる疑問も、必死に握り潰す。

「はっ、はっ、はッ……はぁッ……!?」

とはいえ、精神力の消費は馬鹿にならず、荒い息も野放しにしてしまう。

目を眇めながらヴァンさん達を見渡し、膝が折れないようにするのが精一杯だった。

――これ以上はもう戦えない。

全身で呼吸をしながら、僕がそう思っていると、

「「「上々だ」」」

そんな『四つの声』が聞こえた。

「――――」

背中を打つ声に、時が止まる。

「冒険者として最低限『使いもの』にはなる」

「記憶がおかしくなった時はどうしようかと思ったが」

「これならば舞(ま)えるな」

「ああ、戦(や)れる」

いつの間に『庭』へ出ていたのか。

四つの得物を持つ四人の小人族(パルゥム)が、砂色の兜を装着した『臨戦態勢』で立っていた。

「我等の力は全(すべ)て女神のために。故に女神に捧(ささ)げんがため、我等は更なる力を欲す」

時を止めるこちらを他所(よそ)に、一人の黒妖精(ダーク・エルフ)が黒剣を鞘(さや)から解き放つ。

「時間は有限だ。今のお前を殺し、生まれ変わってもらう」

最後に、師匠(マスター)が。

原野を踏み鳴らし、目の前に現れた。

「真の『洗礼』はここからだ」

絶句する僕(ベル・クラネル)を、都市最強の第一級冒険者達が取り囲む。

死ぬまいとあれほどがなり立てていた冒険者の本能は――全てを諦(あきら)めるように、沈黙した。

夕刻。

もう、ほとんど何も見えないくせに、黄昏（おわり）を告げる赤い光だけは、わかった。

かすかに感じ取れるのは、風のざわめき。

耳もとで草花が揺れている。

どうやら、うつ伏せになって原野に沈んでいるようだった。

いつ倒れたのか、もう記憶にない。

斬り刻まれた。

叩き潰された。

焼き尽くされた。

あらゆる『技』をもって切り裂かれ、及（およ）ぶことのできない『駆け引き』をもって粉砕され、相殺などかなわない『魔法』によって滅ぼされた。

黒妖精（ダーク・エルフ）の剣技はことごとく退路（たいろ）を断ち、防御しても武器ごと斬断（ざんだん）された。なぜ手足がまだ繋（つな）がっているのか理解できない。

小人族（パルゥム）達の無限の連携は攻防を演じるどころかこちらの動きを誘導し、隙（すき）を見せた瞬間に長槍（ちょうそう）が、大鎚が、大斧が、大剣が、僕の体を四方から壊した。

白妖精（ホワイト・エルフ）の雷撃は咄嗟（とっさ）に撃ち出した炎雷ごと僕を一飲みにし、薄汚い襤褸屑（ボロクズ）に変えた。決して緩（ゆる）まない雷の砲雨は肉体だけでなく精神さえも——意志さえも根絶（ねだ）やしにした。

抵抗は何も通用しなかった。圧倒的過ぎた。

『第一級冒険者に囲まれる』という意味が、どれほど理不尽でどれだけ残酷なのか、僕はようやく知ることができた。

「…………………………………………………………あ」

呻き声にもならない音の破片がみっともなくこぼれる。

骨は折れていた。肉という肉も斬られている。戦闘衣（バトル・クロス）はもう赤くない箇所がない。

息も血も上手（うま）く吐き出せない。一撃を受ける度に最初は泣きそうになるくらい熱くて、痛かったのに、今はもう何も感じなかった。どころか、冷たくて、寒い。今は冬だったっけ？

鼓動の音が遠い。命が終わる。

『死』が近い。

知ってる。この感覚は知っている。

『深層』の決死行。そこで味わった昏（くら）い終焉（しゅうえん）。

今度は一緒に抱き合う妖精（だれか）もいない。

脳裏（のうり）で再生される人生回顧（ライフレビュー）。だが無駄だ。それを認識する力がもう残っていない。

体が寒いという概念すら消えていき、瞼（まぶた）を開けたまま、僕は生きるのを止めようとした。

「【ゼオ・グルヴェイグ】」

直後、『治癒の光』が全身を包み、強制的に『死』を遮断される。

「────────────────────かッッッ⁉」

蘇った鼓動が、吹き返す呼吸が、迸る生命の奔流が、魂に衝撃を与える。

中途半端に落ちていた瞼がこじ開けられ、電流を流されたかのように全身が跳ね、陸に打ち上げられた魚のごとく、悶え苦しんだ。

「はぁっ、はぁぁぁぁぁぁ………⁉　げほっ、ごほっ……がはっっ……⁉」

「危なかったですねー。今のは本当に死んでしまうところでした」

全身が心臓に変わってしまったのではないかと錯覚するほど律動に打ち震え、手足をみっともなく痙攣させる。爪に土が入るのも構わず大地に指を突き立てていると、呑気な声が僕の後頭部に落ちた。

視界を明滅させたまま顔を上げると、そこには僕を復活させた張本人──治療師のヘイズさんが長杖を片手に立っていた。

「第一級冒険者のみなさーん、今日は終わりにしてくださーい。体の損壊は治せますが、血が足りませーん。ベル、もう動けないですよー」

「情けない」

「この程度か」

「フレイヤ様にどう顔向けするつもりだ」

「――が、ちょうど日暮れだ」

彼女の呼びかけに、小人族（パルゥム）の四つ子が武器を下げる。

日が西の空に消える刻限。周囲では戦意が収まり、かき鳴らされていた剣戟の音も途絶えていた。戦いが、終わったのだ。

もう殺されずに済む。そう安堵（あんど）することも忘れ、僕はただただ呆然（ぼうぜん）とした。

（何回、死んだ……？）

繰り返された『臨死体験』。

心臓が止まった時、息が停止した瞬間、万能薬（エリクサー）や治療師（ヒーラー）の魔法、あるいは雷（いかずち）の魔剣で強制的に『復活』させられた。夥（おびただ）しい傷も千切れかけた四肢も罅（ひび）だらけの骨も、たちまちなかったことにされたのだ。

見れば、僕以外に倒れていた人達も治療の光を浴び、または薬師（ハーバリスト）の処置を受けている。

震える手を地面につき、上体を起こしながら、ようやく気付いた。

【フレイヤ・ファミリア】は冒険者と同じくらい治療師（ヒーラー）が――魔導士よりも確保しにくいと言われる稀少な治療人員が――充実していることに。

これが『殺し合い』の絡繰（からくり）？

過酷な派閥内競争は、優秀な治療師（ヒーラー）達によって支えられている？

「私達も鍛えられているので、蘇生三歩手前の治療くらいだったらできます」

未だ動けず、へたり込んだ格好の僕の隣で、ヘイズさんは冗談なのかもわからない言葉を口にする。

「ちなみに一歩手前までの治療をやっちゃうのが【戦場の聖女】です」なんてことも。

日没の光に照らされ、顔半分に陰影を作る彼女にさえ、恐怖の目を向けてしまう。

そして、そんな僕の視線を勘違いしたのか、ヘイズさんはあっけらかんと笑った。

「ああ、安心してください。ここまで派手にやられて、追い込まれたのは、私が見てきた中では貴方が初めてです。貴方は、『特別』ですよ」

何の慰めにもならないその言葉に、もう一度青ざめる。

死んで、蘇る。

これが……『強靭な勇士』。

『戦いの野』で生まれる、屈強な女神の眷族達。

「記憶を失いし者の末路、新たな生誕祭……『初日』にしては、よく耐えた」

原野の『洗礼』を乗り越えて第一級に上り詰めた二人のエルフが、僕の横を通り過ぎようとする。

漆黒の剣を鞘に納めたヘグニさんが労いの言葉をかけてくる中、師匠は冷然と一瞥した。

「明日以降も我々がお前の相手をする。準備しておけ」

そして今度こそ絶望する。

これからも、これが続く……？

世界の孤独に怯える暇もないまま、別の絶望に抗わないといけない……？

どれだけ恐怖しようが、逃げられないことだけは、わかってしまった。

「行きましょう、ベル。立てないでしょう？」

茫然自失となる僕に、ヘイズさんが手を差し伸べ、立ち上がらせる。

貧血の症状で無様なほどに体がふらつき、白衣に包まれた彼女の胸に受け止められるものの、羞恥に悶えることもできない。

アルフリッグさん達が、ヴァンさんが、他の冒険者が、同じ方向に足を向ける。

失神して動けない者も、腕や足を掴まれて、ずるずるとそちらへ引きずられていく。

第一級冒険者を除いて、誰もが傷付いた体を抱えて、丘の上の館に帰っていく。

赤い薄暮の光と、草原の海に伸びる幾つもの戦士達の長い影。終末の戦いに向かうかのようなその黄昏の光景が、どうしようもなく哀愁を誘い、寒気がした。

原野に咲く花が、風を浴び、今も揺れている。

蒼い月明かりに包まれる『戦いの野』。

夜を迎えた原野が静まり返る中、宮殿、あるいは神殿と見紛う丘の上の屋敷は光と喧騒に満ちていた。

出所は一階の『特大広間』。

そこでは、物騒極まる『殺し合い』からは一転、宴もかくやといった光景が広がっている。

「肉をくれ！」

「こっちは酒だ！」

「血が足りない！　これで明日を戦えるものか！」

連結を重ねた長机が十列、そこに座る数多の冒険者が並べられた料理の数々に手を伸ばし、食いちぎっては杯をあおっている。それは食の闘争だった。

暁の戦から始まる【フレイヤ・ファミリア】団員の一日は、盛大な晩餐をもって終了する。

原野の戦いに参加した者はこの『特大広間』で食物を貪り、体を回復させるのが派閥の習わしだった。——というより、この凄まじい宴で一日を締めくくらなければ明日以降の英気を養えない。いくら回復魔法を浴びようが、傷付き疲れ果てた体を根本から癒すにはやはり食事が不可欠だ。故に彼等彼女等は一心不乱に食肉を己の血肉に変え、酒で体を潤すのである。

「はぁ～。今日も皆さんよく食べますねぇー、いつものことですけどぉー。………もう誰か代わってー」

その一方、厨房で忙《せわ》しなく調理をするのはヘイズ達治療師《ヒーラー》や、薬師《ハーバリスト》である。

蘇生とまで言われる治療も含め、『洗礼』の後処理は彼女達の仕事だ。薬師《ハーバリスト》が体力増強のための薬草《ハーブ》をまぶし、魔女の大釜《おおがま》とでも言うべき巨大な鍋で猪《イノシシ》の肉を煮て（決して何もしない団長《オッタル》への当てつけではない。本当《ホント》だよ）、山羊《やぎ》の乳と蜂蜜《はちみつ》を交ぜた蜜酒を出す。

彼女達は、二つ名とは別に『満たす煤者達《アンドフリームニル》』とも呼ばれている。

その名の謂《い》われは『戦う勇士を満たす乙女達であるが故《ゆえ》』とも、『労働し過ぎてよく後ろ姿が煤《すす》けて見えるから』とも、まことしやかに囁《ささや》かれている。中でも若くして有能なヘイズは『満たす煤者達《アンドフリームニル》』の顔役とされており、フレイヤの信も厚く、よく死んだ魚の目をしていることで有名だった。とある酒場で『【万能者《ペルセウス》】とどっちが摩耗《まもう》しているか』とゲラゲラ論議していた神々の後頭部を無言で、かつ杖で殴打した逸話をも持つ。

今もまた、胃袋も頑丈な冒険者にはこれでも食わせておけと言わんばかりに、えいやーと雑に塩と香辛料《スパイス》を振っていた。

「この厨房を一人で切り盛りしてたっていう、伝説のドワーフさんに帰ってきてほしいですー」

というのはヘイズ談である。

朝から戦い、夜には宴を開くこの派閥の習わしは、主神《フレイヤ》に言われてのことではない。先代の団員、それこそオッタル達よりも前の眷族が自発的に始め、今日《こんにち》に受け継がれているものだ。

ともかく、裏方を含め料理を次から次へと運ぶ非戦闘員、品のいい制服《エプロンドレス》を纏《まと》う侍女《メイド》もまた、連日大忙しであった。

「はいはーい、人手が足りないので私が運んできてあげましたよー。……って、どうしたんですか、ヴァンさん達？　ぶすっとしちゃって」

フラフラと蛇行しながら長机に辿り着いたヘイズが、小首を傾げる。

猪の肉と蜜酒が卓上に並べられる傍ら、ヴァンは眉間に皺を集めながら答えた。

「……あの小僧と仲間のフリをするのは、我慢しよう。腹立たしいが、奴は強い。俺達も今日、『庭』で敗れた。『強靭な勇士』に名を連ねるだけの力があることも認める」

しかし、と言ってヴァンは正面を睨んだ。他の団員達も小憎らしそうに瞥見する。

そこには空席がある。

先程何とか飲み食いを済ませ、そして女神のもとへ呼び出された、一人の少年の席だ。

「我等がずっと欲している女神の愛を、なぜ奴だけがこうも独占する……！」

その団員達の嫉妬と怨嗟の代弁に。

ヘイズは肩を竦め、達観した顔で告げる。

「簡単ですよ。彼があの方にとって『特別』だからです」

「フレイヤ様」

自分の名を呼ぶ声に、読んでいた本から顔を上げる。

本拠(ホーム)最上階の神室(しんしつ)。

黒の薄手の夜着(ナイトドレス)を纏い、寝椅子(カウチ)に腰掛けていたフレイヤは、扉の方を一瞥した。

「ベルがやって参りました」

「通してちょうだい」

無骨な従者(オッタル)が少年を『ベル』と呼ぶことに噴き出しそうになる。

笑みを殺しながら本を閉じ、寝椅子(カウチ)に備え付きの小枕(クッション)の下に隠した。

そして無意識のうちに二度三度と、己の銀の長髪に手櫛(くし)を通す。

『別に待ちわびていないわ』と、どんなに本人が否定したとしても、従者達(オッタル)など見る者が見ればウかれているとわかる笑みを浮かべ、現れる少年を歓迎した。

「ようこそ、ベル。来てくれてありがとう」

◆

「ようこそ、ベル。来てくれてありがとう」

特大の広間から師匠(マスター)に連れ出され、神室(しんしつ)に通された僕を、フレイヤ様が出迎える。

わざわざこちらまで歩み寄り、片手を握ってくる美神様にどきりとする。絹のような滑らかな肌や、柔らかな温(ぬく)もりに心臓を暴(あば)れさせている僕の内心を知ってか知らずか、彼女は部屋の中央まで誘(いざな)った。

単脚の丸テーブルを挟む形で、寝椅子(カウチ)と肘掛け椅子、それぞれに腰掛ける。

「顔色が悪いわね。随分と手酷(てひど)い『洗礼』を受けたのかしら?」

「……はい。『庭』で師匠(マスター)……ヘディンさん達にボコボコ……いや、散々戦って……」

「そうだったの。ごめんなさいね、疲れているところを呼び出して」

今夜も部屋の中に二人きり。

月明かりが差し込む幻想的な蒼の神室(しんしつ)で、取りとめのない会話を交わす。

今になっても、自分の目の前に、あの『美の神』様がいることが信じられなかった。

やっぱり現実離れし過ぎている。色濃い疲労を感じつつ、自分の記憶がおかしいなんて受け入れられない僕は……無礼を承知で『探り』を入れてみた。

「こんな激しい戦いを毎日やっていたなんて、信じられないくらい……怖くて、疲れました」

「ふふ、そうね。貴方はもしかしたら洗礼が嫌で、記憶を失ってしまったのかもしれないわ」

「……」

けれど、あっさりと軽口を叩かれて、躱(かわ)されてしまう。

僕は口を微妙な形にして、諦めた。

神様相手に腹の探り合いなんて、土台無理な話なのを忘れていた。

フレイヤ様は何がおかしいのか、そんな僕を見てクスクスと笑みを漏(も)らす。

「それじゃあ、約束通り、貴方の話を聞かせて？」

「……本当に、するんですか？」

「勿論。じゃないと何のために呼んだかわからないもの」

足を組むわけでもなく、寝椅子にただ座っている女神様が、じっと見つめてくる。

僕は散々ためらった後、観念して、話し始めた。

「オラリオには、一人で来ました。大都市に来るのは初めてで、最初ははしゃいでいたんですけど……どこの【ファミリア】にも入れてもらえなくて……。それで、お金もなくなって都市をさまよっていた時……ヘスティア様が、僕を見つけてくれたんです」

こんな風に自分のことを話すなんて滅多になくて、勝手がわからず、何度も言葉を選んで、ぎこちなく語った。『ヘスティア様』と口にした瞬間、胸に痛みを覚えながら。

「へえ……今の貴方は、随分と苦労して【ファミリア】に加わったのね。それから、どうしたの？」

フレイヤ様はそんな僕の話に、興味深そうに耳を傾ける。

与太話だと否定もせず、ただの夢だと嘲笑もしない。むしろ不思議に思ったら疑問を挟み、続きを促してきた。その聞き心地のいいソプラノの声に、話をどんどんと引き出され、僕自身うろたえてしまうほどだった。

これが神性？　それとも『美の神』の魅力？

この神様とずっと話していたい。

そんな風に思わせる、抗いがたい『魔力』がある。

「……フレイヤ様。僕達は、どこで会ったんですか？」

翻弄されないよう心の中で頭を振って、『【フレイヤ・ファミリア】のベル・クラネル』について逆に尋ねてみるも、

「『冒険者墓地』。私が眷族のもとに花を手向けに足を運んだら、貴方は英雄達の記念碑を訪れていたの。そこで、私の一目惚れ」

「ひっ、一目惚っ……!?」

赤面させてくる文句に、調子が狂わせられる。

「私が眷族にならない？　って声をかけると、貴方は『自分なんかでいいんですか』なんて騒いで引っくり返りそうだったわ」

「……！」

「その後、本拠に連れて帰ったら、都市最強を見て貴方は青ざめていたわね」

しかし、それを差し引いても、フレイヤ様の『物語』は完璧だった。

もし、違う世界に『もう一人の僕』がいたのなら、本当にありえそうな話。

実にベル・クラネルらしいと、他ならない僕自身がそう感じてしまった。

必死に『穴』を探そうとしても、見つからない。疑えない。

「あとはダンジョン探索。『洗礼』を受ける前に、貴方がどうしてもダンジョンへ行きたいって言うからヘディンに連れて行かせたんだけど……貴方ったら、『ゴブリン』を一匹倒しただけで私のもとへ帰ってきたわ」

「っっ――!?」

「あの時は笑っちゃったわ。すごいはしゃいじゃって、可愛(かわい)かったから」

当時のことを振り返るように、思い出し笑いを浮かべる女神様を前に、僕は衝撃を受けた。

それは僕の記憶にもある実際の挿話(エピソード)。主神様(ヘスティア)の前で演じてしまった醜態。

どんなに僕のことを知っていたとしても、『最弱の怪物(ゴブリン)を倒して勝利の凱旋を果たす』なんて、ダンジョンの異常事態(イレギュラー)じみた奇行を捏造(ねつぞう)するなんて不可能だ!

フレイヤ様も実際に、見て聞いたとしか……!

(それこそあんな恥ずかしい話なんて誰にも言ってない! 知っているのは、神様と、あとはエイナさんくらいしか……!)

(そのエイナから教えてもらったのだから、当然なのだけれど)

目の前でベルが混乱しているのが手に取るようにわかる。

フレイヤは胸中に笑みを隠しながら、脇(わき)の小枕(クッション)にそっと肘を置いた。

(正確には担当者(エイナ)の日誌ね)

ベルが訪れるまで読んでいた『本』、今は小枕（クッション）の下に隠されているそれは、先日回収したエイナの『日誌』だった。そこにはまさにベル・クラネルの迷宮初戦（ダンジョンデビュー）、エイナが吐かせた滑稽で愉快な戦果が記述されている。フレイヤは冒険者のベルの記録を読み込むことで、さも自分が見聞きしたように語り、騙ったのだ。

更にエイナの日誌だけではない。

既に自分の中で死んだ『街娘』の情報まで使って、『物語（ストーリー）』を再現した。

酒場の『街娘』は少年（ベル）と触れ合い、様々な話をしてきた。冒険話はもとより彼の私生活、食べ物の好き嫌い、嗜好や趣味まで。主神（ヘスティア）や身内（ファミリア）を除けば、少年（ベル）のことを知っているのは間違いなく『街娘』だった。そしてその情報がフレイヤの土台（プロット）を肉付けし、真実性（リアリティ）を与える。

無邪気な少年としてのベルと、冒険者としてのベル。

両方のベルの情報を持つフレイヤは、『もう一人のベル』の歴史を容易に生み出した。

少年と誰よりも酒場で接し続け、少年のことを誰よりも巨塔（バベル）から見守り続けていた女神（かのじょ）には、それができてしまう。

「ぼ、僕がLｖ.2に【ランクアップ】した時の話は⁉」

「場所は5階層、相手はミノタウロス。ロキの子供達が遠征帰りに取り逃がしたモンスターの一匹を、貴方が討（う）った。ギルドには記録も残っていると思うけれど？」

「っ……⁉　Lｖ.3の時は⁉」

「貴方に【太陽の光寵童】を討たせた。アポロンの子をね」

「……ウォ、戦争遊戯で？」

「戦争遊戯？　そんなのしていないわ。貴方を奪おうとしたイシュタルごと、アポロンも叩き潰しただけ」


何より、彼女が『神』であったからこそ、ベルに何も疑わせなかった。

超越存在たるフレイヤは己が見聞きした全ての事象を記憶している。

この状況ならば──。

この人物がいれば──。

この異常事態が加わった際には──。

それら不確定要素に導き出されるベル・クラネルがとる最も可能性の高い行動は──。

実際に起こった事件・事故・騒動を全て精査し、勘案し、反映し、『別世界のベル・クラネルが選択する歴史』を作り上げていく。

それはベルには『本当にあったかもしれない』と思わせるほど真に迫る『歴史』だ。もし後日、ベルが証拠集めに奔走したとしても、『ギルド本部』を始め既に改竄されている記録は追い打ちになるだろう。

話の仕草、口調の緩急、視線の移動、それすらも神の語りに真実味を持たせる。

孤独な『箱庭』にたたずむ子供には、決して見破ることなどできない。

「ベル？　私だけじゃなくて貴方の話も聞かせて？　私は『私の知っているベル』を押しつけるつもりはないの」

「っ…………は、はい……」

雪の結晶のように美しい言葉が、魔女の毒のように、少年を無自覚に蝕んでいく。

——今、フレイヤとベルは『盤棋』をしている。

やり慣れていないどころか、右も左もわからない盤上遊戯で、ベルは必死に駒を動かしていた。自分の世界を肯定するために。突破口を見出すために。

その姿すら愛おしいと思いながら女神は目を細め、優しく駒の指し方を教え、導いていく。

『こっちはダメよ』

『そっちには指せないわ』

『そう。ここが最善手』

そうやって、手取り足取り指導して、誘導する。

思考の余地を奪い、抱いている違和感も塗り潰し、自分の懐に囲うのだ。

『詰んだこと』さえ気付かせず、自分のモノにするのだ。

それが最も優しい少年の殺し方。

ベル・クラネルの魂も、肉体も、精神も、手に入れる方法。

そのためならばフレイヤは盤外戦術すら厭わない。

そのための眷族、そのための魅了、そのための禁忌の反故。

そのための『箱庭』だ。

「……、……、……っ⁉」

とはいえ、今日はこの辺りが切り上げ時だ。

ベルの顔色が目まぐるしく変わっている。初日から追い詰め過ぎるのは下策だ。真綿で首を絞めるでもなく、少年の意志で女神の胸に寄りかかるようにしなくてはならない。

ベルの顔を観察しながら、フレイヤはそう判断した。

「……？　どうか、しましたか？」

「いいえ、なんでもないわ」

ベルが顔を上げる。様子を窺っていたフレイヤは何もなかったように笑みを作った。

──この子が『視線』に敏感なのを忘れていたわ。

そんな微笑を隠しながら、誤魔化すために少し火照っている肌を示す。

「ただ今夜はいつもより、暑いと思って」

泰然自若とした女王のように、フレイヤは胸もとにかかっていた髪を払った。

と、その途端、ベルの顔が紅色に染まる。

「？」

そのベルの様子に、フレイヤは小首を傾げ、気付いた。

今、着ている薄手の夜着(ナイトドレス)は胸もとが大胆に開いている。それを覆(おお)っていた長髪(ヴェール)を取り払うことで、深い谷間が丸見えになっていたのだ。何か間違えればまろび出てしまうかもしれないフレイヤの豊かな双丘に、石になっていたベルは全力で目を背(そむ)けた。

こういう子だったわね、と。

そんな初心(うぶ)な姿も微笑ましく思いながら、立ち上がる。

「誰か、着替えを持ってきて」

部屋の外に控えている侍従達に向かって声をかける。後は勝手に用意してくれるだろう。

フレイヤはそこで、悪戯(いたずら)心が芽生(めば)えた。

「ベル、着替えるわ」

「は、はいっ？」

「手伝って」

「へあっっ⁉」

少年の声が引っくり返り、素(す)っ頓狂(とんきょう)な叫びに変わる。

フレイヤが片手で髪を集めると、背中のボタンを見せた。

「このドレス、一人じゃ脱げないの。背中に手が回らなくて」

「え、あ、う⁉」

「だから、外して？　そうすれば後は自分でするから」

「じ、じ、辞退することはっ⁉」

「別にいいけれど、部屋の外にいるオッタルが怒って、明日はもっと酷い目に遭うかも？」

混乱を極め平常心を彼方に吹き飛ばすベルは、今日の『洗礼』を思い出したのか、一瞬で蒼白となった。そして果てしない懊悩を経て、震える手を女神の背に伸ばす。

フレイヤは笑い出さないようにするのに苦労した。

「この格好は貴方には刺激が強すぎたわね」

「う、ううっ……！」

「それとも、似合わなかった？」

恐る恐る伸ばされた指が、一つ一つボタンを外していく。

口もとに笑みを添え、目を瞑って尋ねると、少年は羞恥を堪えながら、言った。

「…………そんなこと、ありません。…………似合って、います」

生娘ではあるまいし、胸のあたりが甘く、切なくなった。

そんな簡単な言葉に。

「んっ」

だからか、少年の震える手が誤って背筋に触れた時、悩ましい声が漏れた。

ピクリと揺れたフレイヤの肩に対し、ビクリと痙攣するのはベルの全身だ。

女神の柔肌に粗相を働いたと自覚する哀れな少年は、たちまち真っ赤に成り果て——我慢の限界を超えて、逃げ出した。

「ごっっ、ごめんなさぁああああああああああああああああいっ‼」

全力疾走である。

謝罪の大音声を轟かせながら神室（しんしつ）を飛び出してしまった。

驚くフレイヤは、今までだって一度も浮かべたことがない、ぽかんとした表情を見せていたかと思うと――

「ふっ……あはははははははっ！」

子供のように笑い出した。

泣き叫んで美神（フレイヤ）の夜の部屋から逃げ出すなんて！

そんな相手、神だって、子供だって、今まで誰もいなかった！

目尻に涙を溜（た）めながら、口もととお腹（なか）を押さえ、くるくると踊るように、移動する。

そして、はしたないなんてそんな言葉、無視しながら寝台（ベッド）に倒れ込んだ。

「……フレイヤ様？」

ややあって、おずおずと神室（しんしつ）に顔を出すのはヘルンだった。

ベルがいなくなったのは確認済みだろう。

その腕に女神の着替えが抱かれている。

彼女の背後では珍しく、オッタルがどう動けばいいか決めかねているようだった。

「お着替えをご用意しましたが……」

「やめるわ」

「えっ？」

「あの子が似合うと誉めてくれたんだもの。今日はこれで寝る」

ぱたぱた、と足を二回ほど振ったかと思うと、女神の体が仰向けになる。

形の良い胸を膨らませ、息を吸って、吐く。

右腕で額を覆いながら、左手を天井にかざし、少女のように顔を綻ばせた。

「…………」

喜びに満ちた主の姿を、オッタルは黙って見守る。

そしてヘルンもまた、そっと胸に触れながら、その姿を見つめ続けた。

月が綺麗だった。

夜空を見上げ、そんな言葉を分かち合える相手も、今は隣にはいない。

自分の胸の内とは真逆に晴れ渡る月夜の下、ヘスティアはオラリオの路地裏を歩いていた。

外出を止めようとするリリ達を無理矢理説得して、たった一人で。

（……視られてる）

少年（ベル）のような冒険者の心得がないにもかかわらず、【フレイヤ・ファミリア】の監視がどこからか見張っていることが、ヘスティアにはわかった。正確には、監視の存在が『警告』のつもりで自らの存在を伝えていた。

やはり予想違わず、相手は四六時中監視するつもりのようだった。

（やっぱり出直すか……？　いや、手の内を見透かされているのは元々なんだっ。バレるのは承知で動くしかない！　亀になるのが一番不毛だ！）

ブンブンと首を横に振り、ぐっと手を握る。

ヘスティアはフレイヤの『魅了』の糸口を見つけるため、連日行動し続けていた。

今もベルは孤独に晒（さら）され続けている。それをわかった上でフレイヤの思い通りに過ごすなど御免だった。たとえベルと他人の振りをしなければいけないとしても、だ。

決意を新たにするヘスティアは、以前『愚者』と通った『抜け道』ではなく、『正規のルート』を使うことにした。

フレイヤに報告されたって構わない、止められるものなら止めてみろっ、三秒でやられるけどねっ、と自棄（ヤケ）になって。

夜遅くに訪れたヘスティアに、迷惑そうな顔を浮かべる職員とやり取りすることしばらく、無理矢理伝言を託して、無事に奥へ通された。

ギルド本部地下、『祈禱の間』である。

「ヘスティア。やはりお前も、フレイヤの『魅了』を弾いたか」

「……！　それじゃあウラノス、やっぱり君も……⁉」

祭壇の神座ではっきりと『魅了』と口にしたウラノスに、ヘスティアは身を乗り出した。

迷宮都市の創設神にして大神である彼ならばあるいは、と藁にも縋る思いだったが、感激と興奮が生まれて目が潤みそうになる。

決して目を開けようとない老神の姿を怪訝に思いつつ、今後のことを話し合おうとした。

「ウラノス、ヘルメスに手紙を渡されたんだ。フレイヤへの対抗策について──」

「ならん」

しかし、力の込められた厳しい一声で、遮られる。

「えっ……？」

「ここには今、フェルズがいる。たとえ自覚がなくとも、『魅了』の影響下にあるアレも今や間諜も同然。我々の『箱庭』を壊す算段を聞きつければ、即刻フレイヤ側に密告する」

「なっ……⁉」

驚愕したヘスティアは、弾かれたように右を、左を見た。

周囲には見通せない祭壇の闇が広がるのみ。ウラノスの右腕である『愚者』の姿は見えない。

しかし『魅了』の規律に従うように、闇の奥で黒衣が揺らめいた、そんな気がした。

四炬の松明に横顔を照らされながら、ヘスティアは喉を震わせる。

「このオラリオに、もはや『目』と『耳』がない場所は存在しない」

「そん、な……」

甘かった。

この『祈禱の間』ならば監視の目も入ってこれず、ウラノスと打開策を共有できると思っていた。しかしそれも、フレイヤには見抜かれていた。

比喩ではなく、オラリオにいる全ての存在が自分達の敵だという認識を思い知らされる。

ヘスティアは声に詰まった後、悪あがきのように、己の意見を口にした。

「ウラノス……オラリオだけとはいえ、これは神による下界の『侵略』だ。神々の取り決めに違反するんじゃあ……」

「我々の一存でフレイヤを天界に送還することはかなわん。奴は『神の力』を使っていない」

下界に最初に降臨した神の中の一柱に見解を求めるが、ウラノスの言葉は無情だった。

「【ファミリア】を営み、下界に寄り添う上で、それぞれの権能をもとに活動することは許されている。ヘファイストスならば『鍛冶』を、ソーマならば『酒』を……フレイヤの『美』もその範疇を出ていない」

神々でさえ虜にする『美の神』の『魅了』。

これが『神の力』ですらないと一体誰が信じるだろうか。

人と同じ細腕でありながら、至高の武器を生み出すヘファイストスの『鍛冶』。

神の酒を作り出すソーマの『造酒』。

フレイヤの『美』もそれらと同じ。

『技術』ではなくフレイヤ自身の容姿（スペック）、『個性（パーソナリティ）』であるということが始末に悪い。

フレイヤは極論、そこにたたずんでいるだけで周囲に多大な影響を与える。

それ故に行動の制限がかかり、悩まされていたことも事実だろうが、彼女は今回にあたって存分に己の権能を振るったのだ。

「だからって、こんなの……！　反則（チート）じゃないか……！」

ヘスティアとしては苛立（いらだ）って、フレイヤに指をさして喚き出したくなってしまう。

しかし同時に、超越存在（デウスデア）としての『大局観』を持たねばならないこともわかっている。

下界に降臨する神の動機の多くは、娯楽や暇潰（ひまつぶ）し。それは何も間違っていない。

だが神々の本来の、いや真の目的とは——終焉や破滅を求める『邪神』を除けば——『選ばれし者』を誕生させることだ。

すなわち、『英雄』である。

各々の神が司（つかさど）る権能（けんのう）は、時には子供達の手助けとなり、あるいは『試練』となる。そして混ざり合う権能（それら）は混沌を生み出し、神々でさえ予想しなかった『未知』に繋がる。その『未知』を超えた者が世界の求める——『救界（マキア）』を成し遂げる『英雄』とならんことを、神々は期待している。

（でもやっぱり、これを『試練』と見なすのは……！　まさか『異端児（ゼノス）』の時みたいに、ベル君に無理矢理超えさせようとしているんじゃないだろうな、ウラノスぅ……！）

そうは言っても、理屈と感情は別だ。我が眷族（こ）のこととなれば尚更（なおさら）。

他意を勘繰ってしまうヘスティアは、今も瞑目（めいもく）している老神（ろうじん）をつい睨みつけてしまった。

「――ヘスティア、思い違えるな。危惧すべきは『魅了』の力でも、改竄された都市そのものでもない」

「えっ……？」

「フレイヤがたった一つの存在のために世界を捻じ曲げたという事実、そして『執念』だ」

「!!」

記憶の改竄前、ヘルメスと同じ言葉を用いたウラノスに、ヘスティアは目を見張る。

「フレイヤはこれまで、下界の営みを尊重していた。自らが女王になることを誰よりも厭（いと）い、いくら退屈の毒に犯されようが、己に課した約定、そして矜持（きょうじ）を貫いてきた」

下界を捻じ曲げ、『侵略』する。

ウラノスの言う通り、フレイヤにとってもそれは禁忌（タブー）だった筈だ。

あるいはそれは、遊戯（ゲーム）を興じる上での『作法（マナー）』とも言えるか。

考えてみればすぐにわかる。臨場感や駆け引き、運の要素を愉（たの）しむ遊戯（ゲーム）において、何も労することなく一人の神(プレイヤー)が勝ち続ければどうなるか。

簡単だ。つまらない。酷く萎(な)える。

ましてや勝つ方法が他の神を色仕掛けで虜(とりこ)にした上での勝利。そんなものは遊戯(ゲーム)にすらなりえないし、盤外戦術以下だ。神(プレイヤー)本人も遊戯(ゲーム)を愉しもうというのなら、そのような勝ち方は空虚そのもので、酷く滑稽(こっけい)だろう。

だからフレイヤは禁忌(タブー)には手を出さず、最低限の『作法(マナー)』だけは遵守していた。

自分の好奇心を満たすため、あるいは子供の尊厳が踏みにじられた時、『魅了』の力を使ったことは当然あるだろう。それでも彼女は己の『美』にかまけて全ての人と神、世界そのものを辱(はずかし)めることだけは絶対にしてこなかった。

「その約定と矜持を、あの女神は初めて、破ったのだ」

たった一人の子供——ベルのためだけに。

その言葉に、ヘスティアはぞっとした。

確かにヘルメスの言う通りだった。

ヘスティア達は見誤っていた。ひょっとしたらフレイヤをよく知るロキでさえも。

フレイヤが抱えていた『情念』の丈を。

彼女の執念は、禁忌(タブー)を犯し、作法(マナー)を破って、ヘスティア達に王手(チェック)を仕掛けてきた。

そしてほとんどの神々が、敗北(チェックメイト)となった。

彼女の執念が絶えぬ限り、この事件は決して収束しない。

（『品性』……フレイヤをフレイヤたらしめていたもの。フレイヤはそれすらも打ち捨てて、ベル君のことを……）

処女神であるヘスティアは、多情だったフレイヤが苦手だった。

故に交流は多くなかったが、天界でフレイヤは、彼女を見初めた男神達に丁重に扱われ、鳥籠の中のような生活を送っていたという。

しかしそれは『囲われていた』のではなく、『封じられていた』のだと、ヘスティアは遅まきながら気付く。

彼女が本気となったら、現在のオラリオのように、天界さえ支配されてしまう。

「どうするんだよ……こんなの……」

ウラノスに説かれ、あらためて現状が絶望的であることをヘスティアは知った。

この状況を単独で打破する方法は、ヘスティアが玉砕覚悟で『神の力』を使用し、フレイヤと刺し違え、ともに天界へ送還されることくらいしか思いつかない。

しかしそれも、『魅了』されている他の神に邪魔されるという、確信があった。

「………………」

手もとに視線を下ろす。

そこには肌身離さず持っている、男神から託された紙片があった。

（その時って、いつなんだ、ヘルメス……）

その時が来たら男神自身に渡せ。ヘルメスはそう言った。

しかしそんな時機はわからない。いっそこの『箱庭』は――フレイヤの『執念』は、そんな時さえ許さず、踏みにじるように思える。

暗澹たる絶望感に負けそうになる。

ヘスティアはぐっと、ヘルメスに託された手紙ごと、右手を握りしめた。

「……用はそれだけか、ヘスティア。ならば帰れ。今、お前にできることはない」

「っ！　ウラノス、待ってくれ！」

そんな心の機微を知ってか知らずか、ウラノスは瞼を閉じたまま告げた。

うつむいていたヘスティアは顔を振り上げるが、老神の神意は変わらない。

「このような状況であっても、私は都市を統べる者。お前だけにかかずらう時間はない」

「ウラノス……！」

「もうオラリオも晩秋……そして今年は例年より冷気が厳しい。薪の準備をしなくてはならない」

「……！」

すげなく取り合わないウラノスに、ヘスティアは息を呑んだ。

「フェルズ。今年はヘルメス達に薪の配布を一任しろ」

間もなく祭壇脇の薄闇から、黒衣の魔術師が現れる。

「構わないが……ヘルメス派に？　普段は【ガネーシャ・ファミリア】の仕事の筈だが」

「今、都市の憲兵(ガネーシャたち)は動けまい。フレイヤ達に使役されている。それはお前も知っているだろう？」

「……ああ、そうだったな」

『魅了』の規律(ルール)に触れたのか、フェルズは異常を異常と捉(とら)えず、納得した。

その光景に唖然とし、ヘスティアは口を噤(つぐ)む。

「ヘスティア。もう行け」

目を開けないウラノスに命じられ、ヘスティアは押し黙り、つま先を後ろに向ける。

こちらを眺めるフェルズの視線を感じながら、口を閉ざすことしかできず、地下祭壇から出ていくのだった。


昏い闇が薄れ、今日もまた日が昇る。

瞳を刺す朝日が投げかけられるのは、東の空から。

既に原野の戦いは始まっていた。『戦いの野(フォールクヴァング)』が奏(かな)でる雄叫(おたけ)びの中には、新たに一人の少年の叫喚が加わっている。

窓の外、戸惑いを捨てきれない表情で応戦するベルのことを見下ろしていたヘディンは、すぐに視線を前に戻した。

「呼び出しておいて、ごめんなさいね。もう少しだけ待ってもらえる？」

場所は本拠（ホーム）の神室（しんしつ）、そこに隣接する謁見室（えっけんしつ）。

例外を除き、第一級冒険者達はフレイヤの御前に呼び出されていた。【ヘスティア・ファミリア】の監視の任を他団員（たダんいん）に譲ったオッタルの姿もある。

女神は玉座と言うに相応しい、豪奢（ごうしゃ）な座具に腰かけていた。

組んでいるほっそりとした足の上には、一冊の本を広げている。

「昨日のうちにできれば良かったのだけれど、読んでおかないといけないものがあって」

女神はそう言って、ちょうど今しがた読み終えた本――『エイナの日誌』を側に控えるヘルンに預けた。

少年との問答を完璧にこなすため、几帳面なハーフエルフが作成していた担当冒険者（ベル・クラネル）の記録――何十冊にも及ぶ分厚い日記と情報書（データ）――の読破を、フレイヤは優先していたのだ。寝る時間も惜しんだのか、くぁ、と小さな欠伸（あくび）を漏らす主神の姿に、四兄妹とヘグニが「トゥンク……！」と言って胸を押さえて蹲（うずくま）る。心の声曰（いわ）く「朝からフレイヤ様可愛い……！」

従者として耐性のあるオッタルは防御（ノーダメージ）、ヘディンは「無礼千万くたばれ」というゴミを見る目を向けた。

美神の無防備な姿を見られることは、派閥幹部や身の回りの世話を行う侍従達の特権である。

「じゃあ、合議を始めましょうか。貴方達のことだから、申し合わせる前に動いてくれているとは思うけれど」

始まるのは、少年を囲う『箱庭』に関する現状確認と方針の設定。

フレイヤの信頼の笑みに、「「「「はッ」」」」とアルフリッグ達が声を揃えた。

「フレイヤ様が定めた設定に基づき、派閥内における異分子の立ち位置は徹底させました」

「今後も常に監視下に置き、危険因子の排除に努めます」

「神ヘスティアは無論、フレイヤ様の『魅了』が届いていない異端児どもも」

「既にいないあの猫人は、今日より豊穣の酒場の見張りに」

小人族の四つ子は一歩前に出て、一つの声をもって淀みなく報告していく。

次に歩み出るのは、黒妖精のヘグニ。

「こ、この僕っ、我々も『庭』に出てっ、き、きっ、昨日と同様にベル・クラネりゅを鍛え上げましゅ！　うっ……!?　うう……」

人見知りが激しく意思疎通が壊滅的なヘグニも、女王の前ではまともに喋ろうとするが、何度も噛んだ。羞恥と絶望で項垂れるそんな黒妖精に、フレイヤは優し気な笑みを見せる。

「いいのよ、ヘグニ。貴方の言葉で、ゆっくり話してちょうだい」

「フ、フレイヤ様……！　あ、ありがとうございます……！」

感極まるヘグニの隣、四兄弟から「「「「ちっ」」」」と舌打ちが響く。フレイヤの耳を汚さない絶妙な強弱で。

第一級冒険者同士であっても、【フレイヤ・ファミリア】の団員はほとんど仲が悪い。

「べ、ベル・クラネルは、使えます。私達の攻撃を視て、付いてこれます。技の型は基礎ばかりかと思えば……命の危険が迫った瞬間、暴れ回る兎のように、思いもよらぬ応用を広げてくる。あれは、勝負強い。叩いていて楽しいです。も、もちろん、終始加減していますがっ！」

「ふふっ、それで？」

「は、はいっ……なので足りないものは理不尽の経験と、不条理の場数。ですが、この『戦いの野』で戦い続ければ、それも埋め合わせられます」

「そう。なら、あの子の鍛練を第一級冒険者達に任せて正解だった」

ついつい早口になるヘグニの興奮を愉快げに見通しながら、フレイヤは今も雄叫びが聞こえる窓の外を一瞥した。

『戦いの野』では唯一、第一級冒険者同士の戦いは禁じられている。

傑出した『強靭な勇士』は失えないというのもそうだが、一番の理由は派閥幹部が倒れることで他派閥に付け入る隙を見せないようにするためだ。

なので『庭』に第一級冒険者が集まることはほぼ皆無と言っていい。

そしてそんな中、例外を作ったのがベル・クラネル。

第一級冒険者が寄ってたかって鍛え上げるなど前例がなく、栄誉を通り越した悪夢だ。彼は今後もヘグニ達の手でしごき倒される運命にある。

その一点のみ、ベルは他の団員達から哀れみを寄せられていた。

「『スキル』による急成長が不鮮明になる以上、これからも貴方達に鍛えてもらうわ。訓練漬けで思考の余地を奪う以外にも、ダンジョン攻略を進めないといけないのは本当だから」

「今後、『遠征』にも連れていくと？」

「ええ。あの子ももう、『英雄候補』だから」

ベルの【ステイタス】を目にし、【憧憬一途】の性質を見抜いているフレイヤは、それまでと何も変わらぬ声音を装って、厳命した。

「だから、決して殺してはダメ。死なせては、ダメよ」

その命に。

女神の側に立つオッタルは、眉を動かさなかった。

『たとえ死んでも天界までその魂を追いかける』――半年前とは異なる主の心境の変化に口を挟まず、従者の鑑となって、神意を受け入れる。

「あと、ベルにはある程度の自由は与えて。本拠に閉じ込めていては不審がられる」

「「「「はッ」」」」

「ただし監視と護衛はつけること。特にベルと関わりが深かった子は設定矛盾を起こすことがある。度が過ぎるようなら『魅了』を重ねがけするけれど……過度な『魅了』は子供達を壊してしまうかもしれないから。接触は必ず遠ざけて」

アルフリッグ達以外の者も声を揃える中、フレイヤは一笑を作る。

「私もしばらく『バベル』ではなく、本拠（ホーム）に身を置くわ」

その話を聞き、部屋の空気が喜びに染まった。

正確には、壁際に控えている侍従達が、だ。

『バベル』の最上階へ帯同できず、主（あるじ）の留守を任されていた少女達は今にも手を取り合いそうだった。逆に『バベル』にいる者達は嘆きに満ちているだろう。それだけフレイヤは敬愛され、愛されていた。

合議はそれからも滞りなく進んだ。眷族の報告にフレイヤが耳を貸し、指示を下す。

女神が望む『箱庭』は一つの瑕疵（かし）もなく、補強されていった。

「――最後に自分からも一点、ご報告が」

そして話し合いが佳境に迫る中、沈黙していた白妖精（ホワイト・エルフ）が、口を開いた。

「なに、ヘディン？」

「一昨夜、ベル・クラネルに『シル様』のことを尋ねられました」

途端、第一級冒険者達も含めて、室内に緊張が走る。

それは誰が確かめずとも繊細（デリケート）な部分だ。女神から笑みが消える。

「それで？」

「そのような娘はここにはいない、と伝えた次第です」

「そう。では何故、今、ここでそれを報告したの？」

「『娘』に関しての扱いをお聞きしたく。この都市に、『シル・フローヴァ』はもういない」

魅了の『設定』に触れるヘディンに、フレイヤは言い切った。

「最初からいなかった。そう一貫させて」

「かしこまりました」

慇懃に腰を折るヘディンをしばらく眺めた後、フレイヤは寛容な女神ではなく、気まぐれな魔女のごとく、口端を上げた。

「そういえば、ヘディン？　女神祭が始まる前から、随分と勝手なことをしてくれたようだけれど……一体なんのつもりだったの？」

その声音には、指一つで罪状を決定する尋問の響きが見え隠れしている。

侍従頭からも恨みがましい視線を向けられるヘディンは、悪びれもなく答えた。

「差し出がましい真似をしてしまい、申し訳ありません。この目で見極めなければ、貴方様の護送を認められそうにありませんでした。そしてあまりにも不甲斐なかったため、調教させて頂きました」

「貴方の愛が故に、ということ？」

「私の忠誠が故に、ということです」

目を片時も逸らさず、他意など一切含まないエルフの眼差しに……フレイヤは興が削がれたように尋問の姿勢を解いた。

たちまち、部屋の空気が弛緩する。

「結果的に私の調教不足で愚兎が御身に不快と悲しみを与えたこと、身をもって償いを――」

「気にしていないけど？」

「……」

「気にしていないけど？」

すかさずヘディンの言葉に被せてくるフレイヤ。

部屋にいる誰もが『『『『『気にされている』』』』』と心の声を一つにし、そして誰もそれを漏らすことはなかった。

一瞬無言になったヘディンも、指で眼鏡の位置を直し、気を取り直すように発言する。

「フレイヤ様。あの愚兎の『教育』、私への一任を認めて頂きたい」

そこで再び、引き絞られた弦のように、神室の空気が引き締まった。

フレイヤは今度こそエルフの心中を見透かすように、双眸を細める。

「理由は？」

「私が最も、アレの輝きを引き出せると自負しております」

「目的は？」

「御身のため」

そしてヘディンは、やはり曇りなき眼(まなこ)と声で、断言した。

「私の『忠義』、貴方に捧げます」

場に静寂が訪れ、壁一枚隔てた戦場の喚声のみが響き渡る。

じっとヘディンを見つめていたフレイヤは、ややあって、答えた。

「……いいわ。嘘も言っていないようだし。貴方に任せる、ヘディン」

神の前で子は嘘をつけない。ヘディンの『忠義』を認めたフレイヤは許可を下す。

こちらを見る猪人(ボアズ)の視線を意に介さず、隣で戸惑う黒妖精(ダーク・エルフ)も顧みず、露骨に舌打ちをする小人族(パルゥム)達も華麗に無視して、ヘディンは一礼した。

そして背を向け、誰よりも早く部屋を後にした。

容易(たやす)く首を刈り飛ばす長刀(ロンパイア)が、一切の容赦なく薙(な)ぎ払(はら)われる。

「遅い！」

「がっっっ⁉」

長柄武器にも『杖』にもなる得物の柄(え)に、したたかに顔面を打ち据えられた僕は無様に横転した。震える手を草原について、四つん這いの体勢になりながら、裂けた口の内側から血の塊をぼとぼととこぼす。

「何を寝ている。立て、首を刎（は）ねられたいか！」

後頭部に落とされる師匠（マスター）の怒声。

ともに放たれる殺気に呼応するように、僕はよろめきながら立ち上がった。

――あれから、奇妙な日々が続いていた。

朝は原野で日が暮れるまで戦い、夜はフレイヤ様のもとで話を交わす。

行動が制限されている僕に拒否権はない。そもそも朝早く起きて戦いに駆り出される時点で余力の欠片（かけら）もなく、他の事柄を行う余裕なんてなかった。

「背中だけが死角ではない」

「四方に意識を向けろ」

「あらゆる不視（ふし）を殺せ」

「回避防御迎撃を同時に行わなければ話にならん」

「そ、そんなの、むりっ……⁉」

「無理と断じたならば、そこが貴様の断頭台。其（そ）の断刃（ギロチン）は怪物の爪牙か、はたまた人の剣（つるぎ）か」

「ぎッッ――⁉」

アルフリッグさん達の連携によってぐちゃぐちゃに破壊され、ヘグニさんの必殺の斬撃によってことごとく大地に倒れ伏す。そしてどれだけ倒れても、傷も体力も回復され、死を許されない戦士のごとく戦い続けた。

「……ベル。お前、右腕が浮く癖があるな？」

「えっ……？　あ、はい、焦ると浮いちゃうみたいで……な、直ってませんでしたか？」

「逆だ。意識して矯正しているあまり、攻撃の際、右の予備動作が読まれやすい。モンスターの『魔石』を狙うには何も問題ないだろうが、第一級冒険者相手には致命的だ」

　意外な変化も訪れる。

　ほとんどの団員が集まる夜の晩餐で、僕はヴァンさんに助言をもらうようになった。

「あえて癖を放置しろ。攻防の中に織り交ぜて、『囮』に使え。対人の『駆け引き』だ。そう何度も使える手ではないが、第一級冒険者には全てをつぎ込まなければ勝てない」

「ヴァ、ヴァンさん、どうして……？」

「……俺はヘグニ様達の恐ろしさを嫌というほど知っている。だから、あの恐怖と苦痛を知ってなお戦い続ける戦士には、敬意くらい払う。……俺がお前のことを嫌いなのは変わらないがな！」

「ヴァンの面倒な愛情表現は置いといて」

「実際、貴方は大したものだと思うわよ？　……ずっと前から知ってたけど」

　僕を敵視していた筈のヴァンさんや、他の男女の団員達も、いつの間にか認めてくれるようになった。

家族（ファミリア）であるこの人達のことを僕は知らないけれど……不思議な気分になった。

「外に出たい、ですか？」

「は、はい……駄目ですか、ヘイズさん……？」

「んー、まぁ、いいんじゃないですか？　フレイヤ様達には私が伝えておきますよ」

「い、いいんですかっ？」

「ええ。他の人も用があればいくらでも出かけますし。ただし、必ず誰かと行動してくださいね？　特に迷宮（ダンジョン）に行く時には。知らないうちに『呪詛（カース）』をかけられた件もありますし、また変なことになっちゃったらかないません。それこそ使えないヘッポコ治療師（ヒーラー）～、とか私の風評被害に繋がります！　仕事、増やしちゃダメ！　絶対!!」

「わ、わかりました……」

本拠（ホーム）からの外出も、条件付きだけど、あっさりと許可をもらった。

基本的に『洗礼』を優先。僕は限られた時間の中で都市を駆け回って――そして何度も絶望した。

やはり『炉神の眷族（ヘスティア・ファミリア）の僕』を知る人は誰もいない。打開策をもたらしてくれそうなヘルメス様やフェルズさんと接触を図ろうとしても無駄だった。18階層の覗（のぞ）きの話とか、僕と当人しか知らない話を持ち出しても、途端に怪訝な顔を……いや『無関心』を貫かれる。まるでべル・クラネルの言葉を認知しない『魔法』がかかっているかのように。一方で行方知れずのシルさんの手がかりも必死に探したけれど、進展はない。

ダンジョンにも向かったけれど、駄目だった。ウィーネ達『異端児(ゼノス)』と接触できれば、と一縷(いちる)の希望に縋っても、パーティを組む【フレイヤ・ファミリア】を恐れてか武装したモンスターも、喋るモンスターも現れはしなかった。あるいは、ウィーネ達も僕が生み出した『幻想』だというのだろうか。

同行するヴァンさん達は僕を監視するわけでもなく、気が済むまで好きにやらせてくれた。ともすれば、憐れむように。

心が折れそうに、いやもう折れているのかもしれない。

『洗礼』でボロボロになる以上に、誰も『僕』を知らないという事実が心身を打ちのめす。

都市が闇夜(やみよ)に沈む頃、窓から暖かな光を漏らす『竈火(かまど)の館』を、僕は遠くから眺めることしかできなかった。

窓辺にたたずむ神様(だれか)と視線が合った気がしたけれど、それすらも気のせいなのだろう。

肉体も、精神も、魂さえも……追い込まれていく。

「いらっしゃい、ベル」

そんな中、夜の神室(しんしつ)での語らいは、唯一心(こころ)が休まる時間だった。

だって、そこでは『炉神の眷族(ヘスティア・ファミリア)の僕』でいることが許されたから。

フレイヤ様は、優しい瞳で僕を受け入れてくれるから。

誰も覚えていない『炉神の眷族(ヘスティア・ファミリア)のベル・クラネル』を語ることで、僕はかろうじて自分を保(たも)てた。苦しいけれど、つらいけれど、孤独に耐えることができた。

崇高な女神は僕の話を笑わない。怪訝な顔もしない。

相槌(あいづち)を打って、耳を傾け、彼女だけが僕のことをわかってくれる。

彼女だけが、彼女こそが。

「あの、フレイヤ様……僕はどこに座れば……？」

「貴方は今日から私の隣に座りなさい」

「ええっ⁉」

「だってベルの椅子、片付けてしまったもの」

「ず、ずるい……」

そんな風に、フレイヤ様はよく意地悪もした。

神聖な女神だけではないという事実が、心の壁を一枚、また一枚と剝(は)がしていく。

ぽんぽんと寝椅子(カウチ)を叩かれ、逆らえず、何か間違えれば肩で触れ合ってしまうほどの間隔で語らうようになった。

口調にも遠慮がなくなり、主従とも、母子とも異なる絆(きずな)を紡(つむ)いでいく。

そして距離感も、関係性も変わっていく中で、僕は唐突に、気付いてしまった。

フレイヤ様の隣は……彼女の隣は、とても居心地がいいと。

「ベル、疲れている？」

「えっ……」

今日も今日とて繰り返される夜の語らい。

いつものように原野の戦いを終え、いつものように神室(しんしつ)を訪れていた僕は、フレイヤ様のふとしたご指摘に虚を突かれた。

「普段より顔がうつろ」

「う、うつろ……」

「話しかけても生返事だし、疲労が溜まっているのかしら？」

そう言って、額と額をくっつけられる。

「ちょお⁉」と首まで赤くして慌てて離れた僕は、フレイヤ様にくすくす笑われながら、ばつが悪い顔をしてしまった。

確かに、今日の『洗礼』は一段ときつかった。ヘグニさんやアルフリッグさん達はそうでもなかったけれど、師匠(マスター)の攻撃の苛烈(かれつ)さが徐々に増していっている気がする。勿論、今日までの疲れが蓄積しているから、という理由もあるだろうけど……。

どうして毎日こんなに目に遭わなければならないのか、そう喚き散らしたい思いはある。

けれど、そんな洗礼でさえ立派な『現実逃避』に使っている僕は、フレイヤ様を恨むことができなかった。

容赦のない殺し合いは、どうしようもない孤独と絶望を忘れさせてくれる。

不意に怖い想像をしてしまうのだ。

この状態で憧憬と出会って、拒絶されたら……一体どうなってしまうのだろう、と。

視界の端でフレイヤ様がこちらをじっと窺っている。けれど反応を返せない。

背中で灯り続けている聖火も、静かに衰えていくようで――。


「ベル」

その時、フレイヤは切り込んだ。

少しずつ弱り果て、苦痛に喘ぎ、懊悩の狭間に立ちつくす少年の横顔を認め、仕掛けていた『釣り針』を引いた。

「一度、『呪詛』を解いてみない？」

はっと振り向き、深紅の瞳が見開かれる。

内心では彼の表情の動きをつぶさに確認しながら、心配の声音で語りかけた。

「『炉神の眷族の貴方』を否定するつもりはないわ。……でも、今の貴方、苦しそう。孤独から解放されたがっているみたい」

「っ……！」

「一度、確かめてみるだけでもいい。『呪詛』の治療を受けてみない？」

揺れる。

ベルの表情が、感情が揺れる。

孤独の牢獄から解き放ってくれる救済の光に、縋りたがっている。

──フレイヤには確信している『勝利条件』がある。

それは【憧憬一途】の瓦解。

『美の神』の『魅了』をも弾く懸想の丈に、『罅』を刻むこと。

（この子の憧憬一途はまさに下界の未知。けれど完璧なものではなく、精神の如何によってはいくらでも不安定になる）

【憧憬一途】は無敵の『スキル』ではない。むしろずっと脆い。

この『スキル』が磐石たりえたのはベルの魂の白さ、あるいは透明さ故だ。もしこの能力が別の者に発現したとしても即刻無用の長物と化していただろう。一途をもって想いを貫くというのは、それほどまでに困難な代物だ。

だから、少年が少しでもその憧憬を疑ってしまえば。

『憧憬を抱くに至った記憶そのものが偽りだったのでは？』と疑念を抱いてしまえば。

彼の心に『穴』が空く。

（私の勝利条件は、この子の『軌跡』を『呪詛』だと認めさせること）

そのために、ヘイズを通じて『呪詛』という撃鉄は事前に仕込んである。

目の前に吊るされている救済の術に揺るがない人間がいるだろうか。少なくとも下界の住人には無理だ。疑心の種は既に植えられている。

『箱庭』の維持はそのための伏線にして布石だ。周囲の反応をもって孤立させ、日中の『洗礼』で肉体の余力を削ぎ、思考の余地をも奪う。そして夜はフレイヤが『唯一の理解者』となって癒しをもたらし、自分の言葉だけには耳を傾けさせるようにする。そして甘言をもって、引鉄を引くのだ。

ベルが自分の記憶――想い――そして憧憬――を『呪詛』だと認めれば、崩せる。

砂の城を水で溶かすように、容易く。

そうなってしまえばベルも『魅了』を防御できなくなる。

あとは少し、ほんの少し想いの方向性をずらすだけ。

他の者のように捻じ曲げるわけではない。少しだけ、ずらすだけだ。

それだけでベルは憧憬の束縛、金色の呪いから解放され、私を見てくれる。

「ぼ、僕は………」

葛藤するベルを見つめながら、フレイヤは計算する。

自分の望む結末を手に入れられるかと己自身に問いかけ、可能であると、断言する。

神の全知をもって、そう判断した。

少年の透明の魂を、輝きを鈍らせず、堕落もなく、今の在り方のまま手に入れられる。

その『ズレ』は誤差に過ぎない。

きっと、必ず、そうしてみせる。

そうすれば、ベルは私を受け入れる。

私のモノになる。

『　』ではなく、私の『愛』を受け入れてくれる――


――本当に？


そこで。

何か、波紋が広がったような気がした。

「…………」

気が付けば、フレイヤは耳に右手を添えていた。

心の底が軋んだ気がした。痛みがある？

いや、気のせいだ。

だってもう、私はこの子を盗ると決めたのだから。

「僕は…………大丈夫です。治療は、受けません……」

「……そう。ごめんなさいね、余計なことを言ってしまって」

意識を脱線させていた彼女は、彼が返事をすると、何事もなかったかのように微笑んだ。

慌てる必要はない。証拠にベルは今も迷っている。これからゆっくりと王手をかけていけばいい。時間はまだ大いにある。

だからフレイヤは、いつもより早く夜の語らいをお開きにし、ベルを退出させた。

「…………」

部屋に入ってきた侍従達が就寝の支度を済ませていく。

フレイヤは寝椅子に腰かけながら、用意させた葡萄酒を見つめた。

グラスの中で揺れる水面に、女神ではない誰かが映り込んだ気がした。

馬鹿らしい、とフレイヤは笑った。

なんだそれは、と失笑した。

寝酒にしては多いそれを一思いに飲み干す。

――その様子を、侍従達の中でヘルンだけが呆然と見つめていたことに、フレイヤは気付かなかった。

「フレイヤ様」

「……なに、オッタル？」

そこで、従者として居ることを許されたオッタルが、口を開く。

「酒場を見張っているアレンからの報告です。ミアが動く気配はなし。ですが、やはり妖精(ようせい)が姿を消しているようです」

極めて事務的に報告する猪人(ボアズ)を、フレイヤは一瞥する。

「確定のようね。やはりヘルメスの子と一緒に、都市の外へ逃(のが)れていた」

「自分の失態です。ベル・クラネルとともに【疾風】を沈めた後、御身の力で改竄を受けると踏んで捨て置きました。……当時【万能者(ペルセウス)】もそこに居合わせていました」

フレイヤ達は、女神祭最終日から『とある二人の冒険者』が行方(ゆくえ)をくらませていることに気が付いていた。

それと同時に、『箱庭』を壊す可能性があるとして、警戒を払っていた。

「十中八九、ヘルメスの仕業(しわざ)……私が『魅了』を使うと気付き、おそらくはあの二人だけでも都市から逃した」

申し訳ありません、とオッタルの謝罪が寄せられる。

フレイヤは彼を罰しようとは思わなかった。二人だけとはいえ、あの限られた時間の中で都市を脱出した冒険者こそを称(たた)えるべきだ。それにオッタルの失態だと言うのなら、男神(ヘルメス)に『悪あがき』を許した自分の不始末でもある。

「引き続き、『網』を張っておきなさい。妖精達はいずれ都市に戻ってくる。あるいは、もうひそんでいるかもしれない」

「はっ」

今、邪魔をされるわけにはいかない。

それがかつて、『娘』と戯れていた妖精達だったとしても。

感情など消した声音で、静かに指示を出した。

「予定通り、迷子の猫の件と一緒に片付けるわ。私も外に出る」

女神は窓辺に歩み寄り、蒼く凍える月を仰いだ。

四章　忘れものたち

「うっ……」

体の奥に沈殿する、焼けるような鈍痛を感じ、リューは呻き声を漏らした。

震える瞼を開けると、見覚えのない木張りの天井が見える。

身じろぎした体から落ちるのは、埃っぽい毛布だった。

寝台の上で身を起こすリューは、ここがどこかの安宿であると察する。

「……！　リオン、目を覚ましましたか！」

「アンドロメダ……？　どうして貴方が……いや、それよりここは――」

扉を開けて滑り込むように部屋に入ってきたのは、頭から襤褸を被っているアスフィだった。

リューは驚くより先に困惑しながら尋ねようとして、動きを止めた。思い出したのだ。

「私は、【猛者】に襲われて……⁉」

目を覚ます前、自分の身に何が降りかかったのかを。

「アンドロメダッ、どういうことだ！　一体なにが起こっている⁉」

なす術なく猪人にやられた記憶が蘇り、半ば混乱しながら情報を求めた。

アスフィは治療済みのエルフの体を押さえ、落ち着くように言い聞かせ、話を始めた。

「まず、ここはアグリスの町。オラリオを脱出して、十二分に離れたここへ避難しました。時間は貴方が気を失ってから、丸一日経過しています。……そして、私が知る限り、【フレイヤ・ファミリア】が【ヘスティア・ファミリア】を襲撃し、全員を拿捕しました。貴方と同行していたベル・クラネルも」

「丸一日⁉ いや、それよりも、都市最大派閥がベル達を……⁉」

端的なアスフィの説明を聞いても、リューには即座の理解がかなわなかった。

『オラリオから脱出した』という解せない点を不審に思いつつ、まさか『抗争』が起きたのかと危惧が体を突き動かす。

「何故すぐに私を起こさなかった！ 早くオラリオへ戻らなければ！」

寝台から飛び出そうとするそんなリューに対して、アスフィは肩に置いている手に、力を込めた。

眼鏡越しの彼女の眼差しに、リューはうろたえる。

「……私達がオラリオを脱出したのは、ヘルメス様の指示。今、オラリオは、おそらく『美の神』の術中にある」

アスフィは努めて感情を押し殺して、状況の説明、そして自身の予測を語った。

自分が目にした、いや感じ取ったモノ。都市を覆いつくす不可視の『銀の神意』。

直前の主神の焦燥からも察するに、ほぼ間違いなく『魅了』の力。

その結果、今オラリオで起こっているのは、たった一柱の女神による『完全支配』。

アスフィの話を聞き終えたリューは、瞠目するより他なかった。

「『魅了』の力で都市を支配……⁉ 神フレイヤが⁉ 馬鹿な、何故！」

「ここからは完全な憶測ですが……ベル・クラネルを我がものにするため」

「――!!」

「神フレイヤは、急成長を続ける彼に以前から執着していました。ヘルメス様の面倒事に付き合わされていた私はそれをよく知っている。何故この時期だったのかは定かではありませんが……彼女は、この女神祭でベル・クラネルの『収穫』を決意した」

　神フレイヤの多情は、迷宮都市の住人ならば誰もが知るところだ。

　一人の男を奪うために【ファミリア】を消滅させた逸話まである。

　リューは一層に焦った。ようやく自覚するに至った己の想い人が、よもや女神に奪われると知って、どうしようもなく心が乱れた。

　だが、やはりアスフィは、そんなリューを前にしても『自重』を促した。

「リオン、お願いします。どうかこれより、逸らず、焦ることなく、冷静に行動することを約束してください。できなければ、私は貴方を張り倒してでもここに縫い付ける」

「ア、アンドロメダ……?」

「『美の神』の『魅了』は絶対……オラリオの住人は疑う余地もなく、全員堕ちている。知人も、仲間も、神々でさえも」

「!」

「……いつも飄々としているヘルメス様が、あそこまで取り乱して、私を逃した。きっとあの神も、今は……私達の『敵』」

リューはそこでようやく気付いた。まるで忍ぶようにこの部屋へ戻ってきたのも、素性を隠すように艦褸を被っていたのも、『追手』の存在を危ぶんでのこと。捕まって神フレイヤのもとまで連れて行かれた時、アスフィもリューも終わる。

アスフィも必死に冷静になろうとしているのだ。

主神を守れなかった自分自身に失望し、彼等と戦わなければならない絶望に抗いながら。乱れる情緒を抑え込み、震えまいとする彼女の瞳を見て、リューはようやく己の衝動を鎮めることができた。

「すまなかった、アンドロメダ……。私を助け出してくれた貴方に、心から感謝を」

「構いません。私も一人だけだったら手頃なものに当たり散らしていた。準備を整え次第、オラリオへ戻りましょう。まずは情報を集めるため、偵察する」

ええ、と頷き、リューは腐れ縁の『友人』とともに行動を開始した。

『アグリスの町』はオラリオ東南、かつてベル達がアポロン派と繰り広げた戦争遊戯の舞台『シュリーム古城跡地』の付近に存在する。馬車を使えばオラリオから丸一日かかる距離だが、空を翔べるならばその限りではない。リューは抱えられるのを我慢して、アスフィの『飛翔靴』の力で都市までの最短距離を貫いた。

変装用の道具を揃（そろ）えるなど『アグリスの町』で消費した時間も含め、『女神祭』が終わって三日目の朝に、迷宮都市の巨大市壁を目視する。

「都市南門しか開放されていない……？」

都市へ迂闊（うかつ）に近寄ることはせず、小高い丘の上、岩の陰に身をひそめながら、リューは小型の筒（つつ）を覗（のぞ）き込んでいた。アスフィの望遠鏡（マジックアイテム）だ。常人より優れた上級冒険者の視力をなお『強化』し、一〇K（キルロ）先の景色さえ仔細（しさい）に捉（とら）えることができる。

都市を窺（うかが）うリュー達はすぐに異変に気付いた。

普段は北や東など方位に沿って開放されている筈の都市門が、一箇所しか開けられていない。おかげで行商や旅人などが一箇所に殺到し、渋滞を起こしている。

不吉な予感を秘めたアスフィの呟（つぶや）きが落ちる中、門の内側に望遠鏡（マジックアイテム）を向けたリューは、瞠目した。

「神フレイヤ……!?」

目撃する。都市の門をくぐろうとする者達の前で、まるで神託を授（さず）けるように両腕を広げる女神の御姿（みすがた）を。

リューはただちに望遠鏡（マジックアイテム）を捨てて視線を切った。距離が離れているとはいえ目視してしまえばそれは『美の神』の『魅了条件』。その『美』を目にしただけで、下界の住人はたやすく虜（とりこ）に堕ち、忘我状態に陥（おちい）ってしまう。そして声を聞いてしまえば、忠実な操（あやつ）り人形に。

激しい動悸が生じる胸を、リューは必死に押さえた。

人智を超えた『美』に触れて高鳴る心臓を、時間をかけて落ち着けていく。

「大丈夫ですか、リオン⁉」

「ええっ……だが、これで確定だ。神フレイヤは都市内を『魅了』の力で占領し、外から来る者にも何らかの『暗示』をかけている……！」

咄嗟の判断で堕ちずに済んだリューは、都市の方角を睨んだ。

オラリオはもはや美神の規律で統一された『箱庭』と化したことを確信する。

——一方で、自分が見た女神が『変神』した存在であることは、気付く筈もなかった。

「都市門を監理し、入都者を片っ端から『魅了』しているところから見て……ギルドはおろか【ガネーシャ・ファミリア】も傀儡と化していますね、これは」

「都市に潜入した後、正体が明るみになれば逮捕される可能性がある。賞金首になっていないことを祈りましょう」

「疾風はとっくに要注意人物一覧に載って……うそうそっ、冗談ですっ。だからその振り上げた手刀を下ろしなさい！」

まさか憲兵に狙われる日が来ようとは、と嘆きながら、リュー達は都市への侵入を企て始めた。

窓の外は雲に塞がっていた。

朝日が差すことのない寝台の上に、毛布を被った山ができあがっている。

裾から伸びるのは猫の尾。力はなく、息絶えた蛇のようですらあった。

生気を失った瞳で、アーニャは己の膝を抱えていた。

「…………」

酒場『豊穣の女主人』の離れ。

女神祭二日目の夜から、アーニャはずっと塞ぎ込んでいた。

『シル』を葬ろうとした【フレイヤ・ファミリア】を止めることができず、挙句には実兄アレン・フローメルの言いなりとなり、抵抗もせず道を譲ってしまった。

酒場の同僚は『家族』。アーニャはそう思っている。

その『家族』をアーニャは守れず、自ら差し出したのだ。

あれからどうなったのか、部屋に引きこもっているアーニャには何もわからない。

シルはどうなったのだろうか。もし生きていてくれたとしても、合わせる顔がない。

シルが許してくれてもアーニャが耐えられない。

普段の明るさを消失させ、アーニャは自分自身に絶望していた。

(眠るのが、怖い……)

兄との再会から一夜明けた後、いつの間にか気を失っていたアーニャは、『夢』を見た。

その『夢』の中でアーニャ達は何事もなかったように生活していた。仕事をサボって、ミアに怒られて、クロエ達と喧嘩をして、リューに溜息をつかれ、笑い合う。何てことはない酒場の日常だった。

だが、少女だけがそこにいなかった。

その異変にアーニャ達は誰も気付かない。

まるで少女なんて最初からいなかったように振る舞っていた。

そして何故か、ベルは【フレイヤ・ファミリア】になっていて、アーニャ達は『情報』以外の彼の人となりを知らなかった。

(眠って、またあの『夢』を見るのが……怖い)

それからは横にもならず、ずっと起きて、寝台の上で時間を止め続けていた。

あの恐ろしい『夢』は、少女を見捨てた自分に対する何かのお告げではないかと、そう考えるのが恐ろしくて仕方なかったのだ。

このままずっと殻の内側に閉じこもっていたいと、そう思ってしまう。

「――アホアーニャーーーッ！　いい加減にするニャァー!!」

しかしアーニャの望みはかなわなかった。

勢いよく部屋の扉が開け放たれ、クロエと、ルノアがずかずかと乗り込んできたのだ。

「いつまで引きこもってんのさ！　何があったか知らないけど、さっさと立ち直りなって！」

「ミア母ちゃんは『放っておいてやれ』なんて言ってたけど、ミャーは許さないね！　公然とサボるおミャーを許さない！　サボっていいのはミャーだけで十分なのニャア！」

閉め切っていた部屋のカーテンを開けられ、被っていた毛布も引き剝がされる。

普段の面影もない、落ち窪んだアーニャの瞳に、クロエとルノアは思いきり顔をしかめた。

けれどやはり容赦なく、そして遠慮なく手を摑まれ、立ち上がらせられる。

「ほら、さっさと行くよ」

「普通に臭いから水でも被ってくるニャ、アホアーニャ」

彼女達に手を引かれ、泣きそうなくらい胸を熱くさせている自分のことが、アーニャは堪らなく嫌だった。


無理矢理着替えさせられ、酒場の店内に向かうと、『豊穣の女主人』はいつも通り営業を始めようとしていた。

アーニャ達以外の猫人が動き回り、開店の準備をしている。

「ここ数日、あんたがいなくて大変だったんだからね？」

「リューもどっか行って帰ってこないし、女神祭が終わったからって気を緩め過ぎニャ！」

ルノアとクロエに不平不満をぶつけられ、アーニャはぴくりと肩を揺らした。

リューも気になったが、今は、一人の少女のことだけが心の中を占める。

「……シルは？」

自分のものとは思えないほど枯れきって、沈んだ声が落ちた。

顔も上げられず、床だけを見る。

どんな顔を浮かべているのかわからないルノア達は、言った。

「シ、シルって何？」

はっきり、そう言った。

「………は？」

「それって人の名前？ 客にそんなやついた？」

「ルノアはアホニャー。汁とはつまりスープのこと。このアホ猫は起きて早々朝飯を食わせろと言っているニャ！ ……え、違う？」

顔を上げると、首を傾げるルノアとクロエがいた。

何を言っているんだと言い返そうとして、できなかった。

冗句を言っている、わけではない。彼女達はアーニャに嘘をついているわけでもない。

『誰』ですらなく、『何』と聞き返した。

クロエとルノアは本当にシルが何であるのかわからず、純粋な疑問を抱いている。

アーニャは呼吸を止め、立ちつくした。

「……なに言ってるニャ。シルは、シルのことに決まってるニャ⁉」

「ウニャー⁉　ちょ、なにするニャア⁉」

「シルニャ！　ミャー達と一緒にこの酒場で働いてた、シル・フローヴァ！」

「ちょっと、アーニャ⁉」

「少し意地悪で、料理が下手くそで、優しくて！　ミャーが捨てられて、独りになっても、この酒場に連れてきてくれた、大切な家族ニャ‼」

クロエに摑みかかり、ルノアの手を振りほどいて、どんなに訴えても、アーニャの声は届かない。どころか、クロエ達は困惑を強める。

思い出す思い出さないの次元ではなく、アーニャの言っている意味がわかっていない。

「メイ！　ベリル！　フェイ！　ロシィ！　みんなは、シルのことを……⁉」

アーニャは他の店員達にも呼びかける。

遠巻きにこちらを窺っていた店員達は、クロエ達と同じ表情を浮かべた。その顔は誰も『シル』なんて知らないと物語っていた。

空虚にも見えるいくつもの瞳が、アーニャのことを穿っている。

アーニャの身の毛がよだち、言いようのない寒気に抱き竦められた。

「そんな……嘘ニャア⁉」

これではまるで『夢』の続きだ。

自分だけが正気を取り戻している『悪夢』の真っただ中。

一人の少女が立っていた場所が、ぽっかりと空白になっている。

「……やめな、アーニャ」

取り乱すアーニャにそう告げるのは、店の奥から現れたミアだった。

常の覇気を消した女主人に、アーニャは抱きつくように縋りつく。

「ミア母ちゃん！　みんながシルをっ、シルのことを……！　ミア母ちゃんはっ……違うでしょう⁉　ミア母ちゃんなら……！」

捨てられた子猫のように打ち震え、目尻に涙を溜めるアーニャに、ミアは目を伏せた。

「……覚えているさ、あの馬鹿娘のことは」

「！」

その小さな呟きに、アーニャの目が見開かれ、希望に染まろうとする。しかし、

「だが、アタシ達以外、誰も覚えちゃいない。……女神が、街娘の存在を消した」

続いたその言葉を聞いて、アーニャに電流が走った。

「あの女神の眷族以外、捻じ曲げられちまった」

世界の在り方さえ変える『絶対魅了』。『美の神』の力。元【フレイヤ・ファミリア】であるアーニャでさえ記憶改竄など目にしたことはないが、あの美神ならやってのける。

そう確信してしまうほど、フレイヤとは、アーニャにとって恐怖の対象であった。

「どうして……なんで、フレイヤ様がシルを⁉」

「…………」

「ミア母ちゃぁん⁉」

背中に『恩恵』を宿す、同じ美神の眷族に問いただしても、答えは返ってこない。

ミア達の会話を理解できないクロエ達を他所に、喉を震わせたアーニャは――酒場を飛び出していた。

「アーニャ！」

ミアの声が背中を叩いても、足を止めずに西のメインストリートを駆け抜ける。

たかが一人の少女を消すことに、女神にとって何の益があるのか。わからない。馬鹿なアーニャには何もわからない。

でも、こんなのはあんまりだ。

アーニャはシルに何かあっても、自分に悲しむ資格なんてないと思っていた。けれど誰からも忘れ去られるということは、死よりもつらい何かだ。少女という存在がなかったものになった時、彼女は本当に生まれてきた意味を失ってしまう。墓を建てても向けられるのは涙ではなく、何も覚えていない笑顔なんて、悲惨すぎる。

アーニャはひたすらに走った。女神がいるだろう、『バベル』のもとに向かおうとした。

その先に『破滅』が待っているとも知らず。

「止まれ」

「!!」

大通りの真ん中、まるで先回りしたかのように、一人の猫人(キャットピープル)が立っていた。

アーニャと同じ色の瞳。アーニャと異なる黒の毛並み。

銀の長槍(ちょうそう)を携(たずさ)える、たった一人の兄が、立(た)ち塞がっていた。

「兄様(にいさま)……!?」

その眼光に射竦(いすく)められ、体が震え出すアーニャに、アレンは吐き捨てた。

「何も気付かず、あのまま塞ぎ込んでりゃあいいものを」

遠巻きにこちらを眺める人々の奇異の目を意に介さず、ある方向へと足を向ける。

「付いてこい。全(すべ)て教えてやる」

歩き出す兄の背に、アーニャは、付いていくしかなかった。

「無事、オラリオには潜入できたが……」

『潜入』という言葉に笑えない笑みが出てきそうになりながら、リューは辺りを見回した。

計画の決行は万全を期した。オラリオの外からできるだけ情報を集め、アスフィ主導で港街(メレン)

まで調べた――深入りこそしなかったアスフィ曰く「港街に目立った変化はありませんでしたが臭う」――。敵は都市最大派閥にして、人心を掌握する『美の神』。時間はいくらあっても足りない。リューは逸る心をおさえ、日数をかけて計画を練っていった。

唯一開放されている都市南門はおろか、市壁をよじ登ることも得策ではない。そう判断したリュー達は、創設神用に設けられた『秘密通路』を使うことにした。

『悪』が隆盛を極めていた『暗黒期』、その時代に【ヘルメス・ファミリア】が使用していたという地下の隠し通路をアスフィが知っていたのだ。オラリオ真北、『ベオル山地』の麓に繋がる出入り口より侵入し、魅了の奴隷に堕ちた番人に見つかる前に、都市内へと出る分かれ道へ進んだ。隠し扉を開ければ、そこは都市北西、『四番街路』と記される寂れた居住区だった。

『リオン。侵入にあたって別行動を取りましょう。一網打尽の危険性を少しでも下げたい』

都市に潜入する前、そう提案してきたアスフィとは別れた。

彼女は『透明状態』になれる漆黒兜を用い、一人空からオラリオに降りている筈だ。

『情報収集をした後、日没とともにこちらに記した隠れ家へ。……貴方が姿を現さなかった場合、【フレイヤ・ファミリア】の手に堕ちたものとみなして行動します。貴方も私が現れなければ、同様に動いてください』

それがアスフィと交わした最後の言葉。既に隠れ家の位置を憶え、紙を燃やしたリューは、友の無事を祈りながら自らも行動を開始した。

（大通りは避けた方が無難か。酒場も怖い。路地裏を中心に、情報を集める）

メインストリートから離れた人目の少ない路地裏は日中だというのに薄暗く、浮浪者や冒険者崩れ、あとは怪しげな露天商など脛に傷を持つ者が多くいる。

【フレイヤ・ファミリア】の目がないか細心の注意を払うリューは、纏っている襤褸で全身を隠し、あえて顔を汚して、聞き込みを行った。

『自分達以外、オラリオの住人全てが敵』。

そう考えた場合、慎重過ぎることに越したことはない。

「女神祭は今年も大賑わいだったよ。変わったこと？　そんなのないさね」

「【フレイヤ・ファミリア】？　いつも通りだろう？　おっかねえ連中だよ」

「あんた、そのなりで旅人なのかい？　変なこと聞くなぁ」

顔を隠した占い師、廃棄された残飯で一杯する浮浪者達、話をいくら聞いても「異変はなかった」と口を揃え、『魅了』されている自覚はないようだった。フレイヤの『魅了』など本当はなかったのではと疑いたくなるほどだ。

だが、リューがエルフの女性だと気付いた冒険者崩れの男を——暗がりに連れ込んで襲おうとした暴漢を——こてんぱんに成敗した後、

「ベル・クラネルの所在に心当たりは？　今、少年の派閥はどうなっている？」

「べ、ベル・クラネルっ？　それに少年の派閥って、なに言ってんだ？　あの有望株は【フ

レイヤ・ファミリア】だろう……⁉」

所持している小太刀を首もとに突きつけ、尋ねると、怯える暴漢はそう答えた。

聞き捨てならない証言に、リューが詳細を問いただそうとすると、

「…………お前、ベル・クラネルについて嗅ぎ回ってるのか？」

震え上がるほど怯えていたにもかかわらず、人形のように、すっと表情を消した。

ぞっと寒気を覚えるのも束の間、大声を出す素振りを見せた暴漢を、素早く昏倒させる。

「いきなり傀儡に変わった……⁉　女神が定めた『規律』に抵触した瞬間、周囲に報告するよう命じられている……⁉」

だが、これではっきりした。

アスフィの言っていた通り、フレイヤはベルを我がものにしようとしている。

そしてこの『箱庭』を壊す可能性のある因子を、徹底的に排除しようとしている。

『魅了』の力に戦慄すると同時、リューは静かに激怒した。このような冒瀆を許してはならないと義憤を燃やし、少年を取り返して、都市をもとに戻してみせると誓った。

「それに、シル……貴方は今、無事なのですか……？」

行方がわからなくなっている知己の存在も気がかりに思いつつ、調査を続行する。

念のため気絶した男を縛り付け、廃屋に隠してから、情報収集範囲を広げた。

（あれは……【フレイヤ・ファミリア】？　まさか、私達を探している？）

メインストリートに繋がる路地から顔を出し、陰に紛れながら窺うと、【フレイヤ・ファミリア】の制服を着る団員達を発見した。『魅了』から逃れた自分とアスフィを探しているとリューは直感する。

それと同時に、別の団員が市民に変装して紛れ込んでいるとも悟った。

制服を着る団員を目立たせて、不審な動きをする存在がいないか探る。憲兵達もよく用いる手段だ。正義の派閥の経験もあり、リューはすぐにその場を離れた。

(やはり表通りは出歩けない。『豊穣の女主人』も間違いなく監視されているだろう。あちらが私達を警戒している以上、敵の本拠を偵察するのも自殺行為。日没を待ち、一度アンドロメダと合流した方が…………っ？)

歩みとともに思考を止めないでいると——不意にその『異常』に気が付いた。

「誰もいない……？」

場所は依然、都市北西『第七区画』。

人気がない道を選んでいたとはいえ、人の気配の一切を感じない。屋内も含めてだ。まるで避難警報がもたらされた——いや、『人払いの結界』でも張り巡らされたかのようだ。

区画丸々から人がいなくなったかのように、ぽっかりと巨大な『穴』が空いている。

(罠か？　引き返すべきっ——)

嫌な予感を覚え、素早く踵を返そうとした、その時。

「――!!　アーニャ⁉」

【女神の戦車（ヴァナ・フレイア）】の後に続く、酒場の同僚を見つけてしまった。

◆

――この背中をどれだけ見続けてきただろう。

実の兄の後ろ姿を見つめ、黙って付いていきながら、アーニャはそう思った。

アーニャ・フローメルに『家族』はいない。それこそアレンを除いて。

もう既に遠い記憶だ。なぜ両親がいないのかも思い出せない。それとも心が思い出すことを拒絶しているのか。それなりに幸せだった筈の家庭があったことは朧気（おぼろげ）に覚えているものの、気が付いた時には廃墟の海の中にいた。

アーニャ達は兄と妹だけで生きてきた。

正確には、アーニャはずっとアレンに『寄生』して生きてきた。

秩序の鎖で縛られない無法者、そもそも人の理（ことわり）など知ったことではない怪物（モンスター）、小さい子供から何もかも奪おうとする略奪者達に対し、気性の荒い兄は憤然と戦い、これを退けてきた。

そしてアーニャは、怖くて泣くだけだった。

兄に庇護（ひご）を求める自分。残された『家族』の絆（きずな）だけがアーニャに残されたもので、彼に縋っては温もりを求めた。そんなアーニャをアレンが煩わしく思っていたことは知っている。

何度、その瞳が苛立たしげに歪められたかわからない。

その拳がいつアーニャを殴り倒しても、おかしくはなかった。

切り捨てられなかったのは、ひとえに兄もまだ子供だったが故だということを、今のアーニャは知っている。

塒と決めていた廃都の一角。いつも通りかかる道に立つ、錆びた雨ざらしの獣人の銅像が、アーニャ達を見下ろして、尋ねていた。

『迷子の迷子の子猫たち。

お前たちのうちはどこにある？』

泣いてばかりで答える術などないままアーニャ達は――ある日、『女神』と出会った。

『一緒に来なさい』

女神フレイヤは、二人の『魂』、特にアレンのものに目を細め、手を差し出した。

この世のものとは思えない美貌とその神格にアーニャが怯え、兄の服の裾を震える指で引く中、黙りこくっていたアレンは、女神の手を取った。

その日を契機に、アーニャの記憶は目まぐるしく流転する。

『恩恵』を与えられ、【フレイヤ・ファミリア】となり迷宮都市に連れてこられた二人を待っていたのは、この世のものとは思えない『洗礼』だった。衣食住を与えられたとはいえ、廃墟の海の暮らしが生温く思えるほどの戦いと傷の日々。アーニャは何度も血を吐き、えずいて、倒れた。いっそ何度も逃げ出しそうになった。あの原野の戦いはアーニャにとって心傷(トラウマ)で、女神に忠誠を誓う者でなければ切り抜けられないと確信するほどだった。それ以外で戦い続けられる者は、突出した才能がある者か、自分のように女神(フレイヤ)以外に『かけがえのないモノ』を持っている者だ、と。

アレンはフレイヤが見込んだ通り、見る見るうちに頭角を現していった。

『戦いの野(フォールクヴァング)』にあっさりと順応し、一年が経過した頃にはＬｖ．２へ。

故にアーニャはもう泣き言を言う暇などなかった。『庭』に率先して出て、必死に戦った。

ひとえに兄に置いていかれないために。

アーニャは『家族』に餓えていた。

【ファミリア】ができても、アレンとの絆は特別だった。

アーニャはずっと迷子の子猫だったから、どんなに嫌われていようとも、アレンとの手を離したくなかった。そうすれば自分は本当に独りぼっちになるとアーニャはそう信じていた。

当時のオラリオは『暗黒期』に突入し、【フレイヤ・ファミリア】の団員といえあっけなく死んでいく。派閥内で親しい者を作ったとしても翌日にはいなくなっていた、というのもざらだった。故に団員達も常に張り詰め、余裕などなく、力のない者を罵倒(ばとう)する。アーニャを気にかけていたのは『とあるドワーフの団長』などごく一部で、彼女と話を交(か)わすのも一握りしかいなかった。逆を言えば、それほどアーニャはアレン以外のものに眼中がなく、兄の背中を追いかけていたと言える。

アーニャは必死にアレンを追いかけた。

誰に何と言われようと、アレンの側にい続けた。

アレンがLv.3になれば、アーニャはLv.2に。

兄が【女神の戦車(ヴァナ・フレイア)】という栄光の名を神々から賜(たまわ)れば、兄の側を離れようとしない妹はおまけのように【戦車の片割れ(ヴァナ・アルフィ)】という二つ名を授けられた。

そして——限界がきた。

拒み続けるアレンの怒声をいつものように聞かず、深層域の『遠征』に無理やり付いていき、死にかけた。

アレンまで巻き込んで、彼も重傷を負った。

アレン一人ならば決して倒れることなどなかった。全て、アーニャのせいだった。

選ばれた者とそうでない者。アレンは前者で、アーニャは後者だった。

兄妹(きょうだい)でありながら隔絶する才能の壁。残酷な区別。アーニャの足ではアレンを追いかけることができなくなった。

アーニャに引きずられる形で生死をさまよい、回復を遂げた後。

アレンはアーニャの前で告げた。

『愚図が。もう二度と俺の前に現れるな』

あの日、アレンははっきりと見切りをつけた。

彼の瞳が凍てついた氷玉に変わった瞬間、アーニャは絶望の声を上げた。

必死に泣き叫び、許しを請うて、縋り付き、容赦なく蹴り倒された。

『貴方は要らないわ』

そして主神も、そう告げた。

貴重な『強靭な勇士』と、それの成り損ない。どちらを取るかなど明白だった。お気に入りの足を引っ張って殺しかねない愚図を、女神は薄く笑って、あっさりと切り捨てた。

フレイヤが欲したのはアレン。アーニャは最初からその『おまけ』。

馬鹿なアーニャがようやく気付いた時には女神に兄を奪われた後だった。とめどない感情が憎悪に反転する前に、アーニャは悲嘆に支配され、崩れ落ちた。

滂沱の涙が顔をぐちゃぐちゃに変えた。

手をいくら伸ばしても、兄は振り返らなかった。

迷子の子猫は最後の家族を失い、その日から『捨て猫』となった。

本拠を追い出され、降りしきる雨に打たれ、すぐに石畳の上に膝をついた。

汚くて、みっともなくて、虚ろな捨て猫を、誰もが無視した。

当時は『暗黒期』。そんな者は都市にごまんと溢れていた。

雨が涙の境界を消し、完全に壊れるのを待つ人形と化す。

そんなアーニャに差し伸べられたのは——たった一つの温もりだった。

『大丈夫？』

それは薄鈍色の髪の少女だった。

差し伸べられたのは、願ってやまない兄の手ではなく、彼女のものだった。

『風邪、引いちゃうよ。私達の家に行こう？』

何も反応できないアーニャに、彼女は微笑んだ。

何も聞かず、『家』と『家族』を与えてくれた。

少女は、シル・フローヴァといった。

『私達の家、豊穣の女主人っていうの——』


「ここだ」

「！」

アレンの声に、アーニャの意識は引き戻される。

そこは北西区画の中ほどに位置する、何てことはない広場だった。

不自然な点を挙げるとすれば、人っ子一人いないということ。回想に耽っていたアーニャは気付かなかったが、人払いがされている。恐らくは、間違いなく、『魅了』の力で。

そしてそんなアーニャの予感を肯定するように、広場の中心には、ローブで身を覆う女神がたたずんでいた。

「フレイヤ、さま……」

距離が離れていようが、身を隠していても、彼女の『美』は一目でわかってしまった。

掠れた声がこぼれ、喉がひきつる。彼女に捨てられた過去の情景が恐怖を喚起する。

灰色の空が静かに唸った。雨が降るかもしれない。

「いらっしゃい、アーニャ」

進んだアレンがフレイヤの側に控える光景に、意志が挫けそうになりながら、歩み寄る。

残る間隔は五Mほど。今のアーニャがどうしても埋められない距離。

目深に被ったフードの奥で、フレイヤが銀の双眸を細めた。

「一応、久しぶり、と言っておくわね。私にとっては違うけれど、貴方からしてみれば長いこと会っていないのだし」

「っ……？」

「ちゃんとご飯を食べている？　酷い顔よ？　何か嫌なことでもあった？」

要領を得ないことを告げられ、アーニャは戸惑うばかりだった。

自分を捨てたくせに、気にかけてくる矛盾。声一つ一つが不可解だ。人智の手に負えない神への畏れが、アーニャから言動の自由を奪う。

何も答えられない彼女を見て、フレイヤは一笑し、『本題』を切り出した。

「私に『魅了』をかけられて全てを忘れるのと、自ら口を閉じるの。どちらがいい？」

「えっ……？」

「私の『人形』になるかならないか、選ばせてあげると、そう言っているの」

そう言われた瞬間。

目を見開くアーニャの手に、力が戻った。

女神への畏怖を押しのけ、思いきり拳を作り、正面を睨みつける。

一度は捨てられた猫が飼い主に牙を剝くように、アーニャは気炎を上げた。

「フ、フレイヤ様は、何をしているのニャ⁉」

「『箱庭』を作っているの。愛を囲うための鳥籠を」

「オラリオをおかしくして、何がしたいのニャ⁉」

「欲しいモノがあるの。そのために、全てを捻じ曲げた」

馬鹿なアーニャにはフレイヤの言っていることも、神意も見当がつかない。

しかしミアの言う通り、フレイヤが望んで『この歪んだ世界』を作り上げたと理解した時、
アーニャが問いただすことは一つだけだった。

「シルを一体、どこにやったのニャ⁉」

少女への想い。何よりも『家族』を大切にする捨て猫の譲れない親愛。

それを起爆剤に変え、アーニャは張り裂けるように叫んだ。

「答えてください、フレイヤ様!!」

叫喚がびりびりと大気を震わす。

都市の隅々まで届くのではと思わせる大音声の後、広場に訪れるのは一時(ひととき)の静寂だった。

フードが作る暗がりの奥に、フレイヤの表情が消える。

アーニャは片時も目を逸らさず、女神を見据え続ける。

その光景を見守るアレンもまた、何も口出ししない。

だが兄の瞳は、妹のそれが『弾劾』になりえないことを知っていた。

「もういない――と言いたいところだけれど」

暗がりの奥で唇が動く。

女神は少女に向かって、告げた。

「貴方達は納得しないだろうから、会わせてあげる」

もう『娘(むすめ)』になるつもりはなかったけれど――。

その呟きの意味を、アーニャが理解するより早く、女神はフードに手をかけた。

そして、

「――――えっ?」

フードが脱ぎ払われ、『娘(むすめ)』が現れた瞬間、アーニャは正(ただ)しく時を止めた。

顔が左右に振るわれ、長い薄鈍色の髪がこぼれる。

円らな同色の瞳が、ゆっくりと瞼を開け、アーニャのことを見つめる。

娘は、アーニャのよく知っている笑みで、微笑みかけた。

「こういうことだよ、アーニャ？」

そう告げた。

アーニャが聞き間違える筈のない声で。

紛れもない『娘』の声音で。

「酒場で貴方にずっと接していたのは、私」

アーニャを自壊させる『破滅』を、もたらした。

「……うそニャ」

「だから、フレイヤは私で、シルは私」

「……うそニャッ」

「フレイヤはシルで、シルはフレイヤなんだよ？」

「──うそニャア!!」

絶叫する。

伏せた獣の耳ごと、頭を両手でグシャグシャに摑みながら、目の前の光景を拒絶する。

ありえない。馬鹿げた喜劇だ。娘が女神なんて。そんなことあるわけがない。

でも目の前に立っていた筈の女神(フレイヤ)は──娘(シル)はアーニャの心の叫びを否定させてくれない。

「『大丈夫?』」

「『風邪、引いちゃうよ。私達の家に行こう?』」

「『私達の家、豊穣の女主人っていうの』」

「──この姿で初めて会った時、言ってあげたよね? 私はみんな覚えてるよ?」

立て続けにアーニャの脳を揺さぶる声が、あの雨の日の情景を無理矢理喚起(かんき)させる。

一度は捨て猫になったアーニャが生き返った切っかけ。

娘(シル)と出会った大切な思い出。

それが、銀の神意によって蝕(むしば)まれる。

「『アーニャ、元気を出して? 怖がらなくて大丈夫だよ?』」

「『ここに怖い人は誰もいないから』」

「『お仕事、一緒にやろう? 私も全然できないから、二人で覚えよう?』」

蘇る、蘇る、蘇る。

最初は誰にも心を開かず、裏切られた猫のごとく周囲に当たり散らし、それでもシルの優しさに心を溶かされ、悲しみに暮れる暇もなくミアにこき使われ、豊穣の酒場で生来の明るさを取り戻していった、あの再生の日々が蘇る。

それを、例外なく穢(けが)されていく。

過去の記憶と、現在(いま)の声が、寸分の狂いなく重なり合う。

真実と絶望が合致する。

何も間違っていないと、目の前の少女が笑う。

「あ、あ、あ……あぁぁぁぁぁ……!?」

頭を握りしめながら、アーニャは両目から涙をこぼした。

手足が震える。目眩(めまい)と耳鳴りがする。カチカチと歯が鳴っていた。

何が本当で何が嘘だったのか。何が真実で何が虚偽だったのか。私(アーニャ)は一体『誰』に救われ、『何(なに)』に弄(もてあそ)ばれていたのか。

絶えることのない感情の激流が、アーニャを破綻の断崖まで追い詰める。

「なん、でっ……こんな、ことっ……?」

足もとの石畳を涙で濡(ぬ)らしつくし、痙攣(けいれん)が収まらない顔を上げ、嗚咽(おえつ)の声で尋ねると、

「わかるでしょう?」

彼女は答えた。

彼女は笑った。

「ただの娯楽」

「神(シル)の気まぐれ」

少女の顔で、女神の笑みを浮かべた。

「――ぁああああああああああああああああああああああああああ⁉」


アーニャは壊れた。

全ての思い出が罅割れ、砕け散り、灰色へと濁り落ちる。

真実を明かされた彼女が辿った末路は、約束されていた『破滅』だった。

「ちがう、ちがうちがうちがうちがうっ！　こんなの、ちがうっっ‼」

錯乱しながら何度も頭を振る。

アーニャが取ったのは、現実の否定。

目の前の存在を認めないという、想いと衝動の爆発だった。

「お前はシルじゃない！　シルなんかじゃないっ‼」

かつては敬い、恐れた神に暴言を吐いている事実にアーニャは気付かない。もはやそんなことは関係ない。

女神の恐怖より、少女への渇望が上回った。

「シルを返せっ！　返せえええええええええええええぇぇぇぇぇ‼」

アーニャは吠えて、飛びかかった。

今、目の前の『娘』がどんな表情を浮かべているのか正常に判断できないまま、あらん限りの力で摑みかかろうとする。

「馬鹿が」

「ぎッッッ⁉」

直後、その憤激をアレンの銀槍が弾き飛した。

護衛の位置に立っていた第一級冒険者が主への危害を許すわけがなく、容赦のない薙ぎ払いが彼女を広場の端まで吹き飛ばす。

木箱の山に突っ込み、煙を上げ、アーニャの激情は行き場を失った。


「アーニャ‼」

友が吹き飛ばされるが早いか、リューは立ち上がっていた。

連れて行かれるアーニャを尾行し、今の今まで固唾を呑んで成り行きを見守っていたエルフは、仲間の危機に飛び出してしまった。

「出たわね」

そして予定調和のごとく、娘の顔をした女神が、娘の声で呟いた。

小太刀で斬りかかるリューをアレンが難なく受け止める中、流し目を送る。

「周囲一体、大がかりに『魅了』をかけて正解だった。こうして貴方に見つけてもらえて、来てもらえたんだから」

「っ……!?」

咄嗟に交差した二刀の小太刀を槍の柄(え)で押し込まれ、容易(たやす)く劣勢に陥る一方、リューの瞳は動揺を帯びた。

嵌められたと悟る。やはり早い段階で女神の派閥(フレイヤ・ファミリア)はリューとアスフィの不在に気が付いていたのだ。そして今日、放置していたアーニャへの『処置』を、リューを誘き出すための『餌』として用いた。

『魅了』で大規模な人払いを行い、不自然に目立たせ、リューにわざわざ気付かせるために。

アーニャとのやり取り自体が、リューを誘き出すための『罠』だったのだ。

「アレン、槍を下ろして」

「必要ありません。このまま叩きのめして――」

「下ろして」

「――――……わかりました」

有無を言わせない、第一級冒険者に命じる主(あるじ)の声。

アレンの圧力から解放されたリューは、しかし一層の汗を帯びた。

眼前の揺るがし難(がた)い現実を、彼女もまた受け止めきれない。

「貴方は、本当にシルなのですか……⁉」

「――さっきまでのやり取り、見てたんでしょう、リュー？　私がシルだよ。私と同じ存在になれる娘(こ)はいるけど、貴方達とずっと触れ合っていたのは、私」

リューの誰何(すいか)の声に、女神の纏う雰囲気が再び変ずる。

人格が分裂するように、いやこれまでの少女達の関係を尊重するように、女神(フレイヤ)の口調から娘(シル)の口調に戻った。

リューの空色の瞳が震える。

アーニャを襲った情緒の暴風が、彼女の胸の中でも荒れ狂った。

女神(フレイヤ)が娘(シル)？　何の冗談だ。何かの幻覚だとそう信じたい。しかしいくら願っても、目の前の光景は霧散してはくれなかった。

自分自身、冷静さを失っていることを自覚しながら、リューは唇をこじ開ける。

「アーニャに言っていたこと……事実なのですか？」

「……」

「私を助けてくれたことも……あの酒場の日々も！　貴方にとっては、遊びだったのですか⁉」

押さえきれず、激発したリューの問いに対するシルの答えは、

「……はぁ」

取り繕うことも忘れた『溜息』だった。

「だったら何だって言うの、リュー？」

「なっ……⁉」

「遊びだよ、全部？　これは『役割演技』。私が選んだ役割は『街娘』で、場所は『酒場』。女神は退屈だったから、子供達と戯れていたの。それが、そんなに気に食わない？」

欠片の偽りもない『事実』を語る娘に、リューは身を引き裂かれるような衝撃を受けた。

「誰だって『嘘』はつくでしょう？　私の『嘘』は、ソレだったっていうだけ」

その上で、公平な真理を告げられ、リューは否定の言葉を失う。

「アーニャはああなっちゃったけど、私は誰も傷付けたくないの。本当だよ？　だから、ね。わかってくれない？　『私』のことを。『私』はもう嘘をつかないから。何も我慢しない、ありのままの『私』を見せるから。だから、お願い、リュー──」

手が差し出される。

朗々と歌うように告げられ、歩み寄られ、手を伸ばされる。

いつの日かと同じように、復讐を終えて力つきたあの日のように。

娘の手が、リューの手を取ろうとする。

「────ッッッ‼」

瞬間。

リューの手は、娘（シル）の手を弾いていた。

「……っ⁉」

すぐにリュー自身が動揺し、振り払った己の手の平を凝視する。

これまでリューの手を握れたのは、三人。

一人目がアリーゼ。三人目がベル。そして、二人目がシル。

かつては確かに握れた少女の手を今、リューの体は明確に拒絶した。

どんなに姿形が同じでも、彼女の中で蠢（うごめ）く『闇（やみ）』を嫌悪するように。

それが、何よりの証左。正邪を見極（みきわ）める妖精（ようせい）の手。

同一人物でありながら、リューの知る少女とは異なる存在だと、エルフの体はそう判じた。

「貴方は……シルではない」

辿り着く結論は、アーニャと同じ。

弾かれた手を見下ろし、前髪で目もとを覆うソレに向かって、リューは叫んだ。

「貴方がシルだと、私は認めない‼」

その直後、

「黙って」

顔が上げられ、薄鈍色の瞳が『銀の光』を纏う。

「ひれ伏して」

それを直視した次には、リューは彼女の命令に従っていた。

「うっ⁉」

両膝が石畳に落ちる。

自分の意志に逆らって、どうしようもないほどリューは彼女の前に跪いた。

頭が攪拌される。飴のように意識が溶け、身も心も女神の隷属になることを望む。

リューの心身が抗いがたい魔力に犯される中、横で見守っていたアレンは、僅かに目を見張っていた。

娘は苛ついていた。はっきりと。

かと思えば、嘆息を挟み、自分の前でひれ伏すエルフに向かって謝罪を始めた。

「ごめんなさい、悪い癖になってる。もう、とても面倒になっているの。今の私、歯止めが利かなくなってるから、あんなに嫌いだった魅了をこうやってすぐ使っちゃう。嫌だったよね、気持ち悪いよね。ごめんねリュー、すぐ解くから」

薄鈍色の瞳から『銀の光』が消失する。

それと同時に「――くはっ⁉」とリューは息を吐き出した。

胸の中をかき回す赤熱の濁流が、まさに波が引くように薄れていく。

腰を折ったシルは、そんなリューの肩に優しく手を置いた。

その瞬間――ぞわり、と。

「ねぇ、リュー。前にも言ったよね。私は誰かのために美しく在(あ)れる人が好き。私はベルのことも好きだけど、リューのことも大好きなんだよ？」

体に植え付けられたエルフの習性が、悲鳴を上げる。

肩に置かれた手にも、一転して慈愛に溢れた声にも、皮膚の下で不快感が這(は)い回る。

手をはねのけたいのに、『魅了』の力が引ききらない体は、言うことを聞かない。

「そうだっ——リューも一緒にベルを独(ひと)り占めしない？」

「…………は？」

耳を疑い、かろうじて顔を上げたリューの目に映ったのは、娘(シル)の満面の笑みだった。

「あ、そうだね。独り占めじゃなくて、二人占めだね」

「…………なにを、言って…………」

「もう少しでね、堕とせそうなの。ベルの憧憬(しょうけい)の呪(のろ)いを解いてあげられる。そうすれば、ベルを私のモノにすることができる」

宝物を語る無邪気な子供のように、娘(シル)はころころと笑った。

「他の人にベルを触れられるのは嫌だけど、私、リューだけならいいよ？　リューだから許してあげる」

何を言っているのか理解できなかった。

おぞましかった。

自分が知る、薄鈍色の髪の少女はもういないのだと、心のどこかが呟いた。

「一緒にベルを愛でよう？　三人だけで、体を触って、唇をなぞって、香りを楽しんで、いっぱいに抱きしめて」

気持ち悪い。

「部屋に閉じこもって、寝台の上で、体の境界が消えてドロドロになるまで愛し合って、一つになるの」

気持ち悪いっ。

「魂が交ざって、愛を刻み合うの。そうすれば、私はできないけど、リューはベルとの子供ができるかもよ？」

気持ち悪い!!　気持ち悪い!!　気持ち悪い!!

魔女の提案。『愛』を知る者の魔薬。あるいは破滅願望。

『愛』の美酒を差し出す少女に対して抱くのは、途方もない嫌悪と忌避感だった。

目の間にいる存在は、『シル』の皮を被ったナニカだ。

「ッッ………断るっ……！」

リューは己の答えを叩きつけた。

眦を吊り上げ、体と一緒に吐息と声音を震わせながら、精一杯に睨み返す。

『シル』ではない貴様と結ぶ手はない。

上手く動かない舌の代わりに、眼差しに怒りを乗せて、そう伝える。

「……やっぱり、こうなった」

その時。

娘は眉を下げ、少しだけ——本当に少しだけ、寂しそうな笑みを浮かべた。

（え……）

その一瞬だけ。

リューは、思い出の中の存在と変わらない、薄鈍色の髪の少女を幻視した。

「上手くいっても、失敗しても、幻滅される。喧嘩をして、仲直りもできない。……その通りになったね」

視界が揺らぐ。意識が急激に遠のいていく。

解除されたとはいえ『魅了』の反動が世界を揺らす。肩で息をしながら、焦点が合わなくなっていく中、リューはもうシルの言葉を上手く聞き取れなかった。

けれど、どうしてだろう。

耳に届いたような気がするその言葉は、つい最近、彼女から聞いたような気がする。

言葉を尽くし、眉を下げて笑うその姿を、どこかで見た気がする。

それはなんてことのない、友情と慕情の狭間で——。

「でも、もう戻れないから」

その言葉を最後に、リューの意識は闇に落ちた。


「アレン」

彼女は静かにフードを被り直した。

少女は、いや女神は、地面に倒れたエルフに背を向ける。

「その子を連れてきて。ベルとは接触しないよう、本拠の地下室に閉じ込める」

「……『魅了』を施さないのですか?」

「感傷よ。この子の魂を汚したくない。幻滅する?」

「……いいえ」

何も隠さず告白する主神に、アレンは小さく顔を横に振った。

「約束通り、アーニャの方は貴方に任せるわ」

そう言って、言葉少なに女神は広場から去っていく。

ぽつ、ぽつ、と肩を水滴が叩き始める。

しばらく押し黙っていたアレンは振り返り、もう立ち上がることのできない妹を見た。

「余計なことをすれば、次はあの酒場を潰す。それが嫌なら女神の邪魔をするんじゃねえ。黙って、口を閉じていろ」

声を飛ばして、終わりだった。

リューを肩に担(かつ)ぎ、護衛として女神の後を追う。

広場には、たった一人の猫人(キャットピープル)だけが取り残された。

「…………………ぁぁ」

やがて、雨が降り始める。

視界は水に濡れ、聴覚も雨音によって埋めつくされる。

壊れて散乱する木箱の上で仰向(あおむ)けになる子猫の頰(ほお)に、雨なのか涙なのかも判然としない、幾筋もの雫(しずく)が伝っていく。

「うあああああああああああああああああぁぁぁぁぁ…………‼」

慟哭(どうこく)の声は誰にも届かず、水の音の中に塗(ぬ)り潰される。

兄と女神に捨てられた日と同じ雨が、アーニャの体に降りそそいだ。

厚い雲と、都市さえも煙(けぶ)らせる沛然(はいぜん)とした雨が、夕焼けの光を遮(さえぎ)る。

手に持った懐中時計が秒針の音を鳴らす中、とある隠れ家の寝台(ベッド)の上、腰かけるアスフィは無言で瞼を閉じた。

「リオン……貴方まで……」

絶望に違いない呟きを、日没の時間を告げる懐中時計の文字板(ダイヤル)が受け止める。

時間になっても待ち合わせ場所に現れないエルフの友に、楽観も希望的観測も抱くことはできない。どんなに孤独でも、許されない。

「私、一人……味方はもう、誰もいないのですか……？」

弱々しい声は、今にも儚(はかな)く消えそうだった。

だが、アスフィは静かに、立ち上がった。

弱音と諦観を黙殺し、擦り切れつつある漆黒の兜を被る。

透明となり、人知れずその場からいなくなった彼女は独(ひと)り、寒さに震える雨の街に消えた。

◆

雨が止まない。

夜の帳(とばり)が下りてなお雨の声が響き、まるで空が泣いているようだった。

ちょうど、あの人の想いを拒んだ日と同じように。

（……シルさんは、どこにいるんだろう……）

長い廊下の中で立ち止まり、窓の外を見ていると、「何をしている」と師匠(マスター)に睨まれた。僕は師匠(マスター)の後ろに続き、いつもと同じ館の道筋を辿(たど)る。

雨が降ってもなお続けられた『洗礼』のせいで、今日はいつも以上に消耗していた。

女神様の部屋へ向かいながらも、疲れを隠せていない。

そしてそんな頭で、ぼんやりと考える。貴重な外出の時間を使って今日まで探し続けていた薄鈍色の髪の少女のことを。

彼女はどこにもいなかった。

彼女を知っている人は誰もいなかった。

彼女の存在も、僕の想像の産物だというのだろうか。

ちょっと前なら一笑に付した考えを、徐々に追い詰められている体と心が否定できなくなっている。暗鬱（あんうつ）たる感情に縛られ塞ぎ込んでいると、フレイヤ様の神室（しんしつ）に到着した。

「いらっしゃい、ベル」

入室の許可を頂いた師匠（マスター）を残し、部屋に入ると、質素な白い夜着を着たフレイヤ様が待っていた。夜の安らぎを与えてくれる女神様のもとへ、足が勝手に引き寄せられる。彼女の隣、同じ寝椅子（カウチ）に座るのも慣れてしまった。

優しい温もりを感じながら、千夜一夜物語の続きをするように、今夜も僕の話を聞いてもらっていると――

「……？」

今日は少し、何かが違った。

「どうしたの、ベル？」

フレイヤ様が不思議そうに首を傾げる。銀の光を湛える清流のような長髪が、さらと音を立てて、きらめきとともに肩からこぼれる。

別段、様子がおかしかったわけじゃない。きっと、僕の勘違いだと思う。

ただ……フレイヤ様の一部が、ここではないどこかに置き去りにされているように思った。

美しい銀の瞳が、『違う色』を映し出したような気がした。

「……なにか、あったんですか？」

気が付けば、僕はそう尋ねてしまっていた。

フレイヤ様は驚いて、動きを止めた。

「……どうしてそう思うの？」

「ええっと……何だか、元気がないように見えて……」

上手く言葉にできず、曖昧に濁していると――こちらをじっと見つめていたフレイヤ様は、肩の力を抜いて、眉尻を下げて笑った。

「普段は女の機微もわからないくせに、こういう時は鋭いのね」

「うっ……！」

もしかしなくても呆れられて、気まずさと一緒に声を詰まらせる。

既に猫のように目を細めて笑っていたフレイヤ様は、いつもと同じように、くすくすと囁くような笑い声を漏らした。

そのことに、ほっと安堵している自分がいることに気付く。

「……よければ、僕が話を聞きますけど」

「あら、貴方が？」

「はい……いつも、話を聞いてもらっているので」

僕の申し出に、フレイヤ様は頷くことも拒絶もしなかった。

ただ、誰も知らない場所で輝く、冬の星空のような瞳で、見返してきた。

だから僕は、口を開いていた。

「何が、あったんですか？」

「……感傷が少し。友人だと思っていた相手を、傷付けた」

「神様、ですか？」

そんなところ、とフレイヤ様は言う。

「えっと、仲直りは……？」

「無理よ。私が悪いんだもの」

僕の話を聞いてもらうのではなく、僕がフレイヤ様の話を聞く。

不思議な気分に襲われながら、ためらいつつ、言葉を選ぶ。

「悪いってわかってるなら……その、謝れば……？」

「貴方の言う通りね。でも、できないの」

「……どうして？」

「一番欲しいものを、決めてるから」

こちらを見ず、前に視線を向けるフレイヤ様の横顔は、冷たいほど決然としていた。

「そのためには、何だって切り捨てると、決めたの」

温もりを与えてくれる同じ女神様だとは思えない、その零度の声に、ぞっとする。

けれど、今の僕は確かに——その決意を酷く、寂しいと思ってしまった。

「もし、大切なものを捨てちゃっても……拾うことはできませんか？」

「えっ？」

「間に合うんだったら、後ろを振り返って……時間が経った後でも、拾い上げることは、できませんか？」

だから、そんなことを言っていた。

僕も今日まで沢山のものを捨てそうになった。

ずっと胸の中に抱きしめていたかったけれど、いくつもこぼれそうになってしまった。

だけど、どんなに苦しくても、痛くても、負けそうになっても、切り捨てることを諦めてよかったと、今はそう思えている。

そしてもし、一度は落としてしまったとしても……きっと手を伸ばすって、そう思う。

「一度捨てたものを拾えたら……きっと、それは前よりずっと、大切なものになる筈だから」

僕がそう笑いかけると、フレイヤ様は目を見開いていた。

薄く開いた彼女の唇が僅かに震える。

僕にわかることは少ない。けれど、人も、神様だって、捨てたものをずっと、心のどこかで後悔し続けるって、それだけはわかる。

フレイヤ様は何も答えなかった。

けれど淡く頬を染め、僕に微笑を向けた。

「ベル、好きよ」

「えっ？」

「貴方のことが好き」

一瞬。

時間が透明になった。

「……へあっ⁉」

そして、いきなりそんなことを言われ、僕は素っ頓狂(すとんきょう)な声を上げた。

仰け反りそうになりながら後ろに下がろうとするも、寝椅子(カウチ)の肘掛けに阻(はば)まれてこれ以上下がれない！

フレイヤ様はというと、意地悪そうな笑みを作った。

「ねえ、ベル。女の慰め方を知ってる？」

「は、はいっ……？」

「知っておくと、モテるわよ？　女は安心感を与えてくれる男が好きなの」

「べ、べべ別にっ、僕はモテたいとかそういう邪なアレやソレは……！」

「だって貴方は出会いを求めていたじゃない」

「ぎゃおー⁉」

そんなことまで知られてるのー⁉

僕の記憶だと出会い云々は神様と、あとは初めて都市に来た時の『門衛』にいた人達くらいしか知らないのにー！

「さ、教えてあげるわ。私の言うことを聞いて」

小悪魔めいた命令は止まらず、なし崩し的に女神様の言いなりになってしまう。

「まず、肩に腕を回すの」

「えっ、と……」

「早く」

言われるがまま、おずおずと、隣に座っているフレイヤ様の肩に右腕を回す。

肩と肩が密着する。香りが鼻をくすぐる。

そして気付いてしまう。飾り気のない質素な夜着も、この人にかかれば異性を悩ませるドレスに早変わりするのだと。

「女が肩に寄りかかってきたら、自分も寄りかかって」

「……」

「顔を上げる気配があったら、目を合わせる」

「…………」

「じっと瞳を見つめた後、顎に手を添えて」

「……………」

「そして、唇に口付けを――」

「むりむりむりむり!? 無理ですぅ!!」

限界を超えて、僕はひっくり返った。

寝椅子から転げ落ちて、床に背中から倒れ込む。

「うふふっ、あはははははっ! ベル、何をやっているの!」

真っ赤になってあられもない姿を晒す僕に、フレイヤ様はお腹を抱えて、笑い声を上げる。

「本当に貴方って、初心で意気地なしね」

「す、すいませんっ……でもなんか、今のは違うというか……!」

「私がこんなに愛しているのに、貴方は応えてくれないの?」

「ええっ、いやっ、そういうわけじゃあ……! 女神様に粗相を働くわけには……!」

「愛の女神が愛を囁いているのに、それから逃げる方が無礼よ」

手を差し伸べられ、みっともない格好から立ち上がり、目を白黒させて挙動不審になる僕を、フレイヤ様は微笑ましそうに見つめてくる。目尻から涙を拭う姿に、もう悲愴感はない。

こんなお姿、初めて見るけど……元気になられて、うん、良かった。

苦笑を浮かべながら、僕はそう思えた。

「――嗚呼、やっぱり好き」

その時。

彼女の落とした声と、その表情が、時を止める僕の記憶と重なり合う。

「シ、シ、シルさん――？」

何故、そんなことを口にしたかはわからない。

けれど僕の唇からは、その呟きがこぼれ落ちていた。

――嗚呼、好きだなぁ。

その言葉は、あの時、彼女が、大精堂で言った言葉ではなかったか。

目の前にあるその笑みは、彼女が浮かべていたものとそっくりではなかったか――。

僕が呆然としていると、フレイヤ様も愕然としていた。

雨音が聞こえなくなるほど辺りが静かになり、視線と視線が絡み合う。

何分か。それとも何秒か。もはや長いのか短いのかもわからない時間の中で見つめ合っていると、彼女は、そっと手を伸ばした。

身じろぎもできない僕の頬に、その右手を添えて――

「――愛の女神が目の前にいるのに、他の女の名前を出すなんて、一体どういうつもり？」

「いたたたたたたぁ⁉」

思いきりつねられた！

目を尖らせるフレイヤ様からは、僕が感じた『面影』なんて既に欠片もなかった。

それどころか大層ご立腹なご様子で、僕を睨みつける。

「こんな侮辱、初めて受けたわ」

「す、すいませんっ⁉」

涙目になって必死に謝るも、フレイヤ様はふいっと顔を背けた。

「不愉快よ、ベル。出てってちょうだい」

お怒りにさせてしまった……。

弁明のしようもない。有無を言わさず退出を命じられる僕は項垂れ、本当に反省しながら、扉へ向かった。出る間際に振り向くと、女神様はまだこちらに背を向けたまま。しばらく許してもらえないかもしれない。

だけど……あれはなんだったんだろう？

僕の気のせい……？

不可思議な思いに取り憑かれながら、何も言わない背中に追い出される形で、僕は神室から退出した。

◆

「…………」

フレイヤは、胸を押さえた。

それは傲岸たる女王には相応しくないほどの所作で、まるで何も知らない、一人の娘のようだった。

長い時間が経った後、あたかも無意識のように歩み出し、部屋の隅、金銀の装飾が散りばめられた鏡台の引き出しを開ける。

細い指が取り出すのは、蒼い髪飾り。

一人の少年が誰かに贈った、番の装身具だった。

女神は何も喋ることなく、その髪飾りを抱き、たたずんだ。

「…………っ」

そして。

そんな女神と鏡合わせのように、立ちつくす者が一人。

少年が出ていった樫の大扉とは真逆の位置の開き戸。

女神の許可は出ず、誰も神室に立ち入れない中、うっすらと魔力光を帯びる彼女は扉に背をつけて、うつむいていた。

誰よりも、何よりも、顔を歪めていた。

「何をしている」

声がかけられた途端、魔力光が霧散する。

ぼやけていた光が消え、少女の輪郭がはっきりと形をなすと、床を見つめていたヘルンは顔を上げた。

「……ヘディン様」

白妖精は表情を変えない。

ヘルンは何も言わず、彼の隣をすり抜けた。

青白い顔で去っていく少女を、エルフは黙って見送る。

間もなく、眼差しを扉へ。

あたかも扉越しに女神に思いを馳せるように、一度瞑目し、次には眦を決した。

「この身、忠義の下僕とならんことを」

騎士が誓うがごとく、そう呟いた。

五章　彼女の世界の終わりに

激化した。

原野の戦いが。神聖な殺し合いが。

第一級冒険者による『洗礼』そのものが。

「【永争せよ、不滅の雷兵】」

「っっ⁉」

超短文詠唱が残酷な響きをもって駆け抜ける。

直前に『魔法』を叩き込まれたばかりだというのに、既に装塡されている次砲に絶望を覚えながら、僕は全力の回避行動に移った。

「【カウルス・ヒルド】」

放たれる雷の弾幕。

一発一発が人の頭部ほどもある迅雷の鏃が、数多の兵士が織りなす師団のごとく、僕のもとへ降りそそいだ。最初の数発を躱した後は、無様に地獄の被弾を重ねる。

穿たれ、焼かれ、削がれ、感電した。

まきちらした血でさえ焼け焦げて沸騰する。

瞬く稲光に視界が意味を失い、意識にも数瞬の空白が刻まれた刹那、耳朶に無慈悲の宣告が届く。

「【永伐せよ、不滅の雷将】」

——三射目⁉

速過ぎる‼

卓越という言葉では生温い詠唱技術——『連続高速詠唱』を行う師匠は、仮借なくその雷砲を見舞った。

「【ヴァリアン・ヒルド】」

凍結する僕のもとに、特大の雷の矛が一走した。

第一級冒険者の蹂躙。

正確には、一人のエルフによる『暴虐』。

それまでも十分に苛烈な戦いだったにもかかわらず、師匠はある日、告げた。

「生温い」

そして始まったのは壮絶な、一方的な闘争。

『魔法』を駆使する師匠に僕は幾度となく破壊された。今や『戦いの野』の一角は白妖精が巻き起こす雷虐の嵐が渦巻いている。人もモンスターも一歩踏み入れば例外なく滅ぼされる領域で、命を人質にされた僕は一心不乱の生存を強いられた。

「————あっっ、がぁ⁉　いぎっっ、づぅ〜〜〜〜〜〜〜〜〜⁉」

【英雄願望】の発動——右足に寸秒の蓄力を敢行し、無理矢理地面を蹴り砕くことで射線から逃れた僕は、半身が焼かれていいた。

回避など間に合うわけがない。必殺の時機で放たれた砲撃に獣のようにもがき苦しむ一方、師匠は既に彼我の距離を殺していた。

あまりの苦痛に眦へ涙を溜める僕に向かって、更なる追撃を行う。

「はぁッ！」

「うぁ!?」

槍のような足撃。肩を打たれる。骨が砕ける音。焼かれていた左腕が正真正銘使いものにならなくなる。師匠の得物である長刀による一撃。それだけは右手のナイフで弾き、死守して、決死の延命を図る。

格闘術で対応——無理だ。白兵戦さえ通用しない。近接戦闘も師匠の方が上。速攻魔法を撃とうものならその長刀によって片腕を斬り飛ばされる。都市屈指の『魔法剣士』であるこの人が精神力の動きを見逃すものか。安易な魔法に縋った瞬間、僕の絶命は現実となる。

（師匠っ……なんで……!?）

違う。全然違う。

僕の記憶にある師匠の姿とは、先導の訓練を叩き込んだヘディンさんとはまるで異なる。それすらもお前のくだらない妄想だと言い渡すように、記憶の面影など一切合切排除して虐げる。瞳を冷酷の色に染めて、僕を本当に殺そうとしている。

腹の底から嗚咽交じりの唸り声を発しながら、自身が繰り出せる最高の反撃を断行した。

けれど、パンッ、という乾いた音。あっけなく掌底(しょうてい)で受け流され、呆然(ぼうぜん)とする僕の右顔面をすかさず襲う衝撃。回転と同時に蛇のようにしなった肘を叩き込まれ、息が止まり、膝(ひざ)が砕け、糸の切れた人形のように、隙(すき)を晒(さら)した。

そして、

「阿呆(あほう)が」

「がっっっ――――」

凄絶(せいぜつ)な一閃とともに、長刀(ロンパイア)が僕の体を斬断する。

肩から袈裟(けさ)に斬られ、夥(おびただ)しい出血。議論の余地も残っていない致命傷。

体から力を失い、後方によろめく僕の目に映ったのは、得物を頭上に振り上げ、追撃を叩き込もうとする師匠(マスター)の姿。

時を停止させる僕のもとに、長刀(ロンパイア)が振り下ろされようとして――

「「「やめろ、ヘディン」」」

――それが届くことはなかった。

アルフリッグさんが、ドヴァリンさんが、ベーリングさんが、グレールさんが、四つの武器を師匠(マスター)の首もとに突きつけ、長刀(ロンパイア)を停止させている。

致命傷を与えられた僕が地面に引き寄せられ、背中から倒れ込む中、殺気溢(あふ)れる声音(こわね)が原野に響いた。

「度が過ぎている」

「加減すら忘れたか」

「本当に壊すつもりか」

「ヘイズたちでも治しきれない」

視界の端、治療のために控えていたヘイズさん達は、師匠の加虐に青ざめている。

治療師の回復は全く追いついていなかった。暴れ回る迅雷によってまともに近付けなかったせいだ。そうでなくても、回復した側から肉体が狩りつくされていた。

周囲の団員も同じだった。ヴァンさん達は戦うことを忘れ、啞然とこちらを眺めている。

空はいつの間にか血の色に近い茜に染まっていた。記憶にない。日が暮れようとしている。

「無事か、ベル」

「あ、っ、あぁぁ……⁉」

ヘグニさんに万能薬をかけられ、上体を起こされた。

傷口から膨大な煙を吹き、急激な治癒による反動が身を襲う。

声にならない悲鳴を上げる僕の背を支えながら、ヘグニさんは師匠を睨みつけた。

「何を企む、我が宿敵。その暴君のごとき振る舞いにいかなる意味がある？」

「みなまで聞く必要などあるまい」

そして師匠は、同じ第一級冒険者達の非難の視線に、決まりきっていると吐き捨てた。

「この愚兎は神愛なる女神に見初められた。ならば資格の提示は急務。我等が主に相応しい魂を証明しなければ……誰もが納得すまい！」

嘘偽りのない叫び声が、感情を孕んで募っていく。

ヘグニさん達は一様に口を噤んだ。

この『戦いの野』で、その戦士の雄叫びは、何も間違っていないものだった。

「貴様の事情など関係ない！　女神の望みを叶えること、それこそが貴様の義務だ！」

血を失い、朦朧とする僕は顔を上げる。

エルフの珊瑚朱色の双眸が、こちらを見つめ、訴えていた。

「立て！　立ち上がれ！」

「……っ」

「お前は立たねばならない!!」

女神に忠誠を誓い、何よりも真摯に、僕だけを見据えていた。

「女神が待ちわびた『英雄』であると、証明してみせろ!!」

エルフの叫喚が、どこまでも轟き、僕を打ち据える。

次の日も、その次の日も、師匠の『洗礼』は激しさを増していった。

「その胸にいかなる思惑を秘めている、ヘディン！」

眉を逆立てるヘグニに問い詰められるヘディンは、顔色一つ変えず問い返した。

「何を考えている、と聞きたいようだが、どういう意味だ？」

「知れたこと！　白き兎は女神の供物!!　あのような加虐を働いていては白き心が朽ち果てることは必定！　ならばこの身は兎の騎士にならねばならん！」

都市が暗闇に包まれる夜。

『戦いの野』のとある一室に、【フレイヤ・ファミリア】の第一級冒険者達が集まっていた。

椅子と机に腰を下ろすアルフリッグ達、くだらなそうに壁に背をつけて腕を組むアレン、無言で佇立するオッタル。それは少年を過剰に虐げる、一人の白妖精の弾劾の場だった。

当人であるヘディンは、ヘグニの剣幕に対し、鼻を鳴らした。

「何が騎士だ、馬鹿め。また神々から『邪王さんチーッス』などとわけのわからない嘲笑を買うつもりか」

「じゃ、邪王は関係ないじゃんかぁ……！」

掘り起こされる黒歴史に、ヘグニは速攻で素の口調に戻って涙目となる。

「ならばあの愚兎に情が移ったとでも？　あれを友とでも言うつもりか？」

「と、友っ!?　いやいやいやっ、確かにあのヒューマンはお人好しの善人でいくら俺が混沌の混乱に陥(おちい)っても気にかけながら喋(しゃべ)ってくれそうな気配はするがっ、そう、あれはよくて弟子っ！　……いや、だが、しかし、この気持ちが……無二の友？」

本性は人見知りで気弱な黒妖精(ダーク・エルフ)は『友』という言葉に過剰に反応し、意識を頭上の想像の海に飛ばす。

そんな自己妄想(トリップ)するヘグニをうざそうに見やりながら、今度はアルフリッグ達が口を開く。

「確かにフレイヤ様にベル・クラネルの『教育』を任されたのはヘディン、君だ」

「だがそれを差し引いても、ここ数日の暴走は目に余る」

「黒妖精(バカ)を煙(けむ)に巻いて誤魔化(ごまか)そうとするな」

「他意がないというのなら、早く真意を明かせ」

納得させる材料がないというのならば四つ裂きにする――言外にそう告げてくる小人族(パルゥム)の四兄弟に、ヘディンは嘆息に失望を乗せた。

「貴様等の目はどこまで節穴なのだ」

「「「「何だと？」」」」

「この『箱庭』の中で今、追い詰められているのはあの愚兎(ぐさぎ)ではない。フレイヤ様の方だ」

「「「「!!」」」」

その言葉にアルフリッグ達だけではなく、ヘグニやアレンも目を剥(む)く。

「磨耗してなお、ベル・クラネルはこちらの手管(てくだ)に屈さず、逆に女神の御心をかき乱している」

ヘディンはそう告げて、一人表情を変えなかった猪人を見やった。

アルフリッグ達の視線も集まる中、フレイヤの側で従者を務めているオッタルは、思い当たる節があるのか神妙な面持ちで答える。

「……確かに、フレイヤ様は近頃、お一人で何事かを考えている時間が増えた」

侍従達の話に耳を貸さず、食事も取らず、窓辺から空を見上げるか、原野で戦う少年を眺めるだけだと。それは自問の時間のようだとも、オッタルは付け足した。

アルフリッグ達は驚愕をあらわにする。

「『魅了』を凌ぐヤツの想念が、逆に女神を惑わそうとしている。早急にあの愚兎を追い込み、堕とさなければならない。そのための処置だ」

指揮官、あるいは軍師としての位置を確立しているヘディンの言葉に、ヘグニやアルフリッグ達は口を噤んだ。

ともに『洗礼』を与えている者達を黙らせた後、ヘディンは次にアレンを見据える。

「明日から貴様も『洗礼』に加われ、愚猫」

「俺の今の仕事は酒場の監視だ。あの化け物じみたドワーフを放置してどうする、間抜けが」

「今更『道化』でも演じるつもりか、阿呆。ミアを体のいい隠れ蓑にするのは止めろ」

「！」

「フレイヤ様とともに、酒場には既に手を打ったのだろう。ならば第一級冒険者がかかずらう意味など、もはやないだろうに。見張りはヴァン達にでも任せておけ」

まるで図星を抉（えぐ）るかのようなエルフの指摘に、アレンが初めて押し黙る。

ことごとく正論を叩きつけるヘディンは歩み寄り、自分より背の低い猫人（キャットピープル）の眼前に、ぐっと顔を寄せた。

「それとも何か。一度捨てておきながら、まだ愚図な『妹』に執着しているのか、貴様は」

「――殺されてえのか、羽虫」

アレンの瞳孔が開ききり、全開の殺意が放たれる。

常人ならば腰を抜かしかねないそれに、しかしヘディンは怯（ひる）みもしなかった。

「主（あるじ）の危機だ。従え」

「…………ちッ」

眼鏡（めがね）越しに見据えてくる双眸から、先に目を逸（そ）らしたのはアレンだった。

頷（うなず）かない代わりに舌打ちを――無言の了承を――返し、苛立（いらだ）たしげにヘディンの胸を片手で突き飛ばす。

それを見守っていたヘグニやアルフリッグ達からも、反感の声が上がることはなかった。

彼等の優先順位には全（すべ）てフレイヤが連なり、そして彼等が守るべきは女神の心だ。

突き飛ばされたヘディンは服を直し、最後に猪人（ボアズ）を見る。

「オッタル、貴様もだ。あの愚兎（ぐさぎ）にお前の剛剣（けん）を叩き込め」

「……俺まで加わる必要はあるまい。ヘディン、お前に任す」

武人の言葉は少なかった。

要求を固辞し、代わりに団長としてヘディンに一任することを明かす。

見つめ合う錆色の瞳と珊瑚朱色の眼。

ヘディンはそれ以上、彼を引き入れようとはしなかった。

「……明日から愚兎を追い詰める。決して情けなどかけるな。徹底的にやれ」

そして眼鏡を押し上げ、慈悲なく告げるのだった。

「【フレイヤ・ファミリア】の動きが変わった……？」

市壁上から『戦いの野』を監視するアスフィは、怪訝の呟きを落とした。

灰色の雲が空を隠す真昼間。女神祭を終え、『魅了』の力で捻じ曲げられていることも知らず、都市が日常を取り戻している中、【万能者】は一人になってもなお戦いを続けていた。

迷宮都市の歪みを正さんとする、使命の戦いだ。

（連日『戦いの野』でベル・クラネルが戦わされているのは、今までの情報収集から知っていましたが……今、繰り広げられているこれは……！）

漆黒兜(ハデス・ヘッド)で『透明状態(インビジビリティ)』を維持し、望遠鏡(マジックアイテム)で覗(のぞ)き込んで、細心の注意を払いながら――頼むから巨塔(バベル)の最上階より自分の存在を捕捉してくれるなと祈りながら――アスフィは冷や汗を流す。遠く離れた彼女のもとにもベルの悲鳴と、痛苦の喘(あえ)ぎ声が聞こえてくるかのようだった。

猫人(キャットピープル)の高速の槍が、小人族(パルゥム)の波状攻撃が、黒妖精(ダーク・エルフ)の全てを断つ剣技が、そして白妖精(ホワイト・エルフ)の恐ろしい『魔法』が、少年を血と破壊の嵐の中に閉じ込めている。

（『洗礼』の尋常ではない酷烈さ、そしてどこか余裕のなさ……まさか、何かを焦っている？【フレイヤ・ファミリア】が？）

既に美神とその眷族(けんぞく)達は『勝利』していると言っていい。

完全な『箱庭』を築き上げ、打ち崩すことのできない少年の『檻(おり)』を築き上げた。アスフィには気付いて今も網を張っているだろうが、こうして盗み見しかできない程度の第二級冒険者が一人、この盤面を覆すことなどできはしない。

そう、女神達を脅かす存在など、この都市はおろか下界全土にもありえない筈なのだ。

（ならば……『異常事態(イレギュラー)』？【ファミリア】を……いや神フレイヤを揺るがす不測の事態が起こっている？）

そして、そんなものを起こすとしたら――渦中の中心人物(ベル・クラネル)しかいない。

【イシュタル・ファミリア】の騒動の際、『ベルには魅了が効かない可能性』を主神(ヘルメス)はほのめかしていた。でなければ歓楽街が【フレイヤ・ファミリア】の電撃進攻によって燃えたあの日、魅了したベルを、イシュタルがフレイヤに対する『盾』として利用しない理由がないと。『美の神』の『魅了』を弾くなどそんな馬鹿な、と当時は一笑に付したアスフィだったが、この状況を照らし合わせ、推測は確信に近づいた。

恐らく【フレイヤ・ファミリア】は、『魅了』に抗い続け、陥落しないベルに業を煮やし、痺れを切らしている。

あるいは、ベル自身が『箱庭』を破る因子になりつつあるのか。

「ベル・クラネル……貴方はもう、本当になんなのですか……」

アスフィはつい、疲れにまみれた本音を呟いてしまった。

あの少年はもはや起爆点だ。異端児の時といい、彼を中心に事件が爆発しては世界が揺らぐ。

あるいは逆説的に、そんな人物こそが『英雄』たる資格を有しているのか。

絶世の苦労人かつ面倒事はできる限り御免蒙りたいアスフィからしてみれば、頼むからもう勘弁してくれ、と涙声で言いたくなってしまう――ベルからすれば理不尽な要求だし彼自身に悪い点など一つもないことは理解しているのだが――。

騒動を呼び込む少年に同情を半分、絶望を半分抱くアスフィは、手の甲をぎゅうぅとつねって悪堕ちしかける思考に歯止めをかけた。

(とにかく！　ここより視認できる【女神の戦車】達は無論、【猛者】も主神の側から離れていない筈……！　第一級冒険者達が本拠に集っているこの状況、偶然だろうが監視網が緩んだ！　確実に！　今ならば、動けるか……！）

第一級冒険者(バケモノ)さえいなければ、隠密してのけてやる。

【フレイヤ・ファミリア】が何だ。『強靭な勇士(エインヘリャル)』が何だ。自分は【万能者(ペルセウス)】だ。同じ第二級冒険者以下が相手ならば、出し抜いてやる。Ｌｖ．４に取り囲まれれば即ボコボコにされて即刻試合終了(ゲームオーバー)だろうが、ああ、出し抜いてやるとも。

こんちきしょうめ、ともはや自棄(ヤケ)になっている台詞(せりふ)を心の隅に吐き捨てながら、アスフィは音もなく駆け出した。

この都市でごく限られた『協力できる神物(じんぶつ)』を選出(リストアップ)して。


「はぁぁ……ボクはなんて役立たずな神なんだ……」

ヘスティアは黄昏(たそが)れていた。

曇っていて夕焼けも見えない中、本拠(ホーム)の回廊をよろよろと歩き、柱に手をつきながら、無力感に打ちひしがれている。

ウラノスに追い出されて以降、ずっとこんな調子であった。

今もバイトを連続無断欠勤中だ。ジャガ丸くんのお店の店長には館に押しかけられるほど怒られ、鍛冶神の堪忍袋の緒もそろそろ切れるかもしれない。強制解雇の瞬間は着々と近付いている。何も知らないリリからは「邪魔なので早くバイトに復帰してください」と罵られている有様だ。決して仕事をサボる口実にしているわけではないが、大切な眷族の少年を置いてこれまで通りの日常を過ごせる筈がなかった。

「ベル君っ……」

今もベルが苦しんでいる事実に、胸が張り裂けそうな思いを抱いていると――ぽとっ、と。

「んあ？　なんだ、紙切れ……？」

どこから落っこちた？　ボクが落としたのか？

まるで姿が見えない『透明人間』が目の前に落としていったような現象に、ヘスティアは首を傾げながら、それを拾う。

「『工房に忘れ物』……？」

千切られた紙を広げ、綴られている共通語を読み上げる。

まるで忘れないための覚書を装うその紅い筆跡に、はっと目を見張った。

「ヴェルフくーん！　ヴェルフ君っ、いるかーい⁉」

わざと大きな声を出して、館を駆け回る。

今も【フレイヤ・ファミリア】がどこからか自分達を監視しているのは重々承知。だからヘスティアも『覚書』に便乗する形で、忘れ物をしていた間抜けな神を装う。

厨房から顔を出す命に「ヴェルフ殿なら一階の倉庫におられますよー」と教えられ、「ありがとう！」と足を向ける。

鍛冶師の青年は、複数の荷物を運んでいる最中だった。

「ヴェルフ君っ！　君の工房の鍵を貸してくれないか！　ちょっと入りたいんだ！」

「え、ヘスティア様が……？」

「おいおい、何だよその絶妙に嫌そうな顔は！　君は一体ボクを何だと思ってるんだね！」

「いや、鍛冶の道具を壊されないか不安で……ちなみに、何の用ですか？」

「二億ヴァリスの借用書、その写しが紛失していたんだ！　この屋敷に引っ越した際、ヴェルフ君の工房に紛れ込んでいる可能性がある！」

「ヤバイやつじゃないですか、それ……」

ここでも屋敷の外に聞こえるよう大声でまくし立てるヘスティアに、ヴェルフは渋々、工房の鍵を渡した。「なくさないでくださいよ」と釘を刺され、「もちろん！」と親指を上げる。

「……ところで、ヴェルフ君は何をやっているんだい？」

「実は、工房の地下室にこれまでの作品を保管してたんですが、少し手狭になってきて。整理するために、いったんこっちへ移させてもらおうと」

倉庫に運ばれているのは布に包まれた武器や、鎧を積まれた木箱、おまけに『魔剣』もあった。確かに品が品だけに外へ出しっぱなしにするのは怖い。ヘスティアが納得していると……

ヴェルフは、手に持っている壊れかけの鎧を見下ろしていた。

「ヴェルフ君……？」

「……ヘスティア様。俺、なんで軽装なんて作っていたんでしたっけ？」

今、【ヘスティア・ファミリア】に軽装を愛用する者はいない。

リリも、命も、春姫も使うことのないその防具に、ヘスティアははっとする。

「誰のために作ったのか、どうしても思い出せないんです…………でも鍛冶師はこいつを、すごく大切に打ったってことが、わかるんです」

何もわからない筈のヴェルフはじっと鎧を見つめ、そう言った。

ヘスティアは一瞬、涙ぐみそうになった。

けれど我慢して、精一杯の笑みを浮かべてみせる。

「思い出せなくてもいい、感じてやってくれよ。その鎧を使っていた冒険者との絆を！」

ヘスティアはそう言って、倉庫然とした部屋から飛び出した。

フレイヤがどんなに『魅了』で捻じ曲げても、ベルとの絆は残っている。探せばもっと沢山ある筈だ。そして、そこにはきっと『希望』がある。思いを新たにするヘスティアは急いだ。

ややあって裏庭に立つ工房へ辿り着き、錠を鍵で開けて、中へするりと入る。

鎧戸が閉め切られた中は薄暗く、一見誰もいないように思えたが……地下室の蓋が開いている。ヘスティアは無言で階段を降り、しっかり蓋も閉めた。そして、

「――ご足労、申し訳ありません、神ヘスティア。どうしても盗聴されない密室が欲しかったので」

虚空(こくう)から滲(にじ)み出るように、『透明状態(インビジビリティ)』を解除したアスフィが現れた。

「ア、ア……アスフィくーーーんっ！」

「ごほぉ⁉　おっ、落ち着いてくださいっ。地下室といえど騒げば監視(フレイヤ・ファミリア)の目に感づかれる可能性が……！」

アスフィの土手っ腹に突撃(タックル)をかましたヘスティアは感極(かんきわ)まっていた。

覚書(メモ)を装う紅い筆跡を、ヘスティアは一度見たことがある。

異端児(ゼノス)を巡って迷宮街(ダイダロス)攻防戦が繰り広げられた夜、ヘルメスに掴まされた『偽のダイダロスの手記』だ。アレを全て作成したのはアスフィだとヘスティアは後日聞き出していたのだ。

確かめるまでもなくアスフィは『魅了』されていない。数少ない味方にして心強い冒険者の存在に、不用意な行動に走ってしまった自分を反省しつつ、やはり感激に打ち震えてしまう。

「良かった、君が無事だったなんて！　ずっと孤立無援で、ぼかぁつらくて寂(さび)しくて……！」

「私も同じ思いですよ、神ヘスティア。処女神(あなた)が正気を保っていると信じたのは正しかった」

『箱庭』から弾(だ)き出されている者同士、苦楽と喜びを分かち合う。

普段冷静なアスフィも心底安堵(あんど)しているのか、子供のような笑みを浮かべていた。ヘスティアだって鼻を大袈裟(おおげさ)に啜(すす)ってしまう。

「ところでなんだけど、どうやって工房(ここ)へ入ったんだい？　鍵、かかってたよね？」

「【万能者(ペルセウス)】ですから」

「【万能者(ペルセウス)】だからかー」

すちゃ、と眼鏡を押し上げるアスフィに、ヘスティアはそれだけで納得した。要は開錠行為(ピッキング)をしたということだろう。

いつ都市に戻ったのか、今まで何をしていたのか、積もる話はあったが情報共有を優先した。

アスフィは女神(フレイヤ)の神意を正確に把握し、ヘスティアは女神の派閥(フレイヤ・ファミリア)の現況を知る。

「【フレイヤ・ファミリア】の動きが変化している……？」

「ええ。『洗礼』の激しさがただ増しただけ、と言われればそれまでなのですが……私には焦っているように見えました」

「焦っている？　フレイヤ達が？　なにに？」

「……おそらくは、『魅了』に染まろうとしない、ベル・クラネルに」

言語化できない己(おのれ)の直感を持てあますアスフィに対し、ヘスティアは目を見張る。

そして肌身離さず持っていた、取るに足りない紙切れ――一縷(いちる)の希望に目を落とした。

「『その時』が、来たのか……？」

磨耗する。

摩耗していく。

体が、精神が、心が、激しい『洗礼』の中でボロボロに擦り切れていく。

地下迷宮(ダンジョン)ではない地上で、限界の更にその先へと駆り立てられる異常にして極限状態。十分な回復と食事、睡眠が確保されておきながら、記憶の中にある『深層』の決死行にも匹敵(ひってき)するという事実を自覚してしまった瞬間、僕は吐瀉物(としゃぶつ)をぶちまけた。

第一級冒険者達の戦いの中で理解させられる事柄は一つ。

彼等の挙動は全て必殺であること。

死線から活路を見出すのではなく、自らの手で血路を作り出さねばならない。

技を学ばなければ死ぬ。

流した血の分だけ強くならないと、絶命する。

その上で、確実に力をつけていると実感した側から更なる暴力の理不尽によって踏み躙られ、それでなお不条理の再起を強要される。不死身の戦士が死ぬことがあるとすれば、それは魂の崩壊だと、僕は悟ってしまった。

こんなものは劇薬摂取(ハイ・ドーピング)と一緒だ。

急激な成長に対する反動はいつか必ず訪れる。

そして、それが今。

どんなにひた向きに、どんなに熱心に臨んでも、意志も意地も意欲も狩りつくされた。残っているのは死を恐怖する生存本能のみ。心がもう折れているのか判然とせず、今(いま)立っているのは崖の上か、それとも深海の淵なのかもわからない。

何より、全ての原動力だった『憧憬(しょうけい)』が、存在意義を失いかけている。

高過ぎる高嶺の花は一体どこに咲いているのか？

僕は登る山を間違えていないか？

そもそも、そんな花は本当に存在するのか——？

磨耗して、ボロボロになって、大切な何かを失っていく。

もう、こんな場所から逃げ出したいと心から思う。

けれど逃げ出したところで居場所がない。僕が出会った人々はそこにはいない。

その事実が一番つらい。一番怖い。

——僅(わず)か半年で第一級冒険者を目前にした、誰もが認める『強靭な勇士(エインヘリヤル)』です。

脳裏(のうり)を過(よぎ)るのは、姉のように慕っていたあの人の言葉。

『強靭な勇士(エインヘリヤル)』。

神様達のその言葉には、もう一つ意味があると聞いた。

それは『死せる戦士達』。

日のもとで死に、月のもとで蘇る運命。

それに倣う僕が縋るものは、どんどん単純になっていって、一つになった。

もう『彼女』だけになっていた。


「ねぇ、ベル。一緒に寝ましょう？」

「……え？」

夜の神室。

彼女は今夜も美しかった。

銀の髪を結わえ、瀟洒な衣を纏い、神聖だった。

対する僕は老人のように疲れきったまま。

頭が碌に働かない中、彼女への無礼は避けなければ、と最後の理性が忌避するが、

「貴方には何もしない。約束する。……だから、一緒に寝ましょう？」

……だったら、いいや。

何も起こらないというのなら、縋るべきものが彼女しかない僕は、その誘惑に抗えない。

だって、きっと彼女は何よりも優しいから。

僕は子供のように頷き、彼女と一緒に、天蓋付きの寝台に入った。

絹の毛布に包まれる。

最初は仰向けだった。

けれど、すぐに手を添えられ、顔を横に向けられる。

彼女の顔は目の前に在った。

「ねぇ、ベル。欲しいものはない？」

「欲しいもの……？」

「そう。富と名誉、力と歴史、英雄の座、あるいは世界そのもの……もしくは誰かの心。何でもいいわ。私は必ず手に入れて、貴方にあげる」

「……」

「だから、欲しいものはない？」

「なにも……要りません」

僕の答えは……あっさりと出た。

厚意を無下にして、なんて言われるか怖かったけど——彼女は微笑んだ。

「ええ。そう言うと思った」

「えっ？」

「私は、そんな貴方だから好きになった」

試されていた？

わからない。

けれど彼女は、一度だって見たことないほど瞳を優しく潤ませ、そっと囁く。

「好きよ、バル……貴方が好き」

伸ばした両の手が僕の頭を包み、胸もとに抱き寄せる。

柔らかくて、いい香りがして、何より温かかった。

ずっと、彼女に抱かれていたいくらいに。

……もう、いいんじゃないか？

認めても、いいんじゃないか？

ずっと疑っていなかったこの記憶も、憧憬も、出会いも、全て夢だったたって。

『悪夢』から解放されたいと、そう望んでも許されるんじゃないか？

だって、彼女は温かい。とても温かい。彼女のもとが僕の安らぐ場所だった。子をあやすように髪を梳いてくれる指は心地よく、頭に落とす慈愛の唇は身と心に刻まれた傷跡を癒やしてくれる。神の揺り籠は沢山のものを溶かし、包み込んでくれる。

愛に溺れるのは、本当に間違っている？

もう、いいんじゃないだろうか？

……それでも。

………それでも。

…………それでも――。

あの人を、『シルさん』を拒んだこの想(おも)いを打ち捨てたら、僕はどうして、彼女を傷付けたのかわからない。

どんなに苦しくても、この記憶がたとえ嘘だったとしても、僕が、あの人を傷付けたんだ。

僕が、あの人を泣かせたんだ。

それを忘れて、あぁ、全部夢だったんだ、と笑うことは……どれだけ罪深いんだろう。

——真性の馬鹿野郎(ベル・クラネル)は、自分に嘘をつくことはできない。

どんなに甘美な救済が目の前にあったとしても、全てを失わない限り、自ら手を伸ばすことは……できない。

思考の狭間(はざま)をさまよい、旅が終わらないまま、瞼(まぶた)が落ちる。

意識が途絶える直前、僕はふと気付いてしまった。

彼女は——フレイヤ様は、僕のことを『愛している』と言わなくなったと。

その夜、夢を見た。

薄鈍色の少女に抱かれて眠る、夢だった。

⊡

その日は、昨日までとは異なり、空がよく晴れていた。

自分でも疲れているとわかる瞳には痛過ぎるくらいに、青く、眩しかった。

フレイヤ様に抱かれて眠った翌朝。

神室で目を覚まし、もぬけの殻となっていた寝台を出て、一度自室に戻って仕度をした僕が扉を開けると——そこには一人のエルフが立っていた。

「師匠……？」

城内を彷徨とさせる白い長廊下まで、朝日に染まっている。

眩くてつい手で顔を覆い、目を眇めると、ぼやけた視界の奥、珊瑚朱色の瞳はじっとこちらを見つめていた。

「『洗礼』を放り出し、今日も行くのか」

「……はい」

目が慣れてくる頃、その問いに力なく頷く。

貴重な外出の機会を使って、僕はまだ悪あがきを続けていた。『僕』を肯定してくれる何かを探しているのは勿論ある。けれど今は、一人の少女の行方を追っていた。

シルさんだ。

記憶と世界が食い違う中で、彼女だけは存在そのものが消失していた。僕はそれを認めたくなかった。想像の産物だと、受け入れたくなかった。

　原野の戦いから逃れる口実に飛びついて、少しでも外で休めばいいのに、今日も懲(こ)りることなく街を回ろうとしている。

「……見苦しい。付き合いきれん」

　そんな僕を見つめていた師匠(マスター)は、そう告げた。

「貴様の自己満足に他の団員を付き合わせるな。一人で行け」

「え、でも……」

「これで再び『呪詛(カース)』などかけ直されたなら、フレイヤ様も失望をもって見限るだろう。そも貴様に、あの方の寵愛など重過ぎた」

　嫌悪の表情で言い渡し、師匠(マスター)は背を向ける。

　立ちつくしていた僕は、気が付くと、その背中を呼び止めていた。

「師匠(マスター)っ。……ヘディンさん」

「……」

「僕は………おかしいですか？」

　窓の外では原野の戦いが始まっている。

　戦士達の雄叫(おたけ)びが、蒼穹(そうきゅう)に吸い込まれていた。

　視線を落とし、自分自身を見失いながら、僕が尋ねると、

「お前が異端でいようがいまいが、関係ない」

足を止めた背中は、一瞬だけ時間を置いて、答えてくれた。

「進め。立ち止まることは許されない」

そう言い残し、今度こそ遠ざかっていく。

顔を上げて、しばらく目を見張り続けていた僕は、やがて背を向けて、歩き出した。


少年の気配が、未だ(いま)迷いを引きずりながら、逆方向へと向かう。

それを背中で感じながら、ヘディンはとある場所へ淀み(よど)なく足を向けた。

「ヴァン。ベル・クラネルの護衛及び(およ)監視を解け」

「はっ……？　ど、どういうことですか、ヘディン様？」

館の裏口、半小人族(ハーフ・パルゥム)が率いる三名の護衛班(パーティ)に命じる。

「『深層』へ向かっていた【ロキ・ファミリア】に帰還の兆し(きざ)が見られる。ダンジョンで網を張っていた偵察隊(ノーガたち)の報告だ」

「……！　【ロキ・ファミリア】が？」

「ああ。リヴェリア様及び【千の妖精(サウザンド・エルフ)】以下、決して少なくない戦力だ。『箱庭』を維持するために万全を期す」

その一報にヴァン達は目の色を変えた。

ヘディンは泰然と、説明と指示を与えていく。

「女神の娘を直接赴かせてもいいが、迷宮では異常事態が起こりかねん。地上に出た矢先、『バベル』で確実に仕留める。アレンとアルフリッグ達も既に向かった。お前達も行け」

「はッ！　かしこまりました！」

「『豊穣の女主人』を始めとした要所の見張りも連れていけ。討ち漏らしを防ぐため第二級以上の数が欲しい。新たな見張りは私が配置し直す」

派閥の頭脳を担う白妖精の命令に、誰も疑問を挟まなかった。

理路整然とした作戦伝達に納得を示す中、ヴァンが最後に尋ねる。

「しかし、ベルはどうしますか？　確かにもう、厳重に監視する意味はないかもしれませんが……」

ベルはもう死に体だ。

【ファミリア】の誰もが疑っていない。

間もなくフレイヤの神意に従うだろうことは、火を見るよりも明らかだった。

「問題ない」

それに対するヘディンの答えは、一言だった。

「私が見届ける」

雲一つない晴天にもかかわらず、外は冷えていた。

もう晩秋が近いとはいえ、今日は一段と肌寒い。まるで本当の冬のよう。夜には魔石灯の他にも暖炉の明かりが鎧戸から漏れることだろう。

抜けるような青空を見やっていた僕は、視線をもとに戻した。西のメインストリートに薄着の格好をした人は一人として見当たらない。時折見かける冒険者も厚着をしている。ギルド職員が持ち運んでいるのは各地区に支給する焚き火用の薪だろうか。

「おい、あれ……【白兎の脚】だ」

「【フレイヤ・ファミリア】……！」

鳥の囀りのようなざわめきが周囲から生まれる。

もう、慣れてしまったそれ。

【フレイヤ・ファミリア】の制服を着ている僕に向けられる好奇と、畏怖の眼差し。遠巻きに眺める街の住人や商人はベル・クラネルが都市最強派閥の一員であることを疑っていない。

否定することにも傷付くことにも疲れ、すっかり麻痺してしまっている心を引きずりながら、うつむき加減にメインストリートを進む。

僕が目指す建物は大通りに面した一角に建っていた。

酒場、『豊穣の女主人』。

「あっ！　まーた来たニャ！　【フレイヤ・ファミリア】の白兎！」

「シルなんて子いないって。本当にあんたも懲りないよね」

僕が来店すると、客を出迎えるつもりだったクロエさんとルノアさんはたちまち顔をしかめた。彼女達の反応の通り、この酒場に訪れたのはもう何度目とも知れない。

「おミャーの魂胆はわかってるニャ！　エア街娘を生み出し、探しているフリをして目当ての女の子にお近付きになるつもりニャ！　回りくどい上に姑息！　どうせならその魅力的なお尻でミャーを誘惑すればいいニャ！　よし、今から店の裏に来い‼」

「なにするつもりだ馬鹿猫」

見慣れたクロエさんとルノアさんの賑やかなやり取りにも、笑うことができない。

彼女達の僕を見る目は胸が痛むほど『他人』に向けられるものだからだ。

そして彼女達と新しく絆を作っていく、そんな気力は今の僕には残されていない。

「ミャーに尻を差し出す気がないなら、しっしっ、さっさと失せるニャ！」

「お前、本当にさぁ……。ま、店の邪魔なのは本当だから、何も買うつもりがないなら出てってくんない？　こっちはエルフの同僚が帰ってこなくて仕事が溜まってんの。アーニャも店に出てこれないし……」

二人の冷たい物言いに胸を押さえつつ、リューさんのことも気がかりだった。

行方知れずのリューさんも並行して探しているけど、ルノアさん達は彼女のことを知っている。そのためシルさんの所在に意識を奪われがちだった。

手がかりを追うことと存在を証明すること。より難しいのはきっと後者だろう。

アーニャさんは体調不良で、今も休んでるらしいけど……。

「何くっちゃべってんだ、アホンダラども！　そんな暇あったら買い出しにでも行きな！」

「ひぃぃ⁉　い、いってきまーす！」

不意に、怒号が飛んできた。

肩を跳ねさせるクロエさんとルノアさんは、顔を青くして店の奥へと駆け出す。

唖然とする僕が目を向けると、長台(カウンター)の内側で店主のミアさんが立っていた。

「……」

「……？」

ミアさんは無言で、一瞥(いちべつ)した。

僕を……いや外を？

周囲に注意を払った、と思ったのは僕の勘違いだったのだろうか。彼女は黙々と、夜の営業の仕込みを行っている。

他の客もいないせいで、僕とミアさん以外、店内は誰もいなかった。

お互いの間に、奇妙な時間が流れる。

「坊主」

無言の空気に耐えられず、ばつが悪い顔をして、店を出ようとした時だった。

女神祭から今日まで、一言も交わさなかったミアさんに呼び止められる。

「えっ？」

「アタシは女神に何も言うつもりはない。そ、の時が来たら邪魔をしないっていう『契約』だからね」

……？

いったい、何を……？

「馬鹿娘どもに手を出してくれたアホンダラどもには、今すぐ焼きを入れてやりたいが……」

「な、なにを言って……？」

「アタシは【フレイヤ・ファミリア】ってことさ」

「!!」

出し抜けに告げられた言葉に驚愕する。

アタシが【ファミリア】から半脱退扱いなのは知っているだろう？

そう続けるミアさんを、僕は動揺しながら、まじまじと見つめてしまった。

「つまり、手伝ってやらないのはアタシの『反抗』で、これから言うことはせめてもの『反逆』さ」

そう言って、ドワーフの女主人は顔を上げ、初めて僕を見た。

「『冒険者なんてカッコつけるだけ無駄な職業さ』」

呼吸が止まる。

「『最後まで二本の足で立ってたヤツが一番なのさ』」

手が震える。

「だから、白分を信じて、立ち続けな」

――アンタは走り続けるんだ、と。

驚きに撃ち抜かれる僕を他所に、ミアさんはこちらを見つめ、そう締めくくった。

「……ミ、ミアさん、今のは……」

衝撃によって、視界に映っていた世界が、塗り替わったような錯覚を覚えた。

しばらく立ちつくしていた僕は、唇をこじ開けて、自分でもまとまらない言葉の先を尋ねようとする。

けれど彼女は聞かれるよりも前に、眉を吊り上げ、怒鳴りつける。

「そら、行きな！　アンタみたいなヤツに食わせる飯はないよ！」

「ええっ⁉」

「そんな辛気臭い顔の冒険者がいたら、客が寄り付かないで商売上がったりって言ってるんだよ！　まともな顔になって出直してきな!!」

「ご、ごめんなさぁい!?」

無理矢理追い出される格好で、『豊穣の女主人』を後にする。

恐ろしい怒声から逃げるため無我夢中で走って、走って、走って……歩みに変わる頃、心臓は激しく動き続けていた。

上がった息がもとに戻っても、鼓動がドクドクと鳴る。

思考が上手(うま)く回らない。頭が今も真っ白になってる。

今のは……さっきのあの言葉は……。

『冒険者なんてカッコつけるだけ無駄な職業さ。最初の内は生きることだけに必死になってればいい』

『最後まで二本の足で立ってたヤツが一番なのさ。みじめだろうが何だろうがね』

ずっと前、それこそ半年前……ミアさんが、僕に言ってくれた言葉？

『美神の眷族(フレイヤ・ファミリア)の僕』とミアさんに面識はない。間違いない筈だ。じゃあどうしてあの言葉を？

ただの偶然？

ミアさんは僕が『洗礼』を受けていることを知っている？

同じ派閥である彼女からのせめてもの激励？

それとも……別の意味がある？

（最後まで、立っている……自分を信じて、立ち続けている……？）

ミアさんは何を言おうとしていた？

何を伝えようとした？

酒場に戻って真意を尋ねてみる？　でも、もうミアさんは何も教えてくれない気がする。予感があった。それこそ僕が『まともな顔』にならなければ。

彼女は僕を試している？

いや――何かを託そうとしている？

（……でも……たとえ意味があったとしても……）

体は既にボロボロだ。

精神も擦り切れた。

無力感に支配されつつある今の僕に、一体何ができるっていうんだろう？

今日までの記憶が蘇る。

誰も僕のことを覚えてなくて、知らなくて、拒まれて。

家を失って、仲間も消えて、もう傷付きたくなくて。

女神に全てを委ねようとしているこんな僕に、できることなんて――

「――……立つことしか、できない」

指に力が入った。

手が拳を作る。

折れようとしていた膝が叫んだ。

すすり泣いていたボロボロの体が奥歯を噛みしめ、まだ残っていた気炎に手を伸ばす。

「僕には！　自分を信じて、立ち続けることしか――!!」

そうだ。

冒険者には。

どんなにみじめでも。

格好なんてつけられなくても。

生きることに必死になって。

「――走り続けることしかできない!!」

走った。

周囲にいる人々に驚かれ、奇異の目を向けられようが、駆けた。

女主人の言葉に思いきり叩かれた背中を燃やしながら、街を駆け抜けた。

感情を理屈で説明できない。こんなの興奮する兎のようにおかしくなっているだけ。頭の裏側がそう囁く。それでも、衝動に逆らわない。

『自分を信じ続ける』ことは怖いこと。わかってる。すぐに他人の言葉に縋りたくなる。女神達の甘言を受け入れ、身を委ねたくなる。

それでも、逃げるのはもう止めだ。

傷付くのを恐れることは終わりにしよう。

だって、まだ僕には、会っていない人がいる！

「はぁ、はぁ、はっっ——!!」

走り続ける。

腕を振り、足を漕（こ）いで、宛（あて）もなく、でたらめに、それでも自分を信じて。

登る山を間違えていようが、次なる峰を目指すように。

目も心も奪われた金の一輪を脳裏に描いて。

高過ぎる高嶺（たかね）の花に、出会いにいく。

「っっ————アイズさんっ!!」

そして僕は、その『憧憬（しょうけい）』の名前を呼んだ。

長邸（ちょうてい）の姿が見える北区画。今日まで決して近付こうとしなかった彼女達の領域（テリトリー）。

上がる息を野放しにする僕の視線の先、美しい金色（こんじき）の長髪を揺らす少女は、ゆっくりとこちらを振り返った。

「あれー？　あれって確か……」

「【フレイヤ・ファミリア】よ。何で覚えてないのよ、あんた」

「あ、そうだー！　ロキ達が要注意って言ってたナントカ・フット！」

アイズさんは、ティオナさんとティオネさんと一緒にいた。

邂逅したのはただの街路の一つ。辺りには人も沢山いる。ティオネさん達が怪訝な目で見返す中、僕に呼ばれた彼女は、驚きの表情を浮かべていた。

「あれ、でも何で【フレイヤ・ファミリア】がアイズの名前を呼ぶのー？」

「私達に何か用？　まさか抗争でもおっ始める気？」

「っ……！」

【ロキ・ファミリア】と【フレイヤ・ファミリア】は敵対関係。

今日までがそうだったように、ティオナさんも、ティオネさんも、『美神の眷族のベル・クラネル』に向かって敵意の眼差しを向けてくる。

ざわり、と否応なく心が震えた。

なけなしの理性が悲鳴を上げている。

ここが『岐路』だ。

こちらを警戒するティオネさんのように。

『アルゴノゥト君』と呼んでくれないティオナさんのように。

目の前の憧憬に拒絶された瞬間、今も背中に宿る聖火は、沈黙する。

罅割れた僕の心は丸裸になり、女神の慈愛に触れた暁には、もう抗えなくなる。

汗が背中を伝う。

心臓が胸を突き破りそう。

舌が上手く動かない。

心がかつてないほど揺らいでいる中、金色の瞳と、視線を絡(から)める。

「アイズさん……僕を知っていますか？」

「……」

「今日まであったことを、覚えていますか⁉」

「…………」

　これまで何度も繰り返してきた問い。

【ヘスティア・ファミリア】のみんなに、『豊穣の女主人』の人達に、迷宮街(ダイダロスどおり)のライ達に、神様達に同じことを聞き、不審がられ、拒まれた。いつからか絶望は諦観になって、喉(のど)も手足も凍(い)てつかせるようになった。

　そんな絶望と諦観を振り払い、叫んだ。

　今もこちらを見つめている彼女に、かけがえのない想いを晒した。

「なに訳わかんないこと言ってんのよ。どきなさい、あんた達には構うなって言われてるの」

「行こー、アイズ」

「あ――」

　そして、やはり僕を拒絶する姉妹(しまい)が、憧憬(しょうけい)の姿を遮(さえぎ)る。

ティオネさん達に庇(かば)われるアイズさんは、僕の側を通り過ぎようとした。

体が動かない。手を伸ばすことも。

掠(かす)れた声がこぼれるだけ。

足が震える僕は、痛いほど心臓を弾けさせ、項垂(うなだ)れた。

駄目か――。

失意とともに、背中に宿る聖火(ほのお)が途絶えようとした、その時。

すれ違いざま、彼女の手が、僕の手を取っていた。

「――――」

顔を上げる。

見開いた瞳で、彼女を見る。

アイズさんは立ち止まり、僕の手をしっかりと握っていた。

鏡のように双眸を見開きながら、ぎゅっと、その細い指に力を込める。

「ア、アイズっ？」

「な、なにしてるのよっ？」

ティオナさんとティオネさんがうろたえる中で、僕達の時間が止まる。

全ての景色が透明になり、憧憬の姿だけを瞳に映して、一言も発せないでいると。

彼女は小振りな唇を震わせた。

「……、……く」

そして、告げた。


「訓練、する？」


「「「はっ？」」」

僕とティオナさん達の声が重なる。

三人とも目が点になり、天然を極めた発言に、あんぐりと口を開けた。

そんな僕達を他所に、アイズさんはすこぶる真剣な顔付きで、必死に言葉を並べた。

「私は、君を、いっぱい気絶させて……」

「エっ」

「そうしたら、膝枕をして……」

「ちょ」

「起きたら、また倒して……」

「ア、アイズー？」

僕、ティオネさん、ティオナさんが固まり、二の句を継げないでいると──苦しむように一度瞼を閉じたアイズさんは、こちらに向かって身を乗り出した。

「あの『市壁の上』で、君と戦わないといけない気がする」

「──!!」

「君に教えて、私も教わらないと、いけない気がする」

胸の中の想いを絞り出すように。

何も覚えていない夢の欠片を集めるように。

金の憧憬は、答えてくれた。

「誰かと約束して……強くなりたいって……そう、言われた気がする」

その言葉は。

異端児と出会って、好敵手に負けて、朝焼けの空の下で、誰かが口にした想い。

『ベル・クラネル』が確かに、『アイズ・ヴァレンシュタイン』の前で誓った、決意と約束。

あの時、だから僕はまた、走り出した──。

(──嗚呼ぁっ)

膝が崩れ落ちる。

でも、それは絶望への屈服じゃない。

押さえきることのできない、希望の解放だ。

「……！」

両膝を地面につきながら、両手で握った彼女の右手を額に当てて、打ち震えた。

上から息を呑む音がする。周囲で好奇のざわめきが膨らむ。それでも、構わなかった。

目もとを隠した前髪からいくつもの水滴を落として、膝を濡らす。

誓いを交わす姫と騎士なんて、そんな格好のいいものじゃない。

憧れた人の前で、子供のようにみっともなく泣いて——想いを新たにする。

たったそれだけのことだった。

「…………」

「……だい、じょうぶ？」

どれだけそうしていただろう。

震える胸の奥へ必死に嗚咽をとどめ、目を腕で拭った僕は、ゆっくりと立ち上がった。

アイズさんは、戸惑っていた。

もしかしたら、自分がどうしてあんなことを言ったのかも、わからないのかもしれない。

でも、それでもいい。

困惑するティオナさん達に見守られながら、金の瞳を見つめ、この想いを打ち明ける。

「貴方に憧れて……良かった」

まだ涙が乾かない顔で、心から笑った。

「貴方との出会いは、間違いなんかじゃない」

アイズさんが瞠目(どうもく)する。その細い手が胸に添えられる。

最後にもう一度だけ笑った僕は、白熱する意志に身を委ねた。

「行きます」

ただ、それだけを告げて、走り出す。

アイズさん達の隣を抜けて、力強く。

体がぐんぐんと加速していく。多くの人を追い抜き、誰よりも速くなって、流れる景色を視界の両端に置き去りにしていく。

産声(うぶごえ)を上げる時だ。

雄叫(おたけ)びを放つ時だ。

背中で再び燃え上がる聖火(ほのお)と一緒に、憧憬(しょうけい)からもらった『奇跡』を——この『軌跡』を確かめにいく。

勇敢な戦士が待つ『戦いの原野』へ、ひた走る。

——その時、全てを見守っていた妖精が身を翻(ひるがえ)した、そんな気がした。

叩きつける。

かき鳴らす。

この体を斬り裂こうとする長刀（ロンパイア）目掛け、手に握る短剣（バゼラード）をぶつけ、渾身（こんしん）の力を込める。

今も白熱する、ありのままの想いをもって、激する攻防を演じてみせる。

「ふッッ――!!」

激しい火花を散らす僕の斬撃に、刃を交える師匠（マスター）はその目に驚愕を孕（はら）んだ。

西日に照らされる『戦いの野（フォールクヴァング）』。

死せる戦士達の戦場に舞い戻った僕は、再び『殺し合い』の渦中に身を置いていた。

既に何度も大地に手をついた。度重なる攻撃に体は傷付き、倒れ、幾度となく治療師（ヒーラー）達の手を煩（わずら）わせた。それでも、意志だけは折れていない。

死への恐怖ではなく、超克への誓いを薪に変えることで闘志の炎を燃やし、空に届く咆哮（ほうこう）を上げる。

「はあああああああああああああああ!!」

右手に持ったナイフで斬り上げる。左手に持った短剣（バゼラード）で横断の一撃を放つ。

旋風のごとく高速で取り回される長刀（ロンパイア）にその全てを弾き返（かえ）されながら、なおも僕は体を突き動かした。

轟き渡る剣戟(けんげき)の音。どこまでも刃の旋律が響いていく。原野の中で発せられる攻撃と反撃の応酬は、いつの間にか僕達のものだけとなっていた。

辺りで立ちつくす【フレイヤ・ファミリア】の団員はみな手を止め、武器を下ろし、こちらの一戦に視線をそそいで。

治療師(ヒーラー)のヘイズさん達は自身の仕事を忘れて、その目を見張って。

先程まで斬り結んでいたヘグニさんも、一歩離れた場所で、僕達の衝突を凝視する。

意識は目の前の相手だけにそそぎながら、数えきれない眼差しに穿(うが)たれる。

「シッッ！」

鋭い裂帛(れっぱく)の声とともに突き出される長刀(ロンパイア)の一閃。

それを、僕はナイフで側面を叩くことで凌いだ。

軌道がずれた刃に薄皮一枚を切り裂かれ、反撃に転身、速度と手数にものを言わせた『猛攻(ラッシュ)』を敢行する。

そう——何度だって反復し、練習し、『彼女(あのひと)』から盗んだ斬撃を腕の奥から引き出す！

銀、銀、再び銀。攻撃とともに宙へ刻む光の円弧。両手に装備したナイフと短剣(バゼラード)を交互に、そして立て続けに繰り出し、ことごとくを防御されながら、師匠(マスター)の無言の驚倒を浴びる。

第一級冒険者相手に無謀とも思える連続斬りの中に、あの『市壁の鍛練』で得た全てを爆発させた。

覚えてる。

僕は覚えている！

相手の得物を横や斜めから叩いて方向をずらし、受け流す、【剣姫】の技！

少しでもその背中に追いつこうと学び、実戦の中から盗んだアイズさんの斬撃！

第一級冒険者に一々ちらついて見えるとまで言わしめた、あの人との経験と歴史！

憧憬の教えを、この体は忘れてなんかいない!!

（僕は、『美神の眷族のベル・クラネル』なんかじゃない……！）

世界がどんなに『僕』を拒絶しても、全ての神々と人々が『僕』を否定したとしても、心身に染み付いた『技と駆け引き』だけは『僕』を肯定してくれる。

あの【剣姫】との逢瀬も、市壁の鍛錬も現実にあったことで、当時の教えは『ベル・クラネル』に根付いているのだと。

アイズさんの教えだけじゃない。

自分でヴァンさんにも言った『右腕が浮く癖』、あれを指摘して矯正するように助言をくれたのは、他ならない『深層』で苦楽をともにしたリューさんだったじゃないか！

どうしてすぐに気が付かなかった。

どうして彼女達が授(さず)けてくれたものを、自分の力だなんて錯覚していた。

思い違いも甚(はなは)だしい。

弱くて、一人じゃ何もできない『僕』は、沢山の人に助けられてここまでやって来たんだ！

(僕は――『炉神の眷族(ヘスティア・ファミリア)のベル・クラネル』!!)

辿(たど)り着いた答えは一つ。

それを胸に宿して躍動し、自身が歩んできた『軌跡』を引き出しては確かめて、確固たる自分を築き上げていく。今日までの戦いの数々を、全身に反映させる。

怖がるな。怯(おび)えるな。

瞼を閉じて、耳を塞(ふさ)ぎ、自分からも目を逸らすのは終わりだ！

憧憬(しょうけい)達の教えをこの一戦で証明し、僕は『僕』を取り戻す!!

「【永争(えいそう)せよ、不滅の雷兵(らいへい)】！」

凄(すさ)まじい長刀(ロンパイア)の薙(な)ぎ払(はら)いによって吹き飛ばされ、距離を開けられた直後。

師匠(マスター)の口から速攻の超短文詠唱が紡(つむ)がれる。

中距離。魔法の効果を最大限に発揮する遠距離を捨てての一斉掃射。

広範囲殲滅(せんめつ)魔法が容赦なく放たれる。

「【カウルス・ヒルド】！」

それに対する僕の答えは、砲声(ほうせい)。

「【ファイアボルト】！」

白雷の飛沫(しぶき)の中に、八条の緋色の稲妻が喰(く)らいつく。

不死の兵隊のごとく押し寄せる雷弾の全てを打ち消すことなんてできない。

だから、一部でいい。

瞬間的に連射された炎雷の槍が、数発の雷弾と衝突し、相殺する。

僅か一瞬。その僅かに空いた『進路』に、脚を閃(ひらめ)かせ、体をねじ込み、肩と腿(もも)のすれすれを焼かれながら、僕は一斉射撃の雨を突破した。

「‼」

見張られる珊瑚朱色の瞳。次弾の装塡の隙を与えない電光石火。

撃ち出すのは、短剣(バゼラード)による渾身の一突。

その僕の必殺を――白妖精(ホワイト・エルフ)はあっさりと弾き飛ばした。

「っっっ⁉」

ぶれた長刀(ロンパイア)に短剣(バゼラード)が呑まれ、甲高(かんだか)い音とともに宙を舞う。

足りない。膨大な精神力(マインド)をつぎ込み、虚をついてなお、第一級冒険者には一撃を届けることはかなわない。

衝撃によって体が揺らぐ。決定的な隙を晒す。

そんな僕に師匠(マスター)は眦を吊り上げ、壮烈な銀光の一太刀(たち)を繰り出す。

(――――)

頭が純白に染まる。

全身が発火する。

必要なのはたった一つの光景だけ。

時の流れすら置き去りにし、魂が吠え、体に刻まれた『記憶』を喚起した。

『止めの一撃は、油断に最も近い』

彼女の声を借りて蘇る言葉が、僕をその先へと駆り立てる。

(追い込まれたその先がっっ――!!)

回転。

瞠目する師匠が視界から消え、揺らいでは泳ぐ体の勢いに逆らわず、独楽のごとく渦を巻く。

背後すれすれを駆け抜ける長刀。裂かれる背中の皮。それがどうした。記憶にある剣姫の動きをなぞるように、互いの位置を入れ替え、そのままエルフの真後ろへ!

「――一番の好機になるッッ!!」

憧憬の教えを叫び、決して離さなかった右手のナイフを、繰り出した。

「――――――――――っっっ!?」

絶叫を上げる膝をつぎ込んだ、最速の回転斬り。

完全な視界外からの攻撃に――それでも師匠は反応してのけた。

戦慄の息を漏らしながら、超速の反射速度をもって身を翻し、斬撃の範囲外に。

間違いなく僕の全身全霊の一閃は、空を切った。

だっ、だっ、と大地を蹴る二歩の音とともに大きく開く間合い。茜色の空を舞っていた短剣が遅れて落下し、ちょうど彼我の真ん中に突き刺さる。

僕の呼吸はどうしようもなく絶え絶えだった。体も傷だらけで、満身創痍。

対する師匠は息一つ乱れていない。絶望するくらい涼しげな顔で、沈黙を纏っている。

けれど。

夕日を背負う白妖精は……静かに、指で頬を拭った。

「……我が宿敵に、傷を……」

見守っていたヘグニさんの唇から、呟きがこぼれ落ちる。

それを皮切りに他の団員達が騒然となった。

ヘイズさんが信じられないものを目にするように、僕と、師匠を交互に見る。

エルフの美しい相貌には、一つの切り傷が走っていた。

新たな紅い滴が生まれ、白い頰を伝う。

たったそれだけ。たった僅かな傷一つ。

でも、届いた。

今日まで様々なものを積み上げてきた、ベル・クラネルの一撃が。

他の誰でもない、憧憬(しょうけい)の教えを『証明』した僕は、肩で息をしながら、ぎゅっと手を握りしめる。

「……」

血をすくった指を見つめていた師匠(マスター)は、おもむろに顔を上げ、こちらを見た。

僕はそれを受け止め、伝える。

「師匠(マスター)……僕は、僕です」

どう思われようと、何を招こうとも、胸に迫るこの想いを今、叫んだ。

「僕は、ベル・クラネルです!!」

エルフのもとに声が響き渡る。

すぐに原野は静まり返った。誰も言葉を発さない。何を見たか、何を聞いたのか、全てを忘却しながら、現実と幻想の狭間のような時間に揺蕩(たゆた)う。

不意に、斜陽が瞬いた。

黄昏(たそがれ)の光が視界を焼き、僕は一瞬、瞳を細める。

そして、その茜色の光の奥。

今も夕日を背にする師匠(マスター)の唇が、小さな笑みを描いた……そんな風に見えた。

「何を訳のわからないことをほざいている。掠(かす)り傷を負わせた程度で、粋(いき)がるな」

「おぐふぅ!?」

「勝ち誇りたいのなら、せめて私の服を埃で汚してからにしろ」

と、目をこすって瞬きをしていたら、何と目の前に師匠が瞬間移動していた。

お腹に頂戴する見事な蹴り。全てを出しつくした僕は防御も何もできず、奇声を発しながら体をくの字に折り、倒れ伏した。

やっぱりいつもの師匠だった……！

「つけ上がらぬように入念に叩きのめす……と言いたいところだが、日没だ」

戻るぞ。師匠はそう言って、背を向けて歩き出す。

そこで魔法が解けたように、他の団員達もはっと肩を揺り動かした。

ちらちらと僕の方を何度か見やってから、丘の上の館へと足を向ける。こちらを見て押し黙っていたハイズさんも、無言で剣を鞘に収めたヘグニさんも。

赤い薄暮の光に照らされ、戦士達の影が草原の海に伸びる。

最初に目にした時、どうしようもなく哀愁を覚えたその光景が、今は違って見えた。

起き上がるためについた手、その指と指の間。

原野に咲く白の小輪が、強かに揺れ始めた。

茜色の光が窓から差し込む。

夕暮れの日差(ひざ)しが、押し黙る男神(おとこ)の横顔を照らしていた。

「ヘルメス様、いい加減仕事をしてください……どれだけの書類を溜めてるんですか」

「……ん、ああ、すまない」

眷族の一人、虎人(ワータイガー)のファルガーに声をかけられ、ヘルメスはようやく空(から)返事をした。

何枚もの海図や陸路の地図が壁に張り出された旅人の家を彷彿させる室内は、【ヘルメス・ファミリア】の本拠(ホーム)、その神室(しんしつ)である。

椅子に座るヘルメスの目の前、砂時計や盤棋(チェス)の駒(こま)など物で溢れ返っている執務机の上には、ファルガーが持ち運んできた書類の山が歪(いびつ)な山脈を築きつつあった。

「ここのところ立て続けにサボって、本当の本当にヤバイですよ……どうするんですか、これ」

「ヘルメス様〜、頼むからしっかりしてくれよ〜」

げんなりと疲れた顔のファルガーの背後、足で扉を開ける犬人(シアンスロープ)のルルネがひぃひぃ言いながら追加の書類の山を運んできた。

【ヘルメス・ファミリア】は迷宮探索の他にも運び屋や情報屋、更に商会との提携や旅人の援助など、いわゆる『事業』を手広く行っている。そのために諸方面からの契約書や手続きに関する書類が連日のように届き、時には『ギルド』の職員も青ざめるような事務が発生するのだ。

「今はアスフィもいないんだしさぁ〜」

「正確には行方不明だがな……『恩恵』の反応が減ってないんなら無事なんだろうが、本当にどこへ行ったんだ、あいつ」

普段からサボり癖のあるヘルメスではあるが、今回は輪をかけて作業が滞っていた。

ひとえに、文句を言いながらいつも書類を片付けてしまう有能な団長が不在のせいである。

自分達が手伝っても増えていく書類の山に嘆きながら、ルルネとファルガーはアスフィの偉大さを再認識していた。

「今年は薪(まき)の配給なんて任せられてるしさー。……ギルドも何でいつもみたいに【ガネーシャ・ファミリア】に任せないかな～」

手頃(てごろ)な椅子にへたり込み、ルルネが愚痴をこぼす。

それを聞き流しながら、ヘルメスは両手の指を組み、自問した。

（――あれ、オレ、『環(ループ)』してね？）

ふざけた問いを、すこぶる真剣な顔付きで、冷や汗を湛(たた)えながら投げかけた。

（いつからだ？　いつから、日常だと思っていた筈(はず)の日々が、『異常』に変わっていた？）

ヘルメスは、気付いてしまった。

とある『魅力(まりょく)』によって捻じ曲げられていながら、今、自分達が送っている日常は何かが致命的にズレた『非日常』である可能性が高いと。

オラリオに居を置く人々、冒険者、神々、誰も気付けない中、彼だけは『真実』に近付いていた。

(根拠はある。日常の陰に些細な『歪』――具体的には『以前の神』と『半年前からの神』の間とで食い違いが発生している……!)

それは道化の神や鍛冶神でもなく、都市外へ頻繁に『旅』に出るヘルメスだからこそ、気付けた事柄だった。

(使者の神が旅にも出ず、一箇所にとどまり続けるなんてありえない。それがこの半年間、いや四ヶ月の間、途切れてしまっている……)

(オレの旅が途切れた理由は、恐らくはオレを縫い付ける何かがこの都市にあったから。では、その何かとは?)

(――それがわからない。思い出せないのではなく、認知できない)

思考を連続させるヘルメスは、息を呑んだ。

客観的、外部的な要素があって初めてヘルメスも観測できる不自然の事象。

まるで制限がかかっているように、認知そのものができない。

(何より決定的だったのは、オレのもとへ届いたこの手紙……)

右側の机の引き出しを開けて、一通の手紙を手に取る。

差出人の名前も居所も載っていないそれを、震えながら凝視した。

『定期報告マダァー？』

自分のもとへ届いたその絵文字付き(イラスト)の催促(メッセージ)を初めて目にした時、ヘルメスはイラッとするより先に、衝撃に撃ち抜かれた。

──オレが好々爺(ゼウス)への連絡を怠(おこた)っていた？

それはヘルメスが定期的に行っている事柄だった。

今はこの都市にいない、とある一柱の大神(たいしん)に、ヘルメスは連絡(コンタクト)を取っている。誰にもバレないように、時には直接赴いて。それは使者の神であるヘルメスの仕事であり、彼(か)の大神(たいしん)との腐(くさ)れ縁(えん)でもあった。誰にも知られていないヘルメス達だけの秘(ひ)め事でもある。

それを、ヘルメスは三ヶ月以上も怠っていた。

いや、ヘルメスが怠ったとは考えにくい。

自分でも解明できず、憶測に過ぎないが、連絡(コンタクト)を取る暇がなかったと捉(とら)えるべきだ。

それこそ半年前を端緒として『激動の三ヶ月』が巻き起こったせいで。

如才ない使者の神の連絡が途絶えるなど、それしか考えられない。

（問題は『激動の三ヶ月』などオレの記憶はおろか都市の記録にも残っていないこと。記録の方は改竄(かいざん)されたで無理矢理だが説明はつく。ではオレの記憶は？　──気付かないうちに弄(いじく)られたとしか考えられない）

『激動の三ヶ月』――本来あった『異端児』の事件、人造迷宮の処理、そしてそれにまつわる大量の後始末を思い出すことができない。それらはとある少年が関わった事件の軌跡だと認知できない。

自覚と無自覚の境界で発生している事象の乖離が、神をして『矛盾』に気付かせてしまった。

(そしてオレは、おそらく……この思考の環を繰り返している、い、い、い、い、い、い!!)

ヘルメスの机の上には、覚書用の羊皮紙が留針で刺されて束になっている。

それが、何十枚も破り捨てられ、ごっそり減っている。

数にして七十七枚分。

蠟燭の周りにはしっかり羊皮紙の燃え滓が残り、焼却した跡があった。

勿論ヘルメスはこんなことをした覚えはない。ファルガー達にも尋ねても主神の持ち物に手を出したりしないの一点張りで、誰も嘘を言っていなかった。

ならば破り捨てた犯人は――自分自身しかありえない。

へ、へ、へ、へ、へ、へ、へ、

ヘルメス自身が処分したのだ。

何事かを必死に書き連ね、それを自ら処分する奇行。それが意味するところは――

(便宜上『前のオレ』と呼称するが――『前のオレ』も今、感じている『違和感』に気付いた。そして手がかりを残すために覚書を残そうとして――『規律』に抵触した。そして『前のオレ』は意識を失い、自ら処分した……!)

それは飛躍した想像であり、『神の確信』でもあった。

何か『条件』があり、それに抵触した瞬間、ヘルメスは全てを忘れ、痕跡を自ら消し去り、思考に消去（リセット）をかけている。

そして思考を消去（リセット）し、『違和感』を覚えて思考の環（ループ）を発生させている回数が、最低でも七十七回。

そう仮定した瞬間、ヘルメスは薄ら寒いものを覚えた。

（そんなことをオレ達、神々にも悟らせず、誰にも気付かせないでいるなんて……！）

神を『操り人形（あやつりにんぎょう）』に変えているという事実に唇を歪めるヘルメスは、ファルガー達に目を向けた。

「なぁファルガー、『三日前のオレ』はお前に伝言を頼んだんだよな？」

「……またその話ですか、ヘルメス様？　何回このやり取りを繰り返すんです？　もう何日も前からやってますよ」

「まぁまぁ、神の娯楽ってやつさ。……それで、『オレ』はお前に何を伝えていた？」

「はぁ……『環（ループ）』、『消去（リセット）』、『オレだけじゃない』。『次はルルネ』。このわけのわからない言葉ですよ」

溜息（ためいき）交じりのファルガーの話を聞いて、ヘルメスは口を噤み、再び深思に沈む。

恐らく、『前のヘルメス』はどこかで自らが覚書（メモ）を抹消していることに気付き、筆記ではダメだと『手法』を変えた。それが『眷族への伝言』。

（恐らくはファルガー達もオレと同様、捻じ曲げられている……だがオレの『伝言ゲーム』を覚え、かつ現状に疑問を覚えていないのは、規律に抵触していないから）

最初はファルガー、次はルルネ、その次はメリル……『前のヘルメス』は眷族たちの思考の消去を危ぶみ、決して一人には情報を託さず、断片的な言葉を与えた。その言葉だけでは決して何にもわからないように。『暇を持て余した神々の遊び』だとふざけ半分に伝えて。

そして全ての情報を繫ぎ合わせると──

（思考の『環』、『消去』、そしてそれは『オレだけじゃない』。『世界』が『捻じ曲がっている』。『強烈な強制』、『誰も覚えていない』。『特定の情報』の『認知の未達成』、あるいは『誤認』……）

ヘルメスはぞっとした。

この情報を保険として遺し、『次のヘルメス』に託すため一体どれだけの俺が死んだのだろうと。それと同時にこの捻じ曲がった世界のルールを暴きつつある俺達に喝采を送りたくなった。そう、涙ぐましい努力と自己献身に空笑いを浮かべたくなるほど。

（オレがこんなことを考えられる時点で判明しているのは、今の状況は思考と言動を束縛するものではない。──ただし『前の俺達』の情報通り、絶対的な規律が存在する。それに抵触するとオレは直ちに記憶を失い、誤認を繰り返す……！）

ヘルメスは腐っても神だった。

強烈な『魅力（まりょく）』に侵されておきながら、ここまで真実に辿り着ける彼は、客観（たにん）はおろか主観（じぶん）さえも完全には信用しない抜け目のない超越存在（デウスデア）だった。

（おそらく『違和感』まではセーフ。だが『疑念』に至った瞬間にアウト。降り積もる『違和感』をこの世界の破壊要素に変えた時、誰もが……少なくともオラリオにいる者は、無自覚の『人形』に堕ちる。そこから更に延長して、この状況を生み出した『黒幕』について探るのも十中八九禁忌（タブー）のはず）

神は全知。事態の予想はできるが、その先を考えてはいけない。

『違和感』を『疑念』に昇華させてはいけない。

下界の住人――『人』には決してできない『感情の抑制』を行い、まさに神懸かり的に『思考の細分化』を施し、『予測の飛躍』にくれぐれも気をつける。

いつ自分が強制力の人形になるのではと心底ヒヤヒヤしながら、ヘルメスは僅かに更新した情報を団員のセインに預けた。また遊んでる、とものすごく嫌そうな目を向けられながら。

（ていうか神まで捻じ曲げるこんな芸当、『神の力（アルカナム）』も使わずできるとしたら、それはヤバイ神酒（さけ）か、それか『美の神（あのかた）』くらいしか――あ、ヤバ）

そしてヘルメスは、通算233回目の認識改訂（リセット）を迎えた。

それからまた一日をかけて、ヘルメスは思考を『環（ループ）』させる。

同じ流れ、及び手順で――『前のヘルメス達』の手がかりのおかげもあって最初期より速やかに――『世界の違和感』に気付き、再び不毛な伝言ゲームに付き合わされたファルガー達にはとうとう呆れ果てられた。屈辱であった。

堪らずヘルメスは護衛もつけず、一人で本拠を抜け出した。

「おいおい、オレはヘルメスだぜ……？　いつも飄々として決める時はビシィと決めるトリックスター&クールガイ……そんなオレがこんな苦労人のような姿を晒すなんて……まるでタケミカヅチやアスフィみたいじゃないか……」

さらりと武神と眷族に失礼なことをのたまいながら、ヘルメスは嘆息をする。

無性にタケミカヅチ辺りに八つ当たりしたい気持ちに襲われたが、止めた。武神を本気にさせたら投げ飛ばされるのは優男のヘルメスの方だ。

時間帯は奇しくも昨日と同じ夕暮れ。西日に照らされる大通りは平和そのもので、街の住人やダンジョン帰りの冒険者でごった返している。

（……仮に、この現状を『箱庭』と呼称するとしよう。思考是正の条件から推察するに、この『箱庭』を生み出した黒幕はこの世界の安寧を望んでいる）

期限付きか、あるいは永遠に続くのかは不明。

だが、全ての存在を操り人形に変え、下界を陵辱するつもりはない。ヘルメス達に自由意思を残していることがそれを証明している。

（オラリオを変わらぬ『英雄の都』として存在させている……こんな回りくどいことをするのは、恐らく捻じ曲げられない一つの存在のために世界そのものを捻じ曲げるしかなかったから。これは一人の少年のために用意された楽園であり、牢獄でもある。それがこの『箱庭』の本質）

そして、この『箱庭』を打開する糸口を思い付いた瞬間、思考は消去される。

ダメだ、八方塞がりだ、と。

『箱庭』の輪郭は予想できても、実質的な規律や核心を解明できない以上、打開の手立てはない。ヘルメスはそう断定してしまった。

決して抜け出せない思考ゲーム。ヘルメスはもうとっくのとうに敗北を突きつけられている。この状況に陥っている時点で自分にできることはなく、状況を打破することはできない。

所詮、意味のない無駄なあがきなのだ。

（『方針』が欲しい。余計なことを考えず、ただ従うための『外部からの方針』が）

だから、今のヘルメスにできることがあるとすれば、それは――まだ王手をかけられてなお、あがき続けている誰かの手助けを、盤外で行うことくらいだ。

現状のヘルメスが自発的に行動を起こすことはできない。

自ら何事かを企んだ瞬間、高確率で規律に抵触する。

よって『外部』だ。

外からの働きかけに疑問を覚えず、日常を逸脱しない範囲で不自然ではない『誰かの方針』

に、身を委ねるしかない。

この思考自体、既にギリギリの境界だと自覚しながら、ヘルメスは帽子を脱いだ。

「頼むぜ、『最初のオレ』……調停者なら、『切り札』を用紙している筈だろう……?」

帽子の縁に隠されているのは『破かれた巻物の一部』だった。

中途半端に『一部千切られた跡のある紙片』である。

それは『好々爺の催促』と並んで、ヘルメスが『違和感』を覚える切っ掛けにして引鉄でもあった。一見ただの紙屑にしか見えないソレを調停者が帽子に隠すことの意味。ヘルメスはそれに気付き、過去の自分の行動を振り返り始める。

これだけでは意味のない紙片を、『人形』に堕ちるヘルメスも廃棄しようとはしなかった。

恐らくは敗北をかけられる前の『最初のヘルメス』が、何かを書き殴った。

そしてそれを誰かに託した。

予測と願望が入り乱れるその希望的観測に、ヘルメスはもはや縋るより他ない。

(旅に出ていないこと以外で、いつもとは異なる要素……アスフィがいない。なら、『鍵』はアスフィか……?)

全知零能の神でありながら、ここまで不確かな情報でしか動けない自分自身にほとほと失望して、周囲に目を走らせる。

夕暮れのメインストリート。賑やかな雑踏。

怪しい影はない。そもそも誰が怪しいのかもわからない。

自分が監視されているとは思いたくないが、『この箱庭に違和感を抱いている』と他者に決して気取られてはならない。

同時に、『鍵』を握っているだろうアスフィに、今の自分はもう『箱庭に違和感を抱いている』と証明しなくてはならない。でなければ、彼女は接触してこないだろう。

酷い相反。厄介な頭痛を抱えながら、ヘルメスは通りの真ん中で立ち止まった。

アスフィは自分を見ているのか。側にいるのか。可能性は低い。だが、やるしかない。

茜色に染まった上空を仰ぎ、瞳を細める。

そして、言った。


「アスフィ……愛してるぜ」


決して大きくない声で、呟いた。

「だから……帰ってきてくれ」

通りのド真ん中で立ち止まる自分のもとに集まる怪訝な視線。

呟きを拾ってしまった獣人達が耳を疑ってこちらを一瞥する。

『普段の自分なら絶対に絶対に絶対に取らない言動』。

他者に気取られず、アスフィに今の自分を伝えるには、もうこれしかないとヘルメスは結論した。傍から見れば自己陶酔も若干入ったイタイ男だが、もうどうにでもなぁーれ。

だからヘルメスは真摯に、偽らず、絶対に明かさない胸の内の一部を吐露した。

反応がなければ、また別の場所で愛の言葉を囁く。

眷族への神愛を謳い続ける。

こうなれば、とことんやってやる。

もはや自棄になりながらヘルメスは異なるメインストリートへ向かおうとして、

『──北の通り、ジャガ丸くんの屋台』

「!!」

『見えない誰か』がすれ違う気配とともに、そんな囁きを耳もとに落とされた。

雑踏に紛れる単なる声。誰かに聞かれていたとしても取るに足らない情報の断片。

目を見開くヘルメスは咄嗟に振り返ろうとして、踏みとどまった。

振り向いても今の彼女は『透明』のまま。会うことはできない。ならば唇に笑みを浮かべるにとどめ、指定された『目的地』に足を向ける。

──ありがとう、アスフィ。

──あと愛してるのは嘘じゃないぜ？

胸の中で、そんなことを呟きながら。

『もう……最低』

そして、足を進める傍ら、そんな呟きが聞こえた気がした。

『早くもとに戻ってください……しょうがない主神』

耳まで真っ赤に染めて、涙目で睨んでいる、そんな彼女の顔が思い浮かんでしまい、ヘルメスは頬を緩めた。

「あっ、ヘルメス！　いいところに！　頼むからジャガ丸くんを買っていってくれ〜！」

目的地に辿り着くと、賑やかな声がヘルメスを出迎えた。

バイトの制服に身を包んだヘスティアが、相変わらずでかい胸を揺らし、ヒィヒィと働いているところだった。

「諸事情でバイトをサボり過ぎてこのザマさ！　売上ノルマを達成しないとクビになる〜！」

「ははっ、よくわからないが頑張ってくれ。一度職を失うと社会復帰には時間がかかるからな〜。どれ、同郷のよしみで一つ買おうか？」

「じゃあコレっっ！　ハイパーウルトラジャンボ・ジャガ丸くんデラックス！　通常のジャガ丸くんの百倍の値段だが、ボクを助けると思って！　買いたまえ、買ってくださいっ、買うんだぁぁぁぁぁ！」

「お、おう……」

血走った瞳で、黄金の衣を纏ったジャガ丸くんを差し出され、ヘルメスは咄嗟に受け取った。とても演技には見えない疲労困憊の姿に普通に引きながら、通常の百倍価格のヴァリス金貨を支払う（ちなみに三〇〇〇ヴァリス）。ヘスティアに別れを告げ、拳5つ分はありそうなソレを食べ歩き、四苦八苦しながら完食して——薄暗い路地裏に身を滑り込ませる。

壁に背をつけながら、手もとに残った包装紙——ビッグサイズ故に何枚も巻かれたそれを剝がしていく。衣の油にまみれた紙の奥に現れるのは——『破かれた巻物の一部』。

ヘルメスは口角を吊り上げ、それに目を通した。

『オラリオを【竈】に変えろ』

見間違える筈のない自分自身の筆跡。

敗れた『最初のヘルメス』が、自分達に残した起死回生の『方針』。

「そうそう、やっぱりオレはこういう神像じゃなきゃ」

抜け目のない詐欺師の面影を纏い直し、足早に歩み出す。

紙は二枚あった。

一枚目は『最初のヘルメス』が処女神に託したであろう自分宛ての手紙。

そして二枚目は、『竈』のための『材料』の在り所。

思考はもう停止だ。何も考えなくていい。規律（ルール）に抵触しないように、ただの仕事神（しごとにん）になる。

「やってやるぜ、『竈（かまど）作り』」

【万能者（ペルセウス）】が原野の戦いの変化に気付いた三日後——そして少年が妖精に一撃を到達させる、三日前の出来事だった。

月が雲をかき消し、夜空を蒼（あお）く晴らす。

空気は凛冽（りんれつ）とし、けれど今までにないほどに、澄み渡っていた。

僕の胸の中と一緒だ。

窓辺の椅子に腰かけながら、そんな風に気取った詩人のようなことを思う。

心を覆っていた靄（もや）は完全に消え、決して迷うことはない。

僕はもう『炉神の眷族（ヘスティア・ファミリア）の僕』を疑うことはなかった。

憧憬（しょうけい）への想いが全身に満ちて、高揚感すらある。

「でも……これからどうする……？」

はむ、はむ、と部屋に置かれていた迷宮探索道具一式（ダンジョン・セット）——小鞄（ポーチ）の中にあった携行食を口にしながら、眉間に皺（しわ）を溜める。

つい一時間ほど前、夕方の戦いを終えた僕は『特大広間（セスルームニル）』での晩食を断り、もう二週間以上も使っているこの部屋に直行した。今日は頑張り過ぎてしまって体調が悪い、なんて嘘をついてしまったけど、話を聞いた師匠（マスター）は「愚図が」と言って許してくれた。……本当に許してくれたのかな？

と、とにかく、いつも通りなら、『特大広間（セスルームニル）』の晩食の後にフレイヤ様の神室（しんしつ）へ向かう。

それを回避するために、今は少しでも方策を練る時間が欲しかった。

「今、フレイヤ様と会ったら……絶対にバレる。僕がもう自分を疑（うたが）ってないことを」

神の前で子供は嘘をつけない。必ず僕の状態は見抜かれるだろう。

そして『ベル・クラネルが美神の眷族（フレイヤ・ファミリア）じゃないことを確信している』と知った時、フレイヤ様が何をするのか皆目見当がつかなかった。けれど、少なくとも事態が好転することだけはない筈だ。

そもそも、今の状況はどういうことなんだろう？

僕がいくら自分を肯定しても、世界にとって僕は依然『美神の眷族（フレイヤ・ファミリア）のベル・クラネル』であり、アイズさん達も『炉神の眷族（ヘスティア・ファミリア）のベル・クラネル』を思い出したわけじゃない。

「オラリオがこんな風におかしくなった原因は…………フレイヤ様？」

……『魅了』の力がこの『箱庭（セカイ）』を作り出した？

とても信じられないけれど、今は他に思い当たる節がない。それと同時にこんな芸当は神様にしかできないとも思う。

そしてこの予感が正しいのなら、やはり『神』という存在は僕達下界の住人の想像を絶する。

個人ではなく世界そのものを変えてのけるなんて。

人智を越えた業に、僕は身震いしてしまった。

「これがフレイヤ様の仕業だとして……じゃあ、どうしてフレイヤ様はこんなことを……」

まさか僕を美神の眷族に加えるために？　でもそれなら何故僕を他の人と同じように『魅了』しなかった？　何か不都合があった？　それとも条件が？

……駄目だ、わからない。

そもそも雲の上の女神様の神意を理解しきるなんて一介の下界の住人にできる筈がない。

僕はひとまず、フレイヤ様への疑問を思考の脇に置いた。

（考えないといけないのは、この後の身の振り方……一体なにが正解なんだ？）

フレイヤ様には会えない。僕自身、今になってどんな顔をすればいいのかわからない。

それに女神様に接触するしない以前に、今日の吹っ切れた一戦を目にして、僕に違和感を抱いている人はいると思う。ヘグニさんや、ヘイズさんとか。師匠は……よくわからないけど。

バレないようにアイズさん達の『技』を確かめられれば良かったんだろうけど、第一級冒険者にそんなふざけた真似は無理だって言い訳をしたいのと、後は取り戻した憧憬の想いによってすっかり気分高揚になっていた。

もしここにリリがいたら口酸っぱく説教されていただろう。

ヴェルフも、命(ミコト)さんも、春姫(ハルヒメ)さんも苦笑して、そんな僕達を神様が見守って……

「……神様、みんな……」

窓の外を見上げながら、本当の家族(ファミリア)のことを想う。

【フレイヤ・ファミリア】での日々はつらくて、苦しくて、けれど決してそれだけではなかった。救われた瞬間も確かにあって、不思議な絆(きずな)と温(ぬく)もりを感じてた。それでも、やっぱり……

僕の居場所はここじゃない。

顔を痛いくらいに両手で叩いて、感傷じみたものを拭う。

とにかく僕に時間がないことは確かだ。

もしかしたら今頃(いまごろ)、ヘグニさん達が僕の様子をフレイヤ様に報告しているかもしれない。

いっそ逃げ出す？　けれど逃げ出したところでどうする？

よしんば都市最大派閥(フレイヤ・ファミリア)の手から逃れ『戦いの野(フォールクヴァング)』を脱出できたとしても、世界はおかしくなったまま。今の状況を正さないことには、僕に帰る場所はない。

ごくんっと喉を鳴らし、携行食を全て食べ終え、栄養補給を済ませる。

体にも頭にも十分に血が回っていく感覚を覚えながら、必死に思考を回していると——ふと思い立った。

「シルさんは……？　この世界が嘘だっていうなら、シルさんは、今どこに……」

クロエさん達はシルさんのことを覚えていなかった。

けれど、あの人は確かにいた。僕はそれを知っている。

【フレイヤ・ファミリア】にも、シルさんはいないことになっていた。

齟齬ではなく消失。集束する疑念。直感が声を上げる。

存在がなかったことになっている彼女が、何か『鍵』を握っているような気がした。

なら僕のやることは、シルさんを探し……見つけ出すこと？

「リューさんがいないっていうのも、ここまで来たら怪しい……！　あの二人を探し出せれば……！」

自分のやるべきことを明確に打ち出した僕は、勢いよく立ち上がった。

そして覚悟を決めて動き出そうとした、その時。

まるで僕に同調し、反旗を翻すように──『轟音』が発生する。

「なっ⁉」

更に館を揺らす大きな震動。

咄嗟に衝撃を堪えて、唖然とする。動くと決めたけど、僕はまだ何もやっちゃいない！

慌てて窓を開けて、館とその周囲を確認する。

すわ襲撃かと危惧する僕の視界に映ったのは、館の一階部分からもうもうと吐き出される煙と粉塵、そしてきらきらと輝く『魔力』の残滓だった。

「ベル!!　ベルっ、いますか!?」

「……!　は、はいっ!」

激しく部屋の扉を叩く音とともに、すっかり聞き慣れた治療師(ヒーラー)の声が響く。

僕は一瞬判断に迷った後、今は素直に応じることにした。

「良かった、ここにいて……!　部屋からは一歩も出ていませんね!?」

ドアを開ければ、そこに立っていたのは、やはりヘイズさんだった。

男女の団員を従え、今まで見たことないほど血相を変えていた彼女は、僕を見るなりあからさまに安堵した。

「ずっとここにいましたけど……一体何があったんですか!?　今もすごい音が……!」

尋ねられた内容を怪訝に思いつつ、僕も問い返した。

部屋の外、いや館内からは時折、まさに刃を打ち合うような甲高い音が聞こえてくる。

「……『賊』です。何者かが一人で、この神聖な『戦いの野(フォールクヴァング)』に侵入しました」

一度押し黙ったヘイズさんから返ってきた答えに。

僕はぴしりと動きを止めた後、状況も忘れて、素っ頓狂な声を上げてしまった。

「ぞ、賊ぅ!?　たった一人で、【フレイヤ・ファミリア】に!?」

冴(さ)え冴えとした斬撃が迫りくる。

一目見ただけで優れた力量が窺(うかが)える剣筋に、リューは、汗を散らしながら己の小太刀を叩きつけた。

「っぐぅ⁉」

「はぁっ！」

かち上げられる格好で長剣が弾かれ、体勢が泳いだ獣人に、鋭い蹴りを放つ。

壁に叩きつけられる相手を最後まで見届けず、背を向けて走った。直後に轟くのは「発見しました！」「必ず捕えろ‼」という増援の怒号だ。

宮殿と見紛う巨大な屋敷の一階部分。そこでリューはただ一人、逃走していた。

都市最大派閥(フレイヤ・ファミリア)という、考えうる上で最悪の追手から。

「やはり、ここは『戦いの野(フォールクヴァング)』……！【フレイヤ・ファミリア】の本拠(ホーム)！」

全力で走りながら状況確認に努めるリューの肌に、玉のような汗が絶えず浮かぶ。

どことも知れない『地下室』でリューが目を覚ましたのは、もう一週間も前になる。娘(シル)――いや女神(フレイヤ)の前で意識を失い、連れ去られたであろうことから予想はついていたが、焦燥がつきない。ここはダンジョンを除き、迷宮都市(オラリオ)でも最も『物騒』といって過言ではない場所だ。

「せぁあッ！」

「くっ⁉」

広大な回廊に出た途端、上階から飛び降りてきたヒューマンに斬りかかられる。

咄嗟に防いで足が鈍った瞬間、すかさず他の団員が容赦のない攻撃を見舞ってきた。リューが全力で対処しなければならない速度と鋭さで。

——敵の全てが強い！

単純でありながら、感想はそれにつきる。

ここは都市最大派閥の根城。一人として弱い者などおらず、今も斬り結ぶ相手ですら第二級冒険者の中堅に匹敵する。個々人の『練度』が果てしない。牢を脱走したばかりだというのに、あっという間に捕捉され、こうして窮地に陥っているのがいい証拠だった。下級冒険者ですら己の分を弁え、『魔法』や狙撃に徹して足止めしてくる。『技』を駆使しなければならず、先程など『魔法』の発動まで余儀なくされ、敵に自分の位置を報せてしまった。

幸いなのは館内が未だ混乱状態にあり、連携がそこまで機能していないことだが、猛獣達の檻に放り込まれている状況は変わらない。自分と同じLv．4と思しき女性の槍使いと激しい攻撃の応酬を交え、服を薄く裂かれては、槍の柄を切断する。

「同胞っ、いや【疾風】！　貴様、どうやって地下から出た⁉」

動揺が孕む相手方の激した語気に——リューは数分前の記憶を喚起された。

衣食住に困ることのない、『牢』とも呼べない地下室。

けれど能力下降(ステータス・ダウン)及び魔法封じの『呪詛(カース)』が込められた『枷(かせ)』を嵌(は)められ、脱出は許されなかった。

焦りばかりが募(つの)って何もできない、そんなリューのもとに、『彼女』は現れた。

『出なさい』

常に扉を見張っていた上級冒険者達をどうやって昏倒(こんとう)させたのか、部屋に入ってきた『彼女』は、驚くリューに得物の小太刀《双葉》、そして枷の鍵を放って、告げた。

『貴方を解放する条件は、この後できるだけ、館の東側で騒ぎを起こすこと』

私が移動している間に、と。

距離を置き、真意が窺えない目で淡々と要求する『彼女』を、リューは警戒した。

どういうつもりだ、何を考えている、従えるものか。

そう言って睨み返し、反抗の意志を突きつけると、『彼女』は最後に、言ったのだ。

『──お願い、リュー』

その言葉と口調、眼差しは、リューの胸を揺らした。

顔も声も似ていないにもかかわらず、とある『娘(むすめ)』を彷彿とさせた。

呆然とするリューを置いて、『彼女』は去った。

そして沈黙していたリューは鍵を手に取り、枷を外して、こうして戦っている。

(自分でも理解できない。なぜ真意もわからない人物の言いなりになっているのか。だが、あの『言葉』と『眼差し』は——）

小太刀を摑む手にぎゅっと力を込め、リューは眉を吊り上げた。

瞠目するエルフの槍使いの攻撃を打ち払い、唇の上で囁くように紡いでいた『呪文』を、一気に終わらせる。

「【星屑の光を宿し敵を討て】——【ルミノス・ウィンド】！」

『並行詠唱』を経て放たれた砲撃が、集結しつつあった増援を吹き飛ばし、二度目の爆発と衝撃をもたらした。

◆

「本拠で爆発⁉」

バベル地下一階。

ダンジョンの1階層に繋がる大広間にて、『遠征』から帰還する【ロキ・ファミリア】を待ち伏せていたアレンは、団員の伝令を聞くなり激しい剣幕を浮かべた。

「どういうことだ？　あの猪とエルフどもは何をしてやがる！」

「そ、それがっ……どうやら外からの襲撃ではなく、内部から『魔法』が炸裂したようで……！」

剣呑(けんのん)な語気に怯えつつ、本拠(ホーム)の騒動を察知した団員は声をひそめ、私見を述べた。

要は何もわかっていないということにアレンが舌を弾く中、場に居合わせる小人族(パルゥム)の四つ子が言葉を並べる。

「原野の戦いはとっくのとうに終わっている」

「女神の耳を煩わせてまで『魔法』を誤爆する間抜けは、我が【ファミリア】にはいない」

「となると、やはり別勢力の仕業」

「まさか……地下に捕えていた【疾風】か？」

以心伝心とともに導き出されるアルフリッグ達の推測に、アレンの目が鋭く細められる。

「ア、アレン様！　アルフリッグ様っ！」

間を置かず駆け寄ってくるのは半小人族(ハーフ・パルゥム)のヴァンだった。

思考を回転させるアレンは、うるせえ、後にしろ、とにべもなく一蹴しようとしたが、

「あの方っ……いや奴(ヤツ)がいつの間にか、姿を消しています！」

その報告を聞いて、目の色を変えた。

「……あの女、本当に殺しておくんだったぜ」

今度こそ殺気に満ちる猫人(キャットピープル)に、ヴァンも、他の団員達も息を呑み、気圧される。

「どうする、アレン」

「決まってる。聞くんじゃねえ、間抜け」

現場の指揮を担う副団長に一応の意見を仰ぐアルフリッグに、アレンは吐き捨てた。

「引き返すぞ」


「【フレイヤ・ファミリア】の本拠(ホーム)で騒動?」

アイシャは怪訝(けげん)な顔をした。

酔客で賑わう大通りから離れた一角、都市東の『ダイダロス通り』付近で、足を止める。

「ああ。繁華街にいたセイン達が聞きつけたらしい。四壁(かべ)の中で戦ってるような音が今も響いてるって、メリルが報せに来た」

「どういうことだい? 連中が殺し合ってるのは日没までだろう? 他派閥といざこざでも起こしてるっていうのか?」

「全くわからん。だが、このまま無視するわけにも……」

【ヘルメス・ファミリア】の同僚、虎人(ワータイガー)のファルガーも困ったように眉を曲げた。

良くも悪くも『都市最大派閥』の名は重い。本拠(ホーム)内で異変があれば他派閥はすわ何かあったのか、と緊張するのが常だ。中立を標榜して情報収集に余念がない【ヘルメス・ファミリア】ならば尚更(なおさら)である。

ファルガーの話を聞いて、女神祭から全てを忘れている筈のアマゾネスは、何か引っかかった顔を浮かべた。

「どうせ今日は夜まで殺し合いを続けてるとか、そんなオチだろう？　それよりも、早くこの薪配りを終わらせようぜ～」

アイシャとファルガーの会話に、まともに取り合わないのはルルネだ。

犬人(シアンスロープ)の少女は薪の束を抱えながら、器用に肩をすくめ、一軒の民家の戸を叩いた。

「【ヘルメス・ファミリア】だけど～。ギルドに頼まれて、薪、持ってきたぜ～」

「ああ、ありがとう！　もう冬かっていうくらい寒くって、助かったわ」

「あーはいはい。それじゃあ、上がらせてもらうぜ」

「えっ？　ちょ、ちょっと？」

出迎えた主婦(ヒューマン)の脇を通り、ずかずかと家の中に上がり込んだルルネは、備え付けの暖炉の前に屈(かが)んだ。

「しっかり『火』を点(つ)けて帰ってこいって、主神様の仰せでね」

てきぱきと薪を組み、火打ち石であっさり点火したかと思うと、炉を炎で満たす。

鮮やかな手並みに家主の夫婦とその娘は喜んだ。お礼に夕餉(ゆうげ)を食べていかないかと魅力的な提案をされるが、ルルネはぐっと我慢し、「まだ仕事があるから～」と疲れた声で辞退した。

「はぁ～。この『ぽらんてぃあ』ってやつ、あと何十件分やるんだよ……確かに今夜は冷え込んでるけどさ～」

「私が聞きたいくらいさ。ったく、【ヘルメス・ファミリア】はこんなあからさまな点数稼ぎもするのかい？」

「いや、普段はしない筈なんだが……」

暖房の魔石製品は高価で、オラリオでは暖炉で冬を凌ぐ民家が大半である。が、だからといって『社会活動』などとのたまい、配布先の家々が載った地図と大量の薪を押し付けてきた主神の所業はいかがなものか。他の団員も総出で参加させられており、ルルネもアイシャも辟易した声を出す。同じく肩に薪を担ぐ副団長のファルガーは首を頻りにひねっていた。

「それに……な～んか、この薪、『血』の匂いがするんだよなぁ……」

持っている薪を持ち上げ、ルルネが獣人の鼻をくんくんと鳴らす。

「誰かを殴り殺した薪を使ってるとでも言うつもりかい？」

「馬鹿なことを言ってないで、次へ行くぞ。日付けが変わる前に終わらせろとヘルメス様から厳命されてるからな」

「あ、待ってくれよ～」

呆れるアイシャとファルガーの後を、ルルネが慌てて追う。

【ヘルメス・ファミリア】の手で次々に薪が配られ、火が灯る。

誰にも気付かれることなく、『炉の炎』が都市に満ちていく。

ドンッ!!　と。

再び館を襲う衝撃に、咄嗟に壁に手をつく。

「うっっ……!?　ま、また……！」

踏ん張りきれなかったヘイズさんが胸の中に飛び込んできて「ぐふぅ!?」と頭突きをかまされる中、僕は咳き込みながら彼女を引き剝がし、問いただした。

「何だかとんでもないことになってますけどっ、大丈夫なんですか!?」

「そ、それは……！」

「一人の賊に侵入されたにしてはタダ事じゃないっていうか、一大事のようなっっ――」

「――あぁもぅ！　私だっていきなりワケワカメなことになってわかってないんですぅー！　こっちが説明してもらいたいくらいなんですからぁ！」

額をさすりながら顔を赤くしていたヘイズさんが、両手を振り上げて怒る。

身長は僕の方がちょっと高いにもかかわらず、その形相に「す、すいません」と反射的に謝ってしまった。

「ベル、貴方は絶対にこの部屋から出ないでください！」

「えっ……で、でも！」

「フレイヤ様のお気に入りである貴方に何かあったら、私が大目玉を食らうんです！　私を助けると思って大人しくしていてください！　いいですね⁉　護衛も置いていきますから！」

有無を言わさず、ヘイズさんは部屋を出ていってしまった。

彼女の言葉通り、すっかり顔馴染み(かおなじ)となった男女の先輩団員が入れ替わりに入ってくる。

「ベル、ヘイズの言うことを聞きなさい？　過保護だっていうのはわかるけど、あの子も何だかんだ貴方のことを気に入っているんだから」

「それに、お前にかけられた呪詛(カース)の件もあるしな。この襲撃も無関係じゃないかもしれん」

「は、はい……」

レミリアさんとラスクさん。ヴァンさんと一緒によく声をかけてくれた人達だ。

口では優しく言ってるけど……この視線、僕を見張ってる？

こちらを警戒して、いや違う、もしかして僕と『侵入者』を接触させたくない？

だとすれば部屋を真っ先に訪ねてきたヘイズさんの言動も納得がいく。

(どうする……⁉)

これまでとは異なる『風』が吹いているのは確かだ。

まるで憧憬(しょうけい)を取り戻したばかりの僕の様子を見計らったかのような追い風。フレイヤ様との接触を避けなければならなかった以上、好機であることは間違いない。

ラスクさん達に背を向けて、窓の外を見る振りをして、考える。

今の『戦いの野(フォールクヴァング)』にはアルフリッグさん達、アレンさん、それに有力な第二級冒険者(ヴァンさん)達が冒険者依頼でいないと聞いている。戦力差が絶望的なのは変わりないけど、それでも普段と比べれば半減してるのは事実……！

動くべきだ。覚悟を決めろ。今日まで助けてくれた恩人達を突破して、行動を起こす。

目を瞑り、気付かれないように息を吸って、次には勢いよく瞼を開ける。

そして、まさに振り向きざま駆け出そうとしたのと同じ時機で、二人が倒れた。

「なっ⁉」

ぐらり、とよろめいて床に崩れたラスクさん達に、僕は一瞬呆けてしまった。

何が起こったんだ⁉

困惑と警戒の感情を混線させていると、ギィ、といつの間にか部屋の扉が開いていた。

半開きになったドアを凝視し、注意を払いながら、意を決して部屋を出る。

左右を確認するも、廊下は無人だった。

（――いや）

長い廊下の奥、幻のような人影が、誘うように揺らめく。

僕は迷いを捨てて、影の後を追った。

城内めいた廊下は魔石灯の光が消え、蒼い闇に満ちている。まるで亡霊のように判然としない影の背に導かれ、誰に咎められることもなく進んでいった。

間もなく辿り着いたのは、本拠西、上階の片隅。

戦士達の精神統一のために設けられた、『瞑想室』。

「ここは……」

高い天井の上、天窓がステンドグラスとなっている部屋は、まるで祭壇のようだった。

小さな聖堂と言うべき縦長の広間。床は黒の大理石、椅子は一つもない。奥に向かうだけ段差が増え、戴冠式を行う舞台のようにも見える。壁際に彫像のごとく立っているのは、女神の神像ではなく、酷使のほどを物語る大剣や長槍、戦斧など様々な武器だった。

きっと今はもういない、強靭な勇士達の半身。

静謐で、どこか神聖な空気が漂う戦士の間に、僕は足を踏み入れる。

そして瞑想室の中ほどに差しかかると——開けっ放しにされていた扉が、閉まった。

「！」

背後を振り向く。

密室となり薄闇に包まれる広間に降りそそぐのは、頭上の天窓からそそぐ月明かりのみ。

深い青にも淡い紫にも、そして悲しげな銀色にも変わる光が視界を染める中、入り口付近の暗がりから歩み出てくるのは……一人の少女だった。

「ヘルンさん……」

灰の色の長髪に、魔女の弟子を彷彿させる黒の衣装。

これで会うのは二度目。

女神祭の前、手紙を渡しに来た時と同じように、彼女は顔の右半分を前髪で隠していた。

「……」

コツコツ、と靴の音を響かせながら、ヘルンさんは黙ってこちらへ向かってくる。

尋ねなければならないことはあった。不思議に思うことは、山程あった。

ここへ僕を誘い出したのは貴方？　それなら目的は？　意図は？

今日までノレイヤ様の神室へ何度も通っておきながら、『女神の付き人』である彼女と不自然なまでに顔を合わせなかったのは何故？

何より、僕と彼女は本当に、二回しか会っていない？

何度も会っていたような、ずっと側に感じていたような……この『違和感』は何？

頭の奥で浮かんでは消える疑問は、けれど言葉になることはなかった。

二つ名を持たない『名の無き女神の遣い』。

まるで神の代行者として審判を下すように、僕だけを見つめてくるその瞳に引き込まれ、声を発することを忘れてしまう。

「……」

「……」

彼女が立ち止まる。

僕と見つめ合う。

広間の真ん中で、距離を置いて。

部屋の外の喧騒が遠い。

騒動は東で起きているのか、この瞑想室に近付く者は誰もいない。

ここで何が起こっても、誰一人として邪魔者は現れない。

視線を絡ませ合う時間が続き、やがて、彼女は唇を開いた。

「どこまで、答えを得ていますか？」

何を問われているのか、理解する。

答えるべきじゃない。理性はそう訴えていたけれど、僕は馬鹿正直に答えていた。

「僕は【フレイヤ・ファミリア】じゃないこと。僕は、【ヘスティア・ファミリア】のベル・クラネルだっていうこと」

この瞳の前で、嘘をついてはいけない気がした。

偽りなく告白すると、彼女は顔色一つ変えず、更に問いを重ねた。

「ならば、どこまで気付いていますか？」

「……えっ？」

対する僕は、その二つ目の問いの意味がわからなかった。

今のオラリオの異変や矛盾について……そう尋ねているようには聞こえない。

もっと別の、より重要で大切な『核心』を確かめているような……。

「ど、どういう意味ですか？　なにを、言って……」

ヘルンさんの意図がわからない。僕ははっきりとうろたえてしまった。

そんな様子に、夜の湖面のように凪いでいた彼女の顔が、どんどんと険しくなっていく。

小さな片手が、ぎゅっと握りしめられた。

そして、長い灰の色の髪がうつむいたかと思うと、

「……………………屑」

ぽつり、と呟いた。

「へっ？」

「……屑、屑っ、屑屑屑屑屑屑屑屑屑屑屑屑屑屑屑屑屑屑屑屑屑屑ッ!!」

次の瞬間、顔を振り上げて、爆発する。

間抜けな顔を浮かべていたのも束の間、僕は仰け反り、目をかっ開いた。

「真性の馬鹿を通り越したド屑!!　あの方を惑わしておいて！　苦しめておいて！　お前は何もわかっていない!?　戯言を抜かすなっ！　いい加減にして!!」

「えっ、えっ、えっ!?」

「お前はっ、どこまで愚鈍ならば気が済むのですか!!」

長い髪を振り乱し、薙ぐように手を払って、糾弾の雨を降らすその様は変貌と言っていい。

というか怖い。いち生命として命の危険を覚えるほど怖い!?

突如として激昂（げきこう）したヘルンさんに、僕は状況も忘れて腰を抜かしそうになった。

「人畜無害を装った淫獣（ケダモノ）‼　無自覚の犯罪者‼　遍（あまね）く女の敵‼　人類の汚物‼　誠実さと鈍感をはき違えた化物‼　神の失敗があるとすればお前みたいな怪物を生み出したこと！　自分より年上ばかり誘惑する原罪の害虫めッ、崇高なる女神まで誑（たら）し込んで、恥を知れ‼」

「ちょっと本気で何を言ってるんですっっっ⁉」

「何が『男性冒険者に《お姉ちゃん！》って言われたい』順位（ランキング）七位‼　ふざけないでっっ‼」

「どうしてその順位（ランキング）知ってるんですかぁ⁉」

速射砲のごとき苛烈な罵詈雑言（ばりぞうごん）に僕は悲鳴じみた声を上げるしかなかった。

そうしている間にもヘルンさんの憤激はとどまることを知らず、手を腰に回してナイフを引き抜いた——って、えええええええっ⁉

「許せない、許せない、許せない‼　私はお前の全てを許せない‼　間抜けな顔も、情けない声もっ、女神を苦しめているその優しさも！　やはりあの時、殺しておくべきだった‼」

「ひ、ひいいいいいいい⁉」

「お前なんかが、女神の前に現れたから！」

瞬く間に始まるのは刀舞（とうぶ）だった。

ご指摘頂いた通りの情けない悲鳴を上げて、迫りくるナイフを回避する。

広間の中央、降りそそぐステンドグラスの光を浴びながら踊る二つの影。

ヒュンッという鋭い風切り音。耳の側を度々脅かす。決して油断できない。Ｌｖが下とは言え紛れもなく上級冒険者。

まさかの展開に混乱を催しながら、斬り刻まれまいと必死に動き、互いの体の位置を何度も入れ替えては、逆手に持たれたナイフの下をくぐり抜ける。

「あの方は、お前の前では些細なことでも喜ぶ！　悲しむ！　傷付く！」

「えっ……⁉」

「英雄の資格を持っているくせに、なぜ色を好まない⁉　いくらでも愛を受け入れればいいでしょう⁉　そうすれば、あの方も少しは報われるのに！　お前はそうやって、これから一体何人の私達(おんな)を傷付けるの⁉」

感情を発露させるヘルンさんは止まらない。

吐き出しされない激情の代わりに腕を振るい、痛切な叫びをもって僕の頬を殴る。

彼女が指している神物(じんぶつ)がフレイヤ様だということに気付き、動揺と一緒に言葉の意味を受け止めようとすると、

「何が一途(いちず)！　憧憬(しょうけい)の奴隷め‼」

「っっ――‼」

憧憬(しょうけい)の存在を侮辱され、怯みっ放しだった手足に反抗の意志が灯る。

眉を逆立て、振り被(かぶ)られるナイフを掴み取ろうとした。

「お前のせいであの方は！　――私はっっ!!」

けれど。

「――――――」

瞳から散った一粒の水滴を目にして、僕の腕は固まってしまった。

次の瞬間、体当たりの勢いそのまま、押し倒される。

「うっっ!?」

硬質な床に叩きつけられる背中。

柔らかい肢体が僕の体に馬乗りになって、顔のすぐ横にナイフが投げ捨てられる。

鼓膜が割れかねないほどの甲高い音が耳もとで響く中、ヘルンさんは、その両手を僕の首にかけた。

「嗚呼（ああ）、憎らしい！　恨めしい！　殺してやりたい！」

抵抗することも忘れ、両腕を床に放り出す僕は、目を見開いていた。

その怒りの形相に金縛りにあって、というわけじゃない。

「なのにっ――狂おしい！　こんなにも、愛おしい!!」

今にも虚勢が剝がれ落ち、あらわになろうとしている彼女の感情に、時を止めていた。

震える指は可哀想（かわいそう）なくらい、首に食い込むことはない。

いっそ僕の息を止めたいと思っている筈なのに、どうしても手にかけることができない。

『愛憎』という言葉の意味を。

欠片に過ぎずとも、ほんの僅かな表面だけだったとしても……初めて理解する。

「私が先に出会っていれば！」

彼女が叫ぶ。

「こんな未来を知っていたなら！」

彼女が怒る。

「女神と出会う前に、私がお前をっ……貴方をっ、抱き締めていたのにっ……」

彼女が、震える。

「私がっ……貴方にっ……先に出会ってさえいれば……！」

──女神は苦しまず、私は『私』として貴方を好きになれたのに。

掠れた囁きが吐息の中に儚く消える。

ステンドグラスの光を背にしながら、罪を告白する咎人のように、彼女は心の奥底に浮かぶ言葉をさらけ出した。

「駄目だったのっ……」

「え……？」

「私のやり方じゃあ……駄目だったのっ……」

かき消えそうな声。

震える喉。

剝落した仮面の奥から、想いがこぼれ落ちてくる。

「あの方に、崇高な女神でいてほしかったっ……私みたいな、ただの『小娘』になんかっ、なってほしくなかった……！　だから私は貴方を殺そうとしてっ、あの方の『望み』を止めようとしてっ……だけど、なのにっ……それでも……！」

僕の頰にかかる、長い前髪が揺れる。

隠れていた右眼が、あらわになる。

闇で塗り潰されたような黒一色の左眼とは異なる、『銀色』にも『薄鈍色』にも見える瞳。

その瞳は今、泣いていた。

「『望み』は叶わなくなってっ、あの方は娘の想いを葬った筈なのに！　貴方に拒絶されれば、あの方の悪夢は覚めるとそう思っていたのに!!　――ずっと聞こえるの！　すすり泣いているの！　あんな声、今まで一度も聞いたことなんてなかった！」

涙が、ぽつぽつと僕の頰に降りそそぐ。

呆然とする僕の目と鼻の先で、彼女は、ただの子供のように泣いていた。

「苦しんでるの！　痛がっているの！　ご自身でもわかってないくらい、壊れそうなの！　このままじゃあ、あの方は永遠に救われない！　それは違うっ、そんなの違うっ！　私はそんなことをっ、願ってなんか……！」

『愛』と『　』の間で、ずっと揺れ動き、崩壊しようとしている。

要領を得ない言葉の羅列。理解しきれない彼女の真意。

けれど彼女自身すすり泣いて、溢れ返る感情に、目を奪われる。

「……気付け！　気付きなさい！　貴方が自ら気付かなくては意味がないっ！」

涙をこぼしながら、ヘルンさんが僕に向かって吠える。

「『偽物』の私の言葉で真実を知っても、何も意味がないの!!」

顔をぐちゃぐちゃにしながら、手を伸ばしてくれと訴える。

「だからっ、お願いっ……！」

痛切な懇願が鳴り響く。


「気付いて……ベルさんっ――」


そして、その声を聞いた瞬間。

今日までの膨大な記憶と情報が、凄まじい勢いで再生された。

「――」

言葉。語調。響き。悲しみ。涙。想い。

類似点。共通項。酷似。近似。多すぎる。

目の前で泣いている彼女。豊穣の酒場で働くあの人。そして誰をも愛す崇高な女神。

交わる筈のない三つの点。

しかし重なってしまう三人の面影。

——女神の付き人。

——名の無き女神（ネームレス）の遣い。

——『この眷族（こ）は他の誰にもなれはしない』という女神の発言。

他の誰にもなれはしない——裏を返せば、なれるモノはもう定まっている？

ならば、それは、まさか——女神の化身？

彼女と会って抱いた『違和感』。

何度も会っていたような、ずっと側に感じていたような、前からそれを知っていたような。

顔も声音も全然違うのに、彼女達は似過ぎている。

まるで揺れ動く水面のように。波紋が広がるごとに異なる顔を映す水鏡のごとく。

彼女は今、自分のことを『偽物』と言った。

『あの時、殺しておくべきだった』とも口にした。

女神祭の日、僕を殺そうとしたあの人に似た誰か。

あの時に抱いた仮定。記憶、あるいは視界の『共有』。

それが限りなく真実に近い推測だとすれば、彼女とあの人は結び付く。

そして、

『――嗚呼、好きだなぁ』

『――嗚呼、やっぱり好き』

あの人と、女神が口にした言葉。

確かに女神を通して見たあの人の笑顔。

僕を包んでいた温もり。銀の色と、薄鈍色の境界線。

今日までずっと不思議に思っていたこと。あの人と都市最大派閥の関係性。護衛と尊称。唯一無二。代わりなんていない。

捻じ曲がったこの世界で、あの人は消え、入れ替わるように女神は僕の前に現れた。

まさか、まさか、まさか。

荒唐無稽で、突拍子もない、決して辿り着く筈のなかった『まさか』に手が届いてしまう。

『名の無き女神の遺い（ネームレス）』という存在が最後の断片（ピース）となって、僕に『真実』を気付かせる。

記憶と情報の再生が収束した瞬間、僕は、唇を開いていた。

「貴方は……シルさん？」

彼女の『真名（な）』を呼んだ。

「フレイヤ様も……シルさん？」

そして、あの人の『名』を重ねた。

「…………」

涙を流す少女の相貌が、ゆっくりと。

美しい、笑みを描く。

首にかかっていた指が解かれ、そっと、頬をなぞった。

呆然として動けない僕を見下ろしながら、目を細め、ヘルンさんはゆっくりと立ち上がる。

床に転がったナイフを拾い上げる彼女を追うように、僕も立ち上がっていた。

「……これを」

「えっ……こ、これって、《神様のナイフ》!?」

差し出されたナイフに驚愕を覚える。

先程までヘルンさんが振るっていたナイフは、まさにヘスティア様が僕のために作ってくれた《神様のナイフ》だった。室内が薄暗かったとはいえ気付けなかった自分を恥じる。何だかナイフ自体も拗(す)ねているような気がした。

それと同時に、思い至る。

神様も、リリも言っていた。ヘスティア様の『恩恵』を持たない者にはこのナイフを使いこなせない、それこそ刀身そのものが死んでしまうのだと。この状態のナイフでいくら斬りかかっても、上級冒険者には致命傷(ぼく)を与えられない。

ヘルンさんはもう、僕を殺そうとしていなかったのだ。

「……もしかして、最初から……」

……僕を助けるつもりで？

差し出したナイフを、彼女は両手を使って、しっかりと僕の手に握らせた。

たちまち《神様のナイフ》に刻まれた【神聖文字(ヒエログリフ)】が紫紺(しこん)色の輝きを宿し、息を吹き返す。

ヘルンさんはそれを見届け、小さく笑った。

「ええ、貴方を殺すつもりなどなく——最初から、こうするつもりでした」

そう言って、まるで身を捧(ささ)げるように。

僕に握らせたナイフ目がけて、自ら倒れ込んだ。

「なっっ⁉」

刃が肉を貫く感触。吹き出る真っ赤な温もり。

あっという間に彼女の服が、僕の手が、血まみれとなる。

力を失って崩れ落ちるヘルンさんを、僕は咄嗟(とっさ)に抱きとめた。

「なにをっ……何をしているんですか⁉」

床に膝をつき、細い体を両腕で支えながら、驚倒の声をぶちまける。

左胸に吸い込まれようとしたナイフを、僕はすんでのところでずらしていた。ずらすことしか、できなかった。胸部の僅か下を貫いた刃は、今も皮と肉の奥から鮮血を生み、彼女の命を奪っている。

ナイフを引き抜いて必死に止血をする中、ぐったりと僕の胸に顔を預けるヘルンさんは、唇を歪めた。

「女神を想い……女神を、裏切った……。それも、もう……これで、二度目……」

その唇に浮かぶ笑みは、憫笑だった。

愚かな自分に対する、剝き出しの蔑みと哀れみだった。

「なにより……貴方を、好いてしまった……」

——誰の感情でもない、他ならない自分の意志で、と。

瞠目する僕の瞳に、儚い懺悔の微笑が映り込む。

「だから、死をもって……あの方に、償うまで……」

血を失い、ぞっとするほど顔を青白く染めるヘルンさんに、胸を押さえる手へ力をこめる。

「治療を！　まだ間に合うっ！　ヘイズさんのところへ行けばっ——!!」

何で勝手なことをするんだ。どうして死のうとするんだ！

否が応でも自分の胸の中で一度は散った竜の娘のことを思い出す僕は、歯を食い縛って、彼女を運び出そうとした。

「待っ、て……」

けれど、立ち上がろうとした僕を、胸に縋り付くか細い手が、制した。

「今から、『魔法』を……わたしと、あの方がつながる、『奇跡』を……」

「つ、繋がる……⁉」

「これを、使えば……あの方に……全てが、筒抜けになる……貴方のことも、全て知られる」

困惑する僕に、ヘルンさんは唇を動かす。

浅い呼吸のまま、息苦しそうに喘ぎながら、なけなしの力を振り絞った。

「それでも…………私しかわからない、あの方の想いを…………貴方に……」

なけなしの――体中の精神力（マインド）をかき集めて、彼女は祈った。

「……【未到（みとう）の階梯（かいてい）よ、禁忌の門よ……今日この日、我が身は天の法典に背（そむ）く――】」

僕達を中心に展開される魔法円（マジックサークル）。

その色は、銀には至らない灰の色。

「【虚（うつ）ろな魂、浅ましき渇望……】」

静かな波動。渦を巻く『魔力』も僅か。

光粒（こうりゅう）がステンドグラスの輝きを照り返し、きらめいて、天へと昇る。

それは儚くも救済を求める旋律にも聞こえた。

賢者のそれと比べるべくもない、短文詠唱。

けれど同種の『禁断の領域』を開く、彼女だけの【秘法】。

「【交わした真名（まな）のもとに……降りろ、神々の娘（むすめ）――】」

そして震える唇から、その名が告げられた。

「【ヴァナ・セイズ】」

魔法円(マジックサークル)が砕け散る。

そして粉々になった光の破片は、灰の色から宝石のように美しい銀色の光片(こうへん)に変わり、ヘルンさんのもとへ吸い込まれていった。

「⁉」

抱きとめる彼女の肉体が月の欠片のごとく輝き、高熱に包まれる。

驚愕する僕の胸の中で、あまりにも異質な魔力の奔流(ほんりゅう)とともに光は薄れていき、全てが収まった後、そこにいたのは――

「――……シル、さん……?」

薄鈍色の髪の、少女だった。

放心した声が落ちる。

それを瞼が受け止めて、睫毛(まつげ)が震えた。

薄鈍色の瞳が、ゆっくりと、僕のことを見上げる。

「……苦しいんです」

「えっ……?」

「こんな想い、知りたくなくて……耐えられなくて……私は、『私(シル)』を捨てた筈なのに……それなのに、まだこんなにも苦しい」

シルさんの声音。シルさんの眼差し。シルさんの息遣い。

それはヘルンさんの言葉じゃない。

女神と繋がったヘルンさんだけが知る、紛れもない『本当の彼女』の想い。

「私はもう、貴方だけでいいって思ったのに……沢山の人も、大切なものも傷付けて……凍えそうなの。『私(シル)』は全部『嘘』だったのに、どうにかなってしまいそうなのっ！」

ステンドグラスの青紫の光がそそぐ神聖な空間。

瞑想の間(ま)は奇しくも『彼女』と訪れた大精堂(だいせいどう)のようだった。

響き渡る悲痛な声は女神の残滓？

捨てたつもりで。

葬ったつもりで。

それでも『彼女』が気付けない場所に残っているもの？

「私が一番欲しかったものは……違うよっ。私が願っていたのは、『望んでいたもの』は――」

『 』を求める声。

息を呑む。

薄鈍色の瞳から、大粒の滴が溢れ、頬を伝った。

「お願いっ、私を止めて！　私はもう、『愛』に狂いたくない！」

そして。

女神が言えない言葉を、『彼女』は言い放った。


「助けて……ベルさんっ……！」


「ッッッ!!」

支えている細い肩に指が食い込む。

鼓動が燃えた。意志は衝動に。

感情の激流が胸も心も焦がし、たった一つの誓いをこの体に刻む。

「助けます」

だから、わかりきっている答えを、言い返した。

「貴方をまた傷付けることになっても！　これが、最低な『エゴ』だったとしても！　貴方を、助けにいきます!!」

空虚な『彼女』の心にありったけを届けるように、大声で叫んだ。

何をすればいいかなんて全くわからない。でも、決まりきってるんだ。

どんなに罵られようとも、どんなに醜い自己満足だと蔑まれても——真性の馬鹿野郎(ベル・クラネル)には、

『彼女』を見捨てることはできない。

自分を守るために、助けを求める手を振り払うことなんて、できない！

こぼれる涙が血まみれの服を濡らす。叫び返す僕を見つめていた『彼女』は、静かに瞼が閉じきる直前……ほんのかすかに、笑ったような気がした。

まるで泣き疲れた子供のように、『彼女』は深い眠りに落ちる。

「……！　傷口が……？」

瞼を閉じて眠る『彼女』——いやヘルンさんの胸の傷は、消失していた。

『魔法』の副作用？

傷が塞がった？

いや、『神の娘』の肉体に成り代わっている？

原理は判然としない。けれど彼女が一命を取り留めたのは確かだった。

それでも、予断は許されない。

今も持続する【唯一の秘法】が解けてしまった時、ヘルンさんは致命傷の傷口を取り戻し、あっという間に息を引き取るだろう。

「させない……！」

彼女を抱いたまま、立ち上がる。

誰も失いたくない。失わせない。

大言壮語(たいげんそうご)だろうと、絵空事だろうと、夢物語だったとしても、惨めで、恥知らずで、どんなに愚かだったとしても——言おう、言うんだ、言え!!

みんなを救ってみせると!!

「貴方達を、救うっっ!」

彼女の体を抱えながら、僕は走り出した。

瞑想室を飛び出して、屋敷の奥へ。

一柱(ひとり)の女神が待つ最上階へ、突き進んだ。

彼が来る。

少年が、ここへやって来る。

『魔法』を解き放った神の娘(ヘルン)と五感を共有し、その光景を知覚したフレイヤは——はっきりと顔をしかめた。

「オッタル」

「はっ」

「ヘルンを救いなさい。このまま天界に還って、私の前からいなくなるなんて許さない」

　椅子に腰掛けながら、控えている従者に命じる。

「ええ、絶対に許さないわ。こんなことをするなんて……私の手で必ず罰を与える。だから、必ず救いなさい」

「しかし、フレイヤ様の護衛が……」

「構わないわ。他の子も要らない。全員下がらせて、行きなさい」

「……はッ」

　断じる主に、オッタルは部屋を後にする。

　続くのは護衛も侍従も部屋から遠ざかっていく気配。

　何も聞こえなくなった神室にはただ一柱。

　自分しかいないこの場所に、彼がやって来る。

「ベル……」


　駆ける。駆ける。駆ける。

　目を閉じて、だらりと垂れ下がる腕を揺らす彼女の体を抱きながら、疾走する。

　背と肩で感じるのは、依然東側で繰り広げられる激しい剣戟と雄叫び。瞑想室があった館の西側、その上階から伸びる渡り廊下を使い、中庭を迂回する形で北の別館に駆け込む。

誰とも出くわさない。不自然だ。わかってる。

意図的な人払い。こちらの動きはやはり筒抜け。誘われている。

それでも、止まらない。

恐怖も不安も今だけはかなぐり捨てて、先へと進む。

「！」

目的地まであと僅か。

今日まで通い慣れた最上階に続く階段を駆け上がっていた、その時、その人は立ち塞がるようにたたずんでいた。

凄まじい巨軀の、錆色の髪の猪人。

「娘を渡せ」

「っ……！」

一撃で僕を制した都市最強の冒険者、オッタルさんは、こちらを見下ろしながら告げる。

圧倒的強者の威圧感に呼吸を止め、それでもヘルンさんを抱き直し、庇おうとすると、

「殺しはしない。女神の御意思だ」

「えっ……？」

「その娘は生かす」

口数の足りない武人の言葉。

けれど、誰よりも武人だからこそ、その言葉は信じられる気がした。

嘘のない錆色の瞳と視線を交わし、押し黙った後、意を決する。この『魔法』の性質を知らず、治癒魔法も使えない僕ではどうしたってヘルンさんの傷は癒せない。オッタルさんを信じ、歩み寄って、託した。

丸太のように太い両腕が、軽々と少女を抱きかかえる。

「行け。この先で、女神が待っている」

オッタルさんは、それだけを告げた。

すれ違って階段を下りていく背を眺め、前を向く。

残りの階段を上る。走るのをやめ、より覚悟を強固にするように、一段一段を踏みしめて。

唐突に。

英雄譚を――『水と光のフルランド』を思い出した。

精霊は真名を隠したまま、亡くなり。

聖女は嘆きと後悔に暮れ。

騎士は己の罪悪に苦しんだ。

じゃあ、今は？

一体誰が騎士で、誰が精霊で、誰が聖女なのか？

想いを遂げられなかったのは誰？

『愛』を手に入れたのは？

『』を叶えられなかったのは？

本当は、誰が一番哀れだったのか。

僕は騎士(フルランド)じゃない。

だけど、『聖女』に――『魔女』に告げに行こう。

今、この胸に宿る想いを。

「――来たのね、ベル」

最上階。

両開きの扉を開け、神室(しんしつ)に辿り着いた僕を、彼女は一人で待っていた。

広間の中央で、何度も二人で語らった寝椅子(カウチ)も、単脚の丸テーブルも片付けて、座りもせずにたたずみながら。

「何の用、と聞くのは白々(しらじら)しいわね」

その口調も、纏う空気でさえも、昨日までの彼女とは一変していた。

温もりを授けてくれた慈愛の女神としてではなく、凍てついた女王として僕を睨みつける。

「全てに気付かず、私を受け入れていたら……ずっと側で抱きしめて、『愛』で満たしてあげたのに。……ヘルンも余計なことをしてくれた」

銀の眼差しは涼しく、けれど冷えて、厳しい。

今の彼女はお気に入りの玩具を台なしにされた子供のようであり、尊大な暴君のようですらあった。それでいてなお、彼女は超然と神性に溢れていた。

正と負の二面性。

残酷で奔放な、絶対者たる『美の女神』。

記憶にある酒場の『彼女』とは似ても似つかない、超越存在の御姿に——けれど僕は臆することなく、口を開いた。

「貴方が、シルさんだったんですね」

それに彼女は、眉一つ動かさず答えた。

「ええ、酒場で貴方達と戯れていたのは、確かに私」

それどころか、くだらなそうにも答えた。

「だけど、勘違いしているわ。シルなんて娘はもとからいない」

「……」

「同じ名前の娘はいたけれど……『シル』という真名は私が頂いた。貴方達が見ていたのは私の演技で、虚像」

語られる衝撃的な筈の告白に、自分でも不思議なほど、心が凪いでいた。

「どういうことですか？」

「言葉通りの意味よ。私は役割演技(ロール・プレイング)……ただの遊戯(ゲーム)をしていた。神威を消して、『娘(むすめ)』の貌(かお)を使い、退屈を殺すために子供の振りをしていた」

「役割演技(ロール・プレイング)……？」

「ええ。そこでリュー達と、貴方と出会った。全て遊びの延長」

醒(さ)めた目つきで、取るに足らない内容を口にするように、彼女は瞳を細めた。

「全て私が作り出した、ただの『駒』。シルなんて最初からいない。私のただの気まぐれよ」

だから、娘(シル)を助けるなんて、そんな覚悟は見当違いにもほどがある。

そう言外に言い渡す彼女に向かって、それでも僕は、呼んだ。

「シルさん」

「……その名を呼ぶのはやめなさい」

「嫌だ」

「っ……」

「シルさん」

僕が彼女の名を口にする度に、忌々しそうに女神の貌(かお)が歪む。

今は銀の色に染まる瞳を見つめながら、問いを落とす。

「それじゃあどうして、貴方はあの時、泣いていたんですか？」

豊穣の宴の日。

今にも泣き出しそうな灰色の空の下で、僕は彼女を傷付け、彼女は涙を流した。

彼女の目が、見開かれる。

「どうして今日まで、僕をずっと助けてくれたんですか？」

笑われて酒場を飛び出していった時。憧憬(しょうけい)のいる遥か高みに打ちのめされていた時。異端児(ゼノス)を巡って、どうしようもなく体が凍えていた時。彼女はいつも僕の前に現れ、時には笑みを、時には逃げ道を、時には温もりを与えてくれた。

そしてずっと僕に、昼食を準備して、渡してくれた。

沢山の『どうして』を、少ない言葉の中に込める。

「……娘(シル)の姿で手助けしていたのは、貴方を成長させるため。私は貴方の『魂』に一目惚れしたの。その透明な輝きを育(はぐく)み、身も心も私好みに成長させた後、収穫するつもりだった」

「……」

「魔導書(グリモア)も、戦争遊戯(ウォーゲーム)で渡した首飾り(アミュレット)も、それ以外の全ても……貴方を育て、守るため」

彼女の言葉は、間違っていない。

彼女が施した数々の助力によって、僕は沢山の戦いを乗り越え、第二級冒険者として今ここに立っている。

間違いではない。だけど、本当でもない。

「貴方が見たという涙は……『街娘(まちむすめ)』という役割(ロール)に沿っただけ。あの時、娘(シル)なら涙を流す。

「だから私は遊戯に則った」

僕は即座に、言い返した。

「嘘だ」

「！」

「あの時、貴方は傷付いた。僕が立ち竦むくらい、あの涙は本当だった」

否定する。

どんなにつらくても、どんなに彼女と自分の胸を抉ろうとも、あの涙を嘘にさせないため、『シル・フローヴァ』という女の子を肯定する。

演技でも虚像でも、何でもない。

「シルさんは、あそこにいた」

大きな窓の奥で僅かな雲が揺れる。

神室に差し込む月明かりが、静かに耳を澄ませていた。

強い断言の声が響いた後、青白く染まる広間には沈黙が訪れ、彼女の顔はずっと歪み続けていた。

そして目を逸らさず、決して表情を変えない僕に苛立ち、業を煮やすように。

彼女は懐から、あるものを取り出した。

「……！　その髪飾りは……！」

番(つがい)の装身具(アクセサリ)。僕が持つ『騎士』の片割れではなく、『精霊』のそれ。

僕がシルさんに贈ったもの。

「娘(シル)が貴方にもらった、初めての贈物(プレゼント)……嬉しかったわ」

蒼の装飾が散りばめられた銀細工に、僕の視線が引き寄せられる。

彼女は微笑んだ。

そのまま自分の髪に添えるかのように、右手に持った髪飾りを持ち上げて、

「でも、もう必要ない」

叩きつけた。

僕が目を見張る先で、思いきり床へと投げ捨て、無数の破片へと変える。

耳をつんざくような砕け散る音、まるで少女の悲鳴。

時間の流れが緩慢になる中、粉々になった蒼の欠片が無残にも床に広がり、言葉を奪う。

「遊びは終わり。貴方の妄言に付き合う意味はない」

足もとに転がった破片の一つ。

彼女はそれを、何の未練もなく、グシャッ、と。

「もう娘(シル)はいない。娘(シル)は、死んだわ」

片足を僅かに上げて、踏み潰した。

踏みにじられる髪飾りの欠片に時を止め、シルさんとの思い出を幻視し──ぐわっっ、と

あっという間に頭に血が上る。

ほくそ笑む神の眼に胸の内を見透かされ、胸の奥をかき乱され、感情を操られる。

面白いように、凪いでいた心に火がついた。

女神の術中。魔女の掌の上。

構うものか。

僕は静けさを打ち捨てて、叫喚を上げた。

「違う！　シルさんは生きてる！　シルさんはっ、貴方だ！　貴方が僕に助けてほしいって、そう言ったんだ！」

「それはヘルンの感情が混線した結果。『変神魔法』で繋がったことで、私の神意に子供の願望という不純物が混ざり合っただけ。私は助けてほしいなんて思ってないし、言っていない」

『変神魔法』の効果で五感を共有し、一部始終を知る彼女は明言する。

優位に立つことを確信する嫣然とした笑み。激昂する愚かな子供を小馬鹿にするように、その目を細めた。

「それに、『助ける』だなんて……どの口が言うの？　もとはと言えば、娘を拒んだのは貴方じゃない」

唇が嘲笑を浮かべる。

それは何よりの核心。ベル・クラネルという男が犯した傲慢な事実。

彼女の正論に対する僕の行動は――全力で肯定することだった。

「そうだ!!　僕が拒んだんだ!!」

「！」

驚愕に見開かれる銀の双眸に構わず、歩み出す。

砕け散った髪飾りは辺りに破片を転がし、そして『一つの道』を作っていた。

思い出の欠片を踏むことのない一本道、直線の轍。

その道を大股で進み、呆然とする彼女の目の前に立つ。

「貴方の告白を！　貴方の想いを！　他の誰でもない、僕が貴方を傷付けた!!」

いつかのように、動けば簡単に唇が届いてしまう目と鼻の先で、この想いをブチまける。

「僕が貴方をそんなにした！　だから僕が止める！」

「っ……!?」

「だから、僕が貴方を助ける！　この役目は他の誰にも渡さない!!」

胸に灯るのは意志だ。宿るのは、子供の意地に違いない誓いだ。

彼女が流した涙に報いることはできない。けれど、彼女が誰かを傷付け、自分をも傷付けることから守ることはできる。

僕が原因？　そうだ！　僕が引き起こして、彼女を苦しめてる！

そんな最低な僕が何もする資格はない？　冗談じゃない！

いくら他人に軽蔑されようとも、自己嫌悪に陥ろうとも、何もしないで指をくわえているこ
との方が無様で無意味だって、わかりきってる！
代償でも贖罪でも何でもない!!
彼女と一緒に傷付き果てるのは、彼女の想いを拒んだ、僕なんだ!!
「……自分の言っていることを理解している？　一度拒絶した女を、自分の手で一方的に救う
ですって？　愛も恵まず、何も返さないくせに？」
呆然と立ちつくしていた彼女が次に浮かべたのは、はっきりとした嫌悪だった。
鼻を鳴らし、侮蔑をこめてせせら笑う。
「なんて醜い『エゴ』。神々の中にも貴方のような男はいなかった。貴方は本当に、とんだ
『偽善者』ね」
「それなら貴方がやったことも『エゴ』だ！」
「っ……！」
「僕を自分のモノにするために、オラリオを、みんなを巻き込んで捻じ曲げた！　とても酷い
『エゴ』だ!!」
嘲笑に胸を穿たれ血が流れようが、完全に開き直って、鏡を突きつけて彼女の血も強いる。
もうわかってる。彼女は独占欲をブチまけ、僕は詭弁を吐く。僕達が振りかざしているのは
全て醜くて酷い我儘だ。

投げられた賽はとうに砕け散っている。いくら『愛』を求め、『　』を望んだとしても、エゴとエゴをぶつけて傷付け合い、血と涙を流すしかない。

もう、僕達は引き返せないところにいる。

僕の瞳と、彼女の銀の瞳が睨み合った。

「……どんなに貴方が喚いても、私が遊戯（ゲーム）をしていたのは変わらない。娘（シル）は私の『嘘』——」

「あんな熱烈な告白をしておいて『嘘』だったなんて、そんなの信じるわけないじゃないですか！」

「なっ」

半ば衝動のまま叫び返すと、初めて、銀の瞳が羞恥に揺れる。

「どんなに遊びだったって言い張ったとしても、シルさんをなかったことにさせない！　貴方の矜持（プライド）なんて知るもんか！」

僕はあの日のことを忘れない。

あの時の彼女の涙も、僕自身の葛藤と後悔も一生忘れない。

僕達がどんなに望んでも、どれだけやり直しを願っても、あの日あったことは決して消えはしないんだから！

「あれは『嘘』なんかじゃなくて、『本当』だった！　それは誰にも否定させない！　貴方自身にだって!!」

叫び続ける僕に、その白皙の肌が、頬が一瞬、赤みを差す。

かと思えば彼女は絶世の美貌を歪め、とうとう我慢ならないように、どんっと片腕で僕を突き飛ばした。

僕はふらつくことなく、数歩後退して、依然彼女を見つめ続ける。

「……不愉快よ。ええ、とても不愉快。こんな気持ちになったのは、初めて」

笑みが消えた顔で告げられる、静かな憤激が込められた言葉。

女神の怒気が、神威が、肌をびりびりと震わせる。

僕は今、きっととんでもないことをしてる。

神様達も畏怖する『美の神』に向かって歯向かい、啖呵を切る真似。ヘルメス様が見たら卒倒するに違いない。

それでも僕の背に宿る聖火は、胸に秘める想いは、決して屈することはなかった。

「私を止める、助ける……散々調子のいいことを言ってたけど、それで、どうするの？」

「……」

「察してはいるでしょうけど、確かに私の『魅了』はベル、貴方だけには効かない。それでもオラリオは未だに捻じ曲げられたまま。私が号令を出せば、すぐに都市全ての存在が貴方の敵になる。【ヘスティア・ファミリア】も……【剣姫】も」

想いだけが先行する僕に対し、彼女は現実を突きつける。

どんなに平静を訴えても心臓が暴れる。そんな鼓動の動きすら見抜いているように彼女は目を鋭く吊り上げ、厳然たる事実を告げた。

「私が手段を選ばなければ、貴方の心は絶対に折れる」

オラリオ全土の生殺与奪の権を握る彼女の言葉に、誇張はない。

隠しきれない一筋の冷や汗が、首の裏を伝う。

「貴方に、私を救うことなんか──」

彼女がそこまで口にした、ちょうどその時だった。

『異変』が起きたのは。

真っ先に気付いたのは、僕。

「──熱っ？」

背中が、燃えた。

美神の手で更新されてきた【ステイタス】──偽りの『恩恵』の皮を焼き尽くすように、聖火の『恩恵』が唸り声を上げる。

「────」

間を開けず、フレイヤ様が息を止め、目の色を変える。

弾かれたように振り向いた先は、窓の外。

『灯火』に満ちる、オラリオの夜景だった。

「まさか……ヘスティア？」

いつの間にか、数えきれない『炉の炎』が、都市の中で揺らめいていた。

「うっ……!?」

『異変』は都市の随所で始まっていた。

ギルド本部地下、『祈禱の間』。

石造りの祭壇でフェルズが膝を折り、床に片手をつく。

「体が熱い……!? 炎などないのに、燃えているような……！」

もう片方の手で頭を押さえつけながら、火で炙られるように声をざわつかせる。

その魔術師の様子に、瞑目しているウラノスは静かに呟いた。

「『聖火の権能』が、動き出した」

「聖火……？　どういうことだ!?」

直感的に危険性を悟ったのか、黒衣のフードの奥で銀の光が火花のごとく瞬く。

フレイヤが定めた規律の一つ、『箱庭を崩壊させる言動』への抵触。『魅了』の下僕となった

フェルズは右腕を振り上げ、神座に向けて魔砲手を構える。

「無駄だ、フェルズ。もう遅い。いくらお前達が『魅了』の傀儡に変じようと、燃え広がった炎は止められん」

しかしウラノスは揺るがない。

世界を見下ろす天空のごとく、悠然と『種明かし』を始める。

「『魅了』された者が一定の言動や兆候に反応し、危険要素を排除するというのなら……我々にしかわからぬ意図を含ませればいい」

「なにっ……⁉」

「子はおろか、天界でも同郷の者でしか勘付くことのできない、些細な『暗号』を」

ヘスティアがこの祭壇を訪れた時、既に『仕込み』は終えていた。

フェルズが聞き耳を立てる中、二柱の神は示し合わせていた。

だからウラノスは言ったのだ。『今、お前にできることはない』と。

いい、いいいい、いいいいいいいいいいい、今はまだお前にできることはない、その時が来るまで待て、と。

「事前の会話でヘルメスがヘスティアに手紙を託していたことはわかっていた。手段が限られている以上、賭けではあったが……私は『薪』をヘルメス達に託した」

「『薪』……⁉　薪が何だというんだ⁉」

ギルドが準備し、【ヘルメス・ファミリア】に託したのはただの薪だ。それ自体に特別の力はない。規律に縛られるフェルズも警戒を払うことはなかった。

ウラノスは、いやヘスティアは、そこから『細工』を施したのだ。

全てはヘルメスにお膳立てさせられた女神が勇断し、老神の神意を正しく汲み取って、諦めずに行動を起こし続けた結果だった。

「都市に行き渡った薪には──ヘスティアの『神血』が落とされている」


「ほんとうに……危ない綱渡り、だったなぁ……」

雪が降ってもおかしくないほど冷え込む寒空の下、壁に寄りかかるヘルメスが、力なく呟く。

彼の視界、街路の至るところでは、頭を押さえて蹲るオラリオの住人で溢れていた。

神々や冒険者も例外ではない。今のヘルメスと同じように壁に体を預けるか、手をついて、頭痛を堪えるような顔を浮かべている。

そして、通りの両脇に軒を連ねる家々の窓からは、『炉』の光が漏れていた。

「無心の『竈作り』……オレにしては頑張った方だろう……？」

ヘルメスがヘスティアから受け取った手紙は二つ。

一枚は『オラリオを【竈】に変えろ』という自分が書いたメモ。

もう一枚の紙に記されていたのは、『女神の神血の保管場所』だった。

監視されて身動きが取れないヘスティアに代わって、彼女の血を容器に溜めたアスフィが、『透明』にでもなって運び出したのだろう。主神がよく好み、日常的に訪れる場末の地下酒場、その奥の丸卓（テーブル）の下に固定されていた。

アスフィの魔道具（マジックアイテム）は【ファミリア】の構成員に知れ渡っている。薪が保管してある本拠（ホーム）に『透明状態（インビジビリティ）』で侵入したとしても、察知される可能性が非常に高い。『魅了』された団員達に通報されればそこで終わりだ。だから、最後の詰めをヘルメスが行った。

回収したヘスティアの神血（イコル）を、ギルドから運び込まれた薪の全てに、一滴ずつ降りかけたのだ。

「『違和感』を抱いても、オレは状況を何もわかっていない……。団長（アスフィ）の筆跡に従って動いたところで、『箱庭』が壊れるなんて、そもそも疑えない……！　誤認も認識改定（リセット）も、起きようがないぜ……！」

顔を歪ませ、脂汗を流しながら、ヘルメスは口角に笑みを生む。

ヘルメスは『違和感』を『疑念』に昇華させないよう、必死に思考を抑制している。

この時点で記憶の消去（デリート）が起きないのは既に確認済み。

故に、この『箱庭』の規律（ルール）と『黒幕』の存在を把握できていない——把握しないようにしている——以上、『竈作り』なる行為が『箱庭の崩壊』の原因だと認知できない。

例え話をしよう。

『魔王』を滅ぼす『炎剣（つるぎ）』があるとする。

だが『魔王』の弱点はおろか存在そのものがわかっていなければ、『炎剣（つるぎ）を用意しろ』と言われても『どうして？』と首をひねるだけだ。前後関係を理解していなければ『魔王を滅ぼす』と『炎剣の用意』は決して直結しない。

ヘルメスは抱いている『違和感』を詮索せず、『外部からの方針』に黙々と従った。神血をそそいだ薪をルルネ達に持たせ、配給した側から火をつけるよう命じた。全ては手紙に記されていた団長の伝言通りに。

薪の配布はギルドの施策であり、例年の行事だ。日常と逸脱していない光景は『魅了』の影響下にあるオラリオの住人も止められなければ、違和感すら抱けない。

「ま、無様に敗北した後も……やれることがあるってことさ……」

視界の端では、薪を配り終えたルルネやファルガー達が苦しみ、座り込んでいた。

知らぬうちに眷族達に『悪巧み』の片棒を担がせたことを悪いと思いつつ、盤外であがき続けたヘルメスは、脂汗まみれの会心の笑みを浮かべた。

「フレイヤがオラリオの住人を完全な奴隷に変えていたのなら、我々に打つ手はなかった」

地下の祭壇でウラノスの声が反響する。

人も冒険者も神も、命令を聞くだけの忠実な人形にしていれば、フレイヤの勝利は揺るがなかっただろう。

ヘルメスは『違和感』どころか思考さえ抱かない女王の手足となり、孤立していたヘスティアは身動きがとれず、アスフィも遠くないうちに捕縛されていた筈だ。

「しかし、フレイヤはそうしなかった。正確には、できなかった。オラリオは『英雄の都』、その意味を失わせることは下界の滅亡に等しい」

【フレイヤ・ファミリア】以外の冒険者をただの人形に変え、三大冒険者依頼――『黒竜』を討伐できるか。

命令に従うだけの奴隷を使役して、ダンジョンを攻略することは可能なのか。

答えは、不可能。

全てを傀儡に変え、世界を完全なる『箱庭』に変えたところで、神々の欲する『英雄』は生まれない。フレイヤもそれがわかっている。

彼女もまた『邪神』ではなく下界を愛する者の一柱。

世の滅びを回避するため、彼女は世界を捻じ曲げきれないということだ。

「そして下界が滅ぶということは……手に入れたベル・クラネルも失うということ。むしろあの少年こそ『英雄』に押し上げたいフレイヤは、『英雄の都』としての機能を保全する必要があった」

その結果が、今だ。

制約を作りつつも、自由に人々が生きる、歪んだ現在のオラリオだ。

そしてその『歪み』こそが、ウラノス達が付け入ることのできる唯一の突破口だった。

「なんだ、何を言っている、ウラノス⁉」

祭壇の下、フェルズはうろたえる。かけられた『魅了』の力も持てあます。

八百年を生き、叡智を宿す元賢者も、知りえない『未知』の前には無力だ。ウラノスの発言も神意も今は理解できない。

振り上げられた片腕が、まるで呪縛と魂がせめぎ合うように、ギチギチと震える。

「これから、何をしようとしている⁉」

その問いに対し、老神は厳かに告げた。

「これより始まるのは、とある女神が天界に有する『神殿』の再現。オラリオを覆うほどに神威を高め、破邪を為す」

「……⁉」

「彼女の名はヘスティア。権能は『悠久の聖火』にして『護り火』──」

──そして炎を捧げる『祭壇』の神、と。

閉じ続けていた老神の瞼が、ゆっくりと開く。

「オラリオを『竈』に──彼女の『祭壇』に変える」

女神と約束を交わしていた『沈黙』の終わり。

蒼穹を彷彿とさせる神の眼をあらわにし、唇の端を持ち上げる。

「お前の『駄々』に付き合うのも終わりだ、フレイヤ」

何もわからない、何も手を打つことができない黒衣の魔術師(メイジ)は、呆然とする。

ただ、呆けながら神を仰ぎ、八百年分の万感を込めて、呟いた。

「貴方の笑った顔……初めて見たよ、ウラノス」


「寒(さぶ)ぅぅぅぅぅうううううううううううううっ⁉」

空である。

高度、約三K(キロ)。

地上から遥(はる)か離れた上空で、ヘスティアは吹き付ける風にあおられていた。

「大人しくしていてください、神ヘスティア⁉　私もこんな高度で飛ぶのは数えるほどしかないんですから！」

「そんなこと言っても寒いもんは寒いよアスフィ君⁉　もうそろそろ冬だっ、みんな暖炉を使い出す季節なんだ！　ほら、歯もガチガチ鳴っちゃうよ！　見て見てー‼」

「だったら何でそんないつもの薄着(かっこう)で来たんですかぁ⁉」

「どうでもいいけどさぁー！　ボクと君がコンビを組むのって珍しいよねー！」

「本当にどうでもいいですねぇ⁉」

ギャーギャーワーワー騒ぎながら、ヘスティアを抱えるアスフィが降下していく。

浮かぶ雲さえ間近に眺めることのできる上空に、彼女達がいるのは二つの理由がある。

一つは万全を期すため。

監視対象（ヘスティア）がいつの間にか消え、見張りの団員達（フレイヤ・ファミリア）は今頃大騒ぎになっているだろう。

空に逃げたと見抜かれなくとも昇華（ランクアップ）した上級冒険者の視力は脅威だ。漆黒兜（ハデス・ヘッド）の効果が『兜を被った対象とその装備を透明にする』ため、自分用の魔道具（マジックアイテム）しか持っていないアスフィではヘスティアを『透明状態（インビジビリティ）』にすることはできない。

よって上級冒険者の視力でも捕捉されない高度で、雲まで利用して姿をくらませていた。

おかげで空気は薄いわ風は酷いわ、女神（ヘスティア）の黒髪（ツインテール）がビシビシとアスフィの眼鏡を打撃するわで二人の情緒（テンション）もおかしくなっていた。

そして二つ目の理由は、

「神ヘスティア、『バベル』に着地します！」

屹立（きつりつ）する『神の塔』の天辺に躍り出るため。

『飛翔靴（タラリア）』に備わる二翼一対の翼を大きく広げ、アスフィが宣言通り、『バベル』の屋上に着地を決める。

浮遊感に似た奇妙な感覚の後、彼女にしがみついていたヘスティアがぎゅっと閉じていた瞼を開けると……視界に広がるのは遮るもののない秋の夜空だった。

『バベル』の屋上は何の飾り気もなかった。

大きな石板（タイル）が何枚も敷かれているものの、落下防止用の柵などない。

そもそもこの場に人が足を運ぶことを想定されていない。

あるのは手を伸ばせば届きそうな星空と、冷ややかな風だけだ。

「あ〜〜っ、自分で提案しといてアレだけど、到着できて良かった〜」

「【フレイヤ・ファミリア】にも……どうやら気付かれていないようですね」

今も両の二の腕をさするヘスティアを脇に、アスフィが屋上唯一の出入り口である階段を見やる。

『バベル』最上階の部屋は、現在はフレイヤのもので、【フレイヤ・ファミリア】が常駐している。塔を昇って上を目指しては必ず見つかるため、ヘスティアはアスフィにしか選択できない空の順路（ルート）を提案したのだ。

アスフィに下ろしてもらったヘスティアは、周囲をぐるりと見渡した。

「綺麗（きれい）だね……なんて言っている暇（ひま）はないか」

塔の周囲には美しいオラリオの夜景が広がっている。

オラリオの中でも最も高い場所から望むその光景は、都市で最も贅沢な景色と言ってもいい。

ひっくり返した宝箱のように魔石灯の光が氾濫（はんらん）する中、家々が灯（とも）す暖炉の灯りを見つけるヘスティアは目を細め、髪留めを外していく。

「神ヘスティア。ここまで来て言うのもなんですが……私はまだいまいち、何をするのかよくわかっていないのですが……」

女神の言うことを信じて『バベル』の天辺までやって来たアスフィが、おずおずと尋ねる。

本当にヘルメス達の呪縛は解けるのか、オラリオはどうなるのか、その声音は不安を隠せていない。

「んー……ボクの司っている事物は、有り体に言えば『炎』なんだけど……まぁ、地味なんだよね」

「は？」

「ヘファイストスの『鍛冶の炎』ともまた違って、『竈の炎』っていうか……とにかくタケの武術とか、ソーマの『お酒』、それこそフレイヤの『美』みたいに、この下界でやれることはほとんどないんだ」

よくわからない具体例を持ち出され、アスフィの顔が戸惑いに染まる。

少年が入団するまで【ファミリア】の団員が碌に集まらなかった副因を暗に語りつつ、女神は解いた長い黒髪を腰まで下ろした。

「だけど、こうして『祭壇』を用意したなら、できることもある」

その時だった。

ヘスティアが静かに右腕を胸の高さに持ち上げたかと思うと——都市の至るところから、細長い緋色の光が立ち昇り始めた。

数十、数百に上る光の柱だ。

それは【ヘルメス・ファミリア】が『薪』を配った民家、もっと言えば炉から立ち昇る炎の息吹である。

アスフィは目を剝いた。

その光は色が異なるものの、見覚えがあった。

【ステイタス】更新時に背中から僅かに漏れる暖光――『神の恩恵（ファルナ）』の光だ。

「都市に幾つもの『炉』を設置し、陣を敷いた。『炉』の全てには女神（ボク）の神血（イコル）が。つまり、『媒介』だ。あの無数の光は女神の眷族に等しい。これならば天界に存在する炉の神（ヘスティア）の『神殿』を再現できる」

アスフィはそこで、気付いた。

ヘスティアの声から、普段の親しみ深い彼女の温もりが消えつつある。

宿るのはより機能的で、人間性を排除した『神性』。

彼女の小さな体から神威が立ち昇り、アスフィは無意識のうちに後ずさり、畏（おそ）れていた。

「この身は処女神（しょじょしん）。魅了の威力に平伏せず、其（そ）を断固として拒む。邪（じゃ）とは情欲、正（せい）とは貞潔（ていけつ）。今、この地にかけられた魅了の呪縛を祓（はら）おう。すなわち破邪、浄化の祭炎（さいえん）」

朗々（ろうろう）と紡がれる声音。

呪文にも、祝詞（のりと）にも聞こえる処女神のそれ。

女神から表情はとうに消失している。

都市を見下ろす双眸は既に人を離れ、超俗し、神々しい。

眼下で無数に立ち昇る薄光の柱と呼応するように、高密度の緋色の輝き、神威の波動がアスフィの視界を焼く。

「こ、これは……⁉」

突風となって吹き寄せる凄まじい神の威光に、只人（ヒューマン）の子は咄嗟に腕で顔を覆った。

ヘスティアが指示し、アスフィの伝令通りの位置に配られた『薪』は焔（ほむら）と化し、女神の神威を増幅する。

天高く舞う鳥の目を持つ者がいれば、わかっただろう。

篝火（かがりび）のごとくオラリオに点在する炉の灯りが輝きを増し、魔法円（マジックサークル）にも似た『陣』を構築していく様を。

市壁で囲まれた円形の巨大都市が、まさに巨大な『竈』と化して、炎の光が溢れていく。

「反則（はんそく）などと言ってくれるなよ、真の反則（チート）。これは神々が取り決めた理（ことわり）、我が仮初（かりそめ）の使命にして務め」

それは『暗黙の了解』。

天界での『侵略』と『支配』を恐れた大神（たいしん）等の取り決めであり、下界にも通じる不文律。

圧倒的な魅了の威力を弾く『処女神』は、『美の神』に対する迎撃役（カウンター）にして安全装置（ストッパー）だ。天界下界問わず、界（かい）の危機に際してその権能を――『神の力（アルカナム）』ではない、己が司る『事物』を――十全に発揮することを許される。

「……ベル君を囲うため、『バベル』から離れたのは失敗だったな、フレイヤ」

眼差しを都市南方、『戦いの野（フォールクヴァング）』に向けるヘスティアの口調が、一瞬だけ普段の彼女の口調に舞い戻る。

「君が留守にして、明け渡したのは、『祭壇の中心』だ」

この『バベル』こそがオラリオの中心地。

そして天界に最も近い『神の塔』。

炎の輝きが増す。

大地が静かに震える。

都市そのものが『聖火台』に変貌したかのような光景をもたらした。

通りで、酒場で、広場で、子供達と神々が蹲っては崩れる中、女神は告げる。

「君も知らなかった炉の神（ヘスティア）の秘儀、見せてやろう」

それは天界でも同郷の神しか知らない彼女の祭儀にして『切り札』。

『神の力（アルカナム）』に至ることのない遥か劣位の奇跡であり、極上の神秘。

絶句するアスフィの視線の先で、女神は、静かに右腕を水平に払った。

「偽現・炉神の聖火殿」

膨大な魔力とも異なる凄まじい『神威』が、雄叫びを上げた。

「――――――――――――――――ッッ!!」

その力の発露を目の当たりにしたアスフィの体が、限界まで仰け反る。

生まれるのは破邪の光。

すなわち『浄化の炎』。

『魅了』に落ちた全ての者の耳に鳴り響く燃焼の幻聴、けれど確かに体の底へ轟く温もり。

神の威光が発散され、都市を炎の輝きが包み込んだ。

祭炎が立ち昇る。

祝福の焔が聖浄の詩を歌う。

燎原の火のごとく都市全域に燃え広がりながら、その炎は誰も燃やさない。

敵を滅する猛火ではなく、嘆願者を救う『護り火』。

人類に文明と文化をもたらす遥か以前の、原初にして根源の炎。

『竈』の中で火が優しく弾けるように、柔和な焚き火が闇を照らし出すように、今も苦しむ者達に温もりと安堵を与え、そして加護を与える。

それは悪夢を終わらせる火の音だ。

かけられた呪縛を焼き尽くす、神炎だ。

通りに、酒場に、館に、塔に。建物を包み込む炎の歩みは神と人にも及ぶ。

使いの神を、鍛冶神を、医神を、武神を、道化の神を。

小人族のリポーターを、鍛冶師の青年を、極東の少女を、狐人の妖術師を。

そして剣の姫を。

地面と床に倒れ、瞼を閉じる神々と眷族達を、燃える火は優しく呑み込んだ。

『精霊の奇跡』にも酷似した炉の炎はとどまることを知らず、緋片を散らし、空へと昇り――

やがて、その身を消失させていった。

全てが幻だったかのように、都市に静寂が返ってくる。

「………今の輝きは？」

ヘグニは呆然と呟いた。

周囲では【フレイヤ・ファミリア】の団員達が同じようにうろたえている。

視線を頭上に向けて本拠の外、闇夜を彩った緋炎の痕を探すように、意識を宙吊りにした。

（ッ……不味い、何かが！）

すぐに胸の中で芽生えるのは形容しがたい焦燥だ。

巨大な四壁にせき止められた焔（ほむら）が『戦いの野（フォールクヴァング）』を犯すことはなかった。空より舞い散る無数の火の粉が全身を包み込んだが、異常はない。しかし言葉では説明できない切迫感がヘグニの臆病（おくびょう）な心を脅かしている。

片手に提げる黒の長剣を握りしめ、黒妖精（ダーク・エルフ）は正面を睨んだ。

都市と本拠（ホーム）内を隔てる巨壁を背にするのは、片膝をつく満身創痍（まんしんそうい）の同胞だった。

「……投降しろ。騒がず、抗わず、武器を置け。でなければ四肢の一つを斬り落とす」

「っ……‼」

ヘグニを含む【フレイヤ・ファミリア】の団員に囲まれるのは、リューだった。

地下から脱走し館で暴れ回っていた彼女の奮闘も、目の前のヘグニが出撃したことで終わりを迎えた。女神祭での戦いで圧倒されたように、Lv.6の力に劣勢を強いられ、館を離れた原野の隅にこうして追い詰められている。

自分を取り囲む半円状の包囲網。虫の一匹も通すまい。

リューは小太刀を握る拳を野原につきながら、顔を歪めた。

「くっ……ベルっ……」

少年が今も囚（とら）われているだろう丘の上の屋敷に目を眇め、ここまでか、という言葉を蹴り飛ばす。挫けかける心を奮わして、リューは立ち上がり、小太刀を構えた。

この状況でなお闘争心を失わない誇り高い同胞に、ヘグニは敬服し、直ちに容赦を捨てる。

「誇りを選ぶというのなら、潰えろ！」

音も発さない踏み込みで己の姿をかき消し、次にはリューの眼前に躍り出て、その漆黒の剣を振り下ろした。

しかし。

――ギィンッ!!　と。

「「!?」」

甲高い金属音と鮮烈な火花が散り、黒妖精の斬撃が弾き飛ばされる。

「なっ……!?」

その驚愕は瞠目するヘグニか、それとも唖然とするリューか、あるいは目を疑う【フレイヤ・ファミリア】の団員達のものか。

彼等彼女等の瞳に映るのは、美しい金髪金眼の少女だった。

「……【剣姫】？」

リューの呟きを背中で聞くアイズが、銀の細剣を振り鳴らす。

その金色の双眸に見据えられ、ヘグニ以外の団員達がたじろいだ。

「全部、思い出した」

普段は起伏が少ない少女の声音に含まれているのは、疑いようのない怒り。

「ベルは、【フレイヤ・ファミリア】なんかじゃない」

目を剝くヘグニに剣の切っ先を向けながら、アイズは左手を胸に置く。

「ヘスティア様の『炎』……私にも届いた」

灯るのは竈のように温かい炎光だ。

契りは結ばず、主従は違えど、神の眷族の一人である少女は確信をもってそれを告げた。

「『魅了』の力を、焼き祓ってくれた」

あたかもその宣言が引鉄になったかのように。

四壁の外側で、群衆がどよめきを奏で始める。

「えっ……何これ……？」

「【白兎の脚】が、【フレイヤ・ファミリア】……⁉」

「おいおいっ、何だよ、この情報⁉」

正気を取り戻した声々が繁華街から、いや東西南北、オラリオの全域から怒涛のごとく生まれる。

それは他でもない、『炉の神威』が『美の神威』を打ち破った証左である。

肌に伝わる多大な喧騒と混乱の気配に、ヘグニが立ちつくすのも束の間、頭上、巨壁の向こうから【剣姫】に続く新たな二つの影が躍り出た。

「もーっ、アルゴノゥト君に酷いこと言っちゃったじゃーんっ!!」

「私達を全員惑わすなんて、クソッタレなことしてくれたじゃない。……全部、説明してくれるんでしょうね？」

大双刃を持って騒ぎ散らすティオナが、二振りの湾短刀を構えて殺気を放つティオネが、アイズと共通の怒気をもって【フレイヤ・ファミリア】を睥睨する。

「【ロキ・ファミリア】……!!　まさか、本当にっ、フレイヤ様の『魅了』が……!?」

その光景に、第一級冒険者でさえもとうとう戦慄をあらわにした。

主の絶対を疑うことのなかった【フレイヤ・ファミリア】が惑乱の境地に突き落とされる。

取り乱す彼等を他所に、リューは何とか冷静さを取り戻していった。

今も自分を庇う女剣士の背中に向けて、口を開く。

「【剣姫】……まさか、貴方に助けられるとは……」

その言葉に、アイズはおもむろに振り返る。

「あの……　ベルはどこですか？」

「なっ!?　ど、どうして貴方が真っ先にベルの所在を尋ねる!?」

「……？　だめ？」

「だ、だめということはありませんが………いやっ、やっぱり駄目だ！　何故かダメだ!!」

「何で今あんた達がいがみ合ってんのよ！」

小首を傾げるアイズにリューが口ごもり、結局冷静さをぶん投げて顔を赤くして叫ぶ中、ティオネが唾を飛ばして突っ込む。

繰り広げられる茶番を前に動きを止めていたヘグニは、両の眉を逆立てた。

「真偽はわからぬ。だがここは女神の領地！　土足で踏み荒らす蛮族どもは斬り捨てる！」

「いーよ、戦ろう！　あたしもすっごく怒ってるんだから!!」

頭上で大双刃を回転させるティオナもまた吠える。

たちまち黒妖精と女戦士が武器を衝突させる中、アイズ、ティオネ、そしてリューも前を向き、鯨波を上げる【フレイヤ・ファミリア】と交戦を開始した。


「──ちッ!?」

凄まじい蹴りが、アレンの銀槍を打撃する。

「随分舐めた真似しやがったなァ、糞猫。……弁明は必要ねえ、蹴り殺してやる」

「…… 狼人ッ、てめえッ」

月夜を背に、獰猛な殺意に満ちるベート・ローガに、アレンははっきりと舌打ちした。

場所は都市南、第五区画。

本拠へ引き返していたアレン率いる別動隊は、『戦いの野』を目前にしておきながら、自派閥と対になる『もう一つの都市最大派閥』に立ち塞がられていた。

「まったく、ベートめ。アイズ達ともども言うことなど聞きやせん。……が、今回ばかりは儂(わし)も日和見を決め込むことは止(や)めるとしよう」

ぼやきながら、しかしすぐに双眼を鋭く細めるのは、一人のドワーフ。

「ギルドが止める前に、お主等の顔を殴り飛ばしておかなければ気が済まんわい」

「【重傑(エルガルム)】……！」

「女神の神意をいかようにして弾いた！」

「先程の不可思議な焔(ほむら)が原因かッ」

「ドワーフの老いぼれめ！」

アレン達の真横では、ガレス・ランドロックとアルフリッグ達が対峙(たいじ)していた。

得物こそ持っていないものの、その岩のような拳を重々しく鳴らすドワーフに、小人族(パルゥム)の四兄弟は動揺と反感の言葉をばらばらに吐く。

息を呑むヴァン達の前にも、ベートに続く格好で付いてきた血の気の多い【ロキ・ファミリア】の団員達が立ちはだかっていた。

いいように自我を弄(もてあそ)ばれたという事実が、狼人(ウェアウルフ)の凶狼とドワーフの大戦士に火をつける。

激烈な剣戟の音とともに、二つ目の戦場が生まれる。

衝撃から立ち直れていないオラリオの住民がたちまち悲鳴を上げ、まさに抗争もかくやといった光景が広がった。

「…………うそ」

心を手放しながら、声の破片を転がすのは、一人の小人族(パルゥム)の少女だった。

「うそ、うそッ―――嘘っ！　こんなの嘘っっ‼　リリはっ、リリがっ、あの人をっ、ベル様を、傷付けてっ……嫌(いや)ぁああ⁉」

「リ、リリ殿っ⁉」

本拠(ホーム)『竈火(かまど)の館』で、喉を潰しかねない絶叫が轟き渡る。

『浄化の炎』が発現し、全ての呪縛を祓(はら)った直後のこと。

自分を救い出してくれた少年に懸想し、二度と裏切らないと誓いを立てていた小人族(パルゥム)の少女にとって、今日まで彼に働いてきた仕打ちはあまりにも重過ぎた。記憶の逆流をもって全て思い出してしまったリリは床に崩れ落ち、壊れた楽器のように声をぶちまける。

同じく己の所業に顔を青ざめさせていた命(ミコト)は、打ちひしがれるリリのもとに駆け寄ろうとしたが……どさっ、と。

違う場所から、膝が砕け落ちる音が鳴った。

「なんて、ことを……私(わたし)は……どうして……。そんな……こんなの……

非道（ひど）い…………」

「は……春姫（ハルヒメ）殿……」

狐人（ルナール）の少女が正座の格好で床に崩れ、虚ろな瞳から次々と滴（しずく）をこぼれさせる。

取り乱すリリとは正反対に、雪の女のように悲嘆に暮れ、自罰の奈落に落ちるその姿は、時を忘れるほどに心胆を寒からしめる。どうすることもできない二つの絶望に板挟みに遭い、命（ミコト）は動きを取れず、硬直した。

「…………っ」

その横で、愕然（がくぜん）と立ちつくしていたヴェルフは、拳を握った。

リリ達にも負けず劣らずの吐き気と自己嫌悪に襲われていながら、その気炎で無理矢理胸を焼きつくす。

小さな頭を両手で抱え、床に額を押しつけながら「ごめんなさいごめんなさいごめんなさい……！」と謝罪を繰り返すリリに歩み寄り、その二の腕を掴み上げた。

「起きろ、リリスケェ！　罵（のの）られたいなら後で死ぬほど罵ってやる！」

そして涙を流す栗色の瞳に、『それ』を叩きつけた。

「今ベルを助けにいかないと、あの『美の神』に全身という全身を貪（むさぼ）り喰われちまうぞ!!」

「――――きェええ!?」

次の瞬間、栗色の瞳が限界を超えて見開かれ、先程とは別種の高周波が放たれた。

深刻な時間（シリアス）が終わった音に、びくっ！　と命（ミコト）と春姫（ハルヒメ）が肩を揺らす。

「だめっ、ダメですぅ、絶対ダメぇえええええええええええっ!!　まだお子様のベル様に凌辱の極みを働いて汚（けが）すなんてぇ!!　ベル様の操はリリが守ります————ッッッ!!」

「なら行くぞぉ!!」

「あ・あ・あ・あ・あ・あ・あ・あッ！　ベルしゃまぁあああああああああああああ!!」

ヴェルフの妙手（ファインプレー）もとい対絶望魔法（アンチ・マジック・ファイア）によりリリが奇声を上げて再起動し、一目散に広間から飛び出していく。口を開けて呆ける春姫（ハルヒメ）達にもヴェルフは雄叫びを放った。

「お前等もさっさとしろぉ!!　俺達は家族（ファミリア）だ！　**迎えに行く**ぞ!!」

「っっ……はいっ!!」

春姫（ハルヒメ）も涙を乱暴に拭い、誰の手も借りず立ち上がって、勢いよく駆け出していく。

はっとした命（ミコト）も慌てて、走り出すヴェルフの後に続いた。

リリと春姫（ハルヒメ）が先行し、一歩遅れてヴェルフと命（ミコト）が館を出る。

鍛冶師の青年と並走する極東の少女は、感極まっているのか後悔を引きずっているのか、自分でもよくわかっていない、下手糞（へたくそ）な笑みを鍛冶師の青年に向けた。

押さえきれないように、ばんっ！　とヴェルフの腰を片手で叩き、加速する。

それに笑みを返すヴェルフもまた、両の腕を振りながら叫んだ。

「待ってろ、ベル!!」

「うーわ……ベルに迷惑かけるの、これで何度目……?」

寂れた薬舗の中。

犬人の少女の声が気だるげに落ちる。

「ほんとうに、死にたいんだけど……」

「馬鹿なこと言わないでよ！　これから借りを返していくしかないでしょう！」

本気で失望しているナァーザの義手を摑み、ダフネが外へと引っ張る。

決まりきった目的地に駆け出していく二人を、ミアハも追いかけた。

「神ですら愚行を犯したのだ。決して下を向くな、今はやることがある！」

「うわーんっ、やっぱりお告げの通り～～～！　予知夢を見てたのに、どうしてベルさんの味方になってあげられなかったのぉ～～～～～～～～～！」

滅多に叫ぶことのない主神の叫喚を他所に、カサンドラは長杖を胸に抱きしめて走る。

悲劇の予言者が他の誰とも異なる理由で泣き喚く中、【ミアハ・ファミリア】も【ヘスティア・ファミリア】と全く同じ行動に乗り出す。

「また窮地に追いやったな、あいつを……！　次は盾で守っても済まされないな！」

「それでも、行こう！ ベルさんを助けに！」

桜花と千草が得物を持ってメインストリートを駆け抜けていく。

その後に続くのは【タケミカヅチ・ファミリア】の団員達。

「まったく、下界に降りてきてから不甲斐なさを何度も感じてきたが……これは極めつけだな！」

常人と同程度の身体能力しかないにもかかわらず、武神は尋常ではない走法で建物の上を忍者のごとく疾走していった。


「と、止めろぉ！ 各【ファミリア】の暴走を止めろぉぉぉ！」

職員達が正気を取り戻し騒然となる『ギルド本部』では、ギルド長のロイマンが血相を変えて叫び散らす。

「【フ、フレイヤ・ファ、ファミリア】、い、い、い、いいを守れぇぇぇ!! 停戦命令を出すのだァ！」

「えええっ⁉ でもギルド長ぉ、さすがに【フレイヤ・ファミリア】がやったことは許されないというか、野放しにしてたらまた操られて、怖いっていうか……」

「そんなものは二の次だぁ！ 有力派閥っ、特に【ロキ・ファミリア】と【フレイヤ・ファミリア】が衝突すれば、オラリオが火の海になるぞぉ⁉」

「ひえええええ⁉」

耳を疑う指令に受付嬢のミィシャが口を挟むが、返ってきた怒号にたちまち悲鳴を上げた。

自身も『魅了』をかけられ思うところは当然あるものの、ロイマンは誰よりも冷静で誰よりも焦っていた。正確には、かねてより危惧していた『ロキ対フレイヤ』の全面戦争の気配を感じ取り、恐怖で震え上がっていた。

既に『魅了』が解けた今、自分達が操られていた過去など『オラリオ壊滅』に比べれば遥かに些事だとのたまい、巨大爆弾の点火を阻止せんと躍起になる。ことの重大さに気付いたギルド職員達も一様に青ざめ、動き出した。

「止めなければ……！　でなければ、また私の胃薬がっ、増えてぇぇ……⁉」

太った腹を片手で掴み、ロイマンは何度もふらつきかける。

ギルドの長として、彼は必死に冷静であろうとしていた。

そしてその上で、このような状況で『荒くれ者』たる冒険者達が止まらないことを、彼は熟知してしまっていた。

「エ、エイナー！　なんか複雑だけど、ギルド長の言うことに従った方が……！」

桃色の髪をわちゃわちゃと揺らし、ミィシャが後ろを振り返るが、

「あ、いない……」

同僚兼親友のハーフエルフの姿はとっくのとうに消え、本部を飛び出していった後だった。

怒り、恐怖、戸惑い、混乱。

広大な迷宮都市に住まう数多の人と神が様々な感情に振り回される中、彼等は奇しくも【フレイヤ・ファミリア】と同じ『状態』になっていた。

つまり『魅了』を施された後に解除され、入力(インプット)された偽の情報を共有し、誰に言われるまでもなく状況把握を完了させてしまう。

「こんなことができるのは、神フレイヤ！　あの女神祭の日に、私達に『魅了』を……！」

『魅了』をかけられた前後の記憶は判然としない。だが神々や他の聡い者達と同じように、エイナはこのような『侵略』ができる唯一の容疑者を直ちに断定する。

どよめく夜のメインストリートを駆け、自分達に何が起こったのか全容を理解しきれていない街の住人達を置いて、エイナは息を切らし、叫んだ。

「許せないよ！　あんなことさせた女神(かみ)もっ！　ベル君にあんなことした、私もっ!!」

緑玉色(エメラルド)の瞳から水滴が生まれ、目尻からきらめきが散る。

「あの野郎ども、ブッ殺してやる!!」

「ま、待てぇ、アイシャ!?　落ち着けぇ！」

「頼むから【フレイヤ・ファミリア】に喧嘩を売る真似はしないでくれぇぇ！」

「うるさい知るかぁ!!　あいつ等、タダじゃおかないよ――ッッ!!」

瞳を血走らせて怒りを滾(たぎ)らせる女戦士(アマゾネス)を必死に制止するのはファルガーとルルネ。

いいように操られた挙句、自分の目の前で妹分の狐人(ルナール)まで傷付けられたアイシャは、彼等の手を振りほどいて驀進(ばくしん)する。

別々の場所を走るハーフエルフも、アマゾネスも、目指す場所は同じ。

「『戦いの野(フォールクヴァング)』！」

エイナやアイシャ、そしてアイズ達を始めとした冒険者達の行動は、迅速だった。

激情に突き動かされ、あるいは『とある少年との絆』を守るため、都市南方に据わる最大派閥の巨大領域(テリトリー)のもとへ集結する。

『旗』が風にあおられて、揺れる。

今や『戦いの野(フォールクヴァング)』を囲むのは、数々の【ファミリア】の『団旗』だった。

「いいのかぁ、主神様よ？　派閥総出で【フレイヤ・ファミリア】の居城前に陣取るなど」

「いいのよ。それだけの大義名分がこちらにはあるもの」

最上級鍛冶師(マスター・スミス)、椿(ツバキ)・コルブランドの声に、ヘファイストスが憤然とした声で答える。

【ヘファイストス・ファミリア】のほぼ全団員、上級冒険者にも匹敵する上級鍛冶師(ハイ・スミス)まで率いて彼女が立つのは雄大な原野を取り囲む四壁、その上だ。

原野中心の丘の上に建つ屋敷を睨みながら、まさにヘファイストスは本拠(ホーム)を占拠せんとしていた。

「こんなこと、筋が通らないわ。ヘスティアの肩を持つ云々を置いたとしても……けじめはつけてもらうわよ、フレイヤ」

　眼帯で覆われていない左眼を細めながら怒髪天を衝く主神の姿に――『天界では何人もの女神を泣かせた』という鍛冶神の怒りに――椿は若干怯えの表情を見せ、肩を竦めてみせた。

「フレイヤざまぁぁぁぁぁぁぁ！　調子に乗ったバツやぁ、このまま滅びのスーパーウルトラバーストストームで破滅しろや色ボケェエエエエエエエエエエ!!」

「落ち着いてくれ、ロキ……」

　南から西にかけて包囲する【ヘファイストス・ファミリア】とは逆側、北から東に布陣するのは【ロキ・ファミリア】。壁の上で目をギラつかせながら怒り、そして高笑いする主神に、フィンがその小さな手で額を押さえる。

「なーんでうちが自分に『フレイヤたまぁ～、何でも言うこと聞きますぅ～』なんて目をハートマークにしないといけないんじゃクソがぁ！　魅了使うなって天界にいた時あれほど脅したやろうがアホンダラぁ!!」

　要は『魅了』に堕ちた自分に屈辱を抱いて憤激している主神を横目に、フィンは槍の柄で肩を叩きながら、嘆息を堪えた。

「リヴェリアがレフィーヤ達と一緒に、ダンジョンへ行っていたのが不幸中の幸いだったかな……王族が操られていたと知れたら、都市どころか世界中のエルフが黙っていない」

　恐ろしい想像を口にしつつ、周囲に視線を飛ばす。

【ロキ・ファミリア】や【ヘファイストス・ファミリア】以外にもミアハやタケミカヅチなど、特に【ヘスティア・ファミリア】と関わりを持つ派閥が続々と『戦いの野(フォールクヴァング)』の包囲網に加わり、まさに示威運動(デモ)さながらの光景が広がっている。

「お、おい、モルドっ。良かったのかよ、こんなところに交じって……！」

「ビ、ビビるんじゃねえ！　【ロキ・ファミリア】もいるんだっ、いくら【フレイヤ・ファミリア】といえど、この数でやり合えばボコボコだぜ！　そうなりゃドサクサに紛れて溜め込んでる金をかっぱらってやる……！」

中には漁夫の利を狙(ねら)うあくどい冒険者達もいたが、都市最大派閥を包囲していることには変わりない。

連れの冒険者に怒鳴り返しながら、モルドは屋敷を睨んだ。

「そら、さっさとあのガキを返さねえと、今にも攻め込んじまうぞぉ！」

「団長⁉」

屋敷の一室。

ヘルンの治療に当たるヘイズの動じる声が響く。

「まさか……」

彼女の側にたたずむオッタルは、窓の外の光景に鋳色の目を見張った。

「フレイヤ様の『魅了』を、解除した……？」

丘の上。

屋敷を守護するように背にするヘディンもまた、偽りのない驚倒をその目に宿す。

指揮を執っていた彼のもとに殺到する団員達の狼狽（ろうばい）の視線。

正門だけでなく四壁まで押さえ、こちらを見据えてくる冒険者達の数は、確実に【フレイヤ・ファミリア】の総軍を上回っている。

「……愚民どもが、と吐き捨てるのは滑稽か。女神の神意を叶えるため、尊厳を踏みにじったのはこちらが先」

しかしヘディンは汗一つ流さず、眼鏡を押し上げ、丘に長刀（ロンパイア）の石突きを叩きつける。

「だからと言って、やることは変わらん。この身は女神の矛（ほこ）にして盾。悪意から護り、敵を蹴散らすのみ！」

怜悧（れいり）な白妖精（ホワイト・エルフ）の横顔が戦意に満ち、他の団員達にも伝播（でんぱ）する。

依然、彼等は『強靭な勇士（エインヘリヤル）』。

視界の奥でヘグニとアイズ達が激しい戦いを続行させている中、士気を乱すことなく、一触即発の睨み合いが続いた。

そして。

「『アーニャ!!』」

豊穣の酒場でも、声が響いた。

「どういうことニャ⁉　いいケツの少年が【フレイヤ・ファミリア】で手を出せず歯がゆい思いをしていたと思ったら実はそれは精神洗脳(マインド・コントロール)で少年はやっぱり酒場の常連客で【ヘスティア・ファミリア】！　つまり少年のケツは一体誰のものニャ⁉」

「お前ちょっと黙れ！　【フレイヤ・ファミリア】にやられたのに何もかも忘れてたなんて、信じられないいんだけど……！　こんちくしょう!!」

「クロエ、ルノア……全部、思い出して……？」

離れの自室に飛び込んできたクロエとルノアに、すっかり憔悴(しょうすい)していたアーニャは目を丸くする。彼女に詰め寄るクロエ達は混乱と怒りを滲ませながら、しかし最後は不安と戸惑いの表情で、尋ねた。

「シルは……シルはっ、どうなっちゃったの？」

『美の神』が都市に植え込んだ『設定』には、薄鈍色の髪の少女の存在はない。

ルノアの問いに、アーニャはゆっくりと目尻に涙を溜めた。

くしゃっと顔を歪め、彼女の胸に抱き着く。

「お、おいっ！　どうしたのさ⁉」

「……アーニャ？」

ルノアの胸に顔を埋めながら、嗚咽を漏らす。

慌てていたルノアは弱り切ったように立ちつくし、中途半端な位置で固まっていた腕を、そっと震える背中に回した。

クロエも神妙な顔で、子猫を舌で舐める姉のように身を寄せる。

アーニャは声を押し殺し、泣き続けた。

「……」

扉が開け放たれている廊下側。

部屋の明かりが届かないドアの真横、薄暗い壁に背をつけながら、腕組みをして目を瞑っていたミアは、窓の外を見る。

「本当に……馬鹿な女神さ」

その言葉と眼差しは、女神の居城に向けられた。


冒険者達の熱気、果ては激しい交戦の音が、最上階の神室にも届いてくる。

驚愕と衝撃を等しく共有するベルとフレイヤは、壁一面に張り巡らされた大窓に視線を向けながら、立ちつくしていた。

「私の『魅了』が、破られた……？　……こんなことが、できるとしたら――」

茫然自失の表情から、忌々(いまいま)し気に女神の眉がひそめられる。

状況が理解できないベルを置いてフレイヤが察しをつけた矢先――大窓が割れた。

「って、えええええっ⁉」

ベルの口から飛び出す驚きの声、鳴り響く破砕音。

硝子(ガラス)の破片が無数の雨となって散る最中(さなか)、フレイヤとともに腕で顔を覆ったベルは、見た。

空から高速で射出され、窓を砕いた、螺旋が刻まれた飛針(ニードル)を。

そして、

「――ベルくぅうううううううううううううううううううううううううんっっ‼」

「かっ、神さっ――ぶあぁッ⁉」

夜空を羽ばたく四翼とともに、幼女の神が突っ込んできた。

飛翔靴(タラリア)を操るアスフィから無理矢理身を投げ出したヘスティアの、飛込頭突き(ダイビング)。

反射的に受け止めたベルはその突撃(ロケット)の威力に転がる、転がる、転がる。

勝手に飛び出した幼女神に慌てふためきながら頭上を抜けるアスフィ、唖然とするフレイヤ、
最後にその小さな体をしっかり抱き締めるベル。

床の上をちょうど十回転したところでようやく停止したベルは、のろのろと上体を起こした。

「……かみ、さま？」

「――ごめんよぉぉぉぉぉ、ベルくーーーーーーーーーーーーーーーーんっ！　君に酷い態度をとってしまってぇ！　ボクは主神失格だぁぁぁぁぁ!!　無力なボクを許しておくれぇぇー!!」

ベルの震える声は、がばっ！　と顔を上げたヘスティアに遮られた。

涙どころか鼻水を流す幼女の神はベルの首に両腕を回し、抱き着く。神威を解放した際との懸隔（ギャップ）にアスフィが顔をひきつらせる中、まさに子供のごとくわんわんと泣き始めた。

ベルはそこで、もう理解した。

今、都市にかけられた『魅了』を解いたのはヘスティアであり、彼女はずっと自分のことを救出しようとしていたことを。

抱擁の温もりに見る見るうちに瞳を潤ませ、鼻を啜（すす）る。

両肩に手を置いてヘスティアの顔を覗き込むベルは、主神と同じように顔をくしゃくしゃにさせ、心から笑った。

「ありがとうございます、神様！　……大好きです！」

「……ああ、ボクもさ！」

涙を流し合う女神と眷族は、笑みも分かち合った。

もう一度抱擁を交わし、二人一緒に立ち上がる。

彼等が見つめる先は、険しい顔を浮かべる一柱の美神だ。

「というわけで、フレイヤ！　ボ・ク・の！　ベル君を返してもらうよ！　君のじゃなくて、ボッ・クッ・のッ!!　大好きで相思相愛で誰よりも深い絆で結ばれたベル君をねッッ!!」

「か、神様っ……」

ここぞと挑発して絶対優位主張（マウンティング）するヘスティアにベルは冷や汗を湛えつつ、前を見る。

顔に泥を塗られた女王は、はっきりと不快の感情をあらわにしていた。

爪（つめ）を噛むなどという真似こそしなかったものの、顔の横の髪を指でくるくると巻き、繋ぎ合うベルとヘスティアの手を凝視する。

「神威の最大解放……神血（イコル）と炎を触媒にすることで、天界の『神殿』を召喚……いいえ偽似再現した。そんな奥の手があったのね、ヘスティア」

速やかに情報を分析するフレイヤは、自分の『箱庭』を破壊した当のヘスティアを憎むこともなければ、今の事態を許した眷族を恨むことさえしなかった。

彼女が失望と怒りを抱くのは、女神フレイヤそのもの。

少年の取るに足らない言動に心を揺らし、内面に没頭するあまり、注意力が散漫になっていた自分自身だ。彼女がいつも通りであれば、ヘスティアの動きもヘルメスの悪あがきも全て察知し、必ず潰していただろう。

「ああ、同郷（オリンポス）の神しか知らないボクの全力の加護さ！　普段は何の役にも立たないし、使わないけどね!!　何でもありの君相手には、ちょうどいいだろう！」

険しいフレイヤの眼差しをヘスティアは真っ向から受け止める。

「ボクを送還しなかった君の中途半端な甘さ、いや優しさのおかげだよ！　感謝はしないけどね!!」

やはり腹を立てているのか、いつになく攻撃的なヘスティアは皮肉を叩きつけた。

女神同士の修羅場（しゅらば）に、すっかり蚊帳（かや）の外に置かれるベルは挙動不審となる。というか怯える。

ヘスティアに土下座されてここまで送り届けたアスフィはアスフィで、「は、ははは……【フレイヤ・ファミリア】の本拠（ホーム）に不法侵入……おまけに神室（しんしつ）の窓をぶち破って……終わりました……」と乾いた笑い声を上げていた。

正気を半ば失いながら、もうどうにでもなぁーれ、と主神（ヘルメス）と同じ自暴自棄の境地にあった。

「さぁ……どうするフレイヤ？　なんと言おうと君の負けだぜ？　オラリオはもう惑わされないし、ベル君も君のモノにならない！」

ベルに『魅了』が効かない以上、世界改竄は一度きりの荒業だ。

フレイヤに操られた人々に再び拒絶されても、ベルはもう自分を見失わず、そもそもヘスティアが処女神の名をもってそんなことを許さない。

圧倒的な盤面を覆され、王手（チェック）をかけ返されたフレイヤの顔が、能面のように無表情となる。

だらり、と彼女の腕が垂れ下がった。

「落としどころはどこだと思う、ロキ？」

宮殿と見紛（みまが）う屋敷の外、四壁（しへき）の上。

背後ではアレン達とベート達が攻防を繰り広げ、正面眼下ではヘグニ達とアイズ達がしのぎを削っている中、フィンは前を向いたまま尋ねた。

彼の隣に立つロキは、アイズ達に触発され今にも『戦いの野（フォールクヴァング）』へ雪崩（なだ）れ込みそうなモルド達を尻目（しりめ）に、答えた。

「腹はめっちゃ立つけど……オラリオが傾（かたむ）きかねん『戦争』をギルドが許す筈もない。ここから暴れても、きっと不完全燃焼で終わるやろうなぁ」

後方からは、ようやく南のメインストリートに到着したギルド職員達の必死の停戦命令が、うっすらと聞こえてくる。

「だが、やり場のない鬱憤を溜め込むのは冒険者達には不可能だ」

主神の返答に、フィンは他人事のように告げる。

包囲網を解かず屋敷の最上階、【万能者（ペルセウス）】と幼女の神と思しき影が侵入した女神の神室（しんしつ）に、視線を固定させる。

「なら、方法は一つだけやろ」

眷族と同じ方向を眺め、ロキはその朱色の片目を、うっすらと開けた。

「『戦争遊戯（ウォーゲーム）』や」

「ヘスティア――『戦争遊戯（ウォーゲーム）』よ」

「「!!」」

告げられた言葉に、ヘスティアとベルが瞠目する。

我を失っていたアスフィさえはっと顔を上げる中、フレイヤは淡々と告げた。

「私が負けたら貴方の言うことを何でも聞く。天界への送還も受け入れるわ。……そして、私が勝ったら、ベルをもらう」

「……ふざけないでくれ、フレイヤ。この状況で勝負を受けると思っているのか？　君はもう負けて、裁かれる立場にあるんだぞ」

声を低くして眉を吊り上げるヘスティアだったが、その『美の神』は、どこまでも不遜の女王だった。

「私達はギルドから重い罰則（ペナルティ）を課せられる。でも、それだけよ」

「なっ……！」

「『三大冒険者依頼（クエスト）』を達成しなければいけないオラリオは、都市最大派閥（わたしたち）を解体することも、遊ばせておくこともできない。賭けてもいいわ。そして私は、ほとぼりが冷めた頃……つい手が滑って、また『悪戯』をするかもしれない」

「っ……!!」

貴方はそれで本当に安心できる？　と。

追い込まれておきながら、こちらを追い詰めてくるフレイヤに、優位にいる筈のヘスティアが動じる。隣にいるベルも同じだった。

フレイヤの言葉は全て事実だと、押し黙るアスフィが物語っている。

空気の流れが、時間とともに滞る。

しかしヘスティア達に思考の猶予は与えられない。

にわかに騒がしくなる階下から、侵入者の存在に気付いた美神の眷族達が、迫りつつある。

「それが私の【ファミリア】の実力。それが、今日まで私が築いてきた地位」

その物言いは、厚顔無恥と呼べるほどの傲岸そのものだったが、

「私はそれを全て、チップとして賭ける」

富も名誉も栄光も、己の身さえもこの一戦に捧げると、美神はそう言い切った。

二度目の驚愕がヘスティア達を襲った。

自分の持つ全てを献上した上で開戦を要求する『戦争遊戯(ウォーゲーム)』。

これに負ければフレイヤは正しく(ただ)裸の女王に成り下がり、何もかもを失う。

「貴方達はいくら徒党を組んでも構わない。外にいる【ファミリア】とも協力すればいいわ。

私は、私達の【ファミリア】だけで迎え撃つ」

不利条件(ハンデ)さえ与える姿勢は、彼女の覚悟を示すものだった。

女王の冠を足もとに打ち捨て、女神はたった一人の存在を見つめ、求める。

「勝負よ、ヘスティア……そして、ベル」

沈黙が落ちる。

三つの視線が交差し、絡み合う。

第三者の位置で、アスフィが固唾を呑んで見守る中、最初に口を開いたのはヘスティアだった。

「フレイヤ……ボクは君が嫌いだ。はっきりした。君のやり方には共感もできないし、同情もしてやらない」

「……」

「サポーター君達の命も人質にとって、ベル君を傷付けて……ボクは君を恨むし、一生軽蔑してやる」

「……」

「……でも、どうしてそうまでベル君に執着するんだ？」

言葉に違わず眦を吊り上げ、敵意と軽蔑をぶつけていたヘスティアは、そこで問いかける。

「君が愛の女神だからか？　本当に、ただベル君を気に入っただけなのか？　何が君をそうまで躍起(やっき)にさせる？」

重ねられる問い。もう蔑みからは離れた透徹(とうてつ)した眼差し。

ヘスティアは立場も権能も捨て、同じ女神として尋ねる。

「フレイヤ……君は本当は、何をしたかったんだい？」

返ってくる答えは、なかった。

破られた窓から吹き寄せる冷気と、蒼(あお)い月明かりに横顔を撫でられながら、銀髪の美神は僅かに、本当に些細な程度に、視線を床に落とす。

ベルには、その姿が自分でも何もわかっていないような、迷子の子供のように見えた。

沈黙が永遠であることを悟ったヘスティアは静かに息をつき、繋がっている手をぎゅっと握って、自分の隣を見上げる。

「ベル君……君はどうしたい？」

誰よりも事件の被害者であり、当事者である少年に、女神は選択を委ねた。

決めるのは君が一番相応しいと、眼差しで告げる。

深紅(ルベライト)の目が見張られ、口が閉じられる。

ベルはやがて、繋いでいた手をゆっくりと離して、一歩前に出た。

「……僕達が勝ったら、僕の願いも聞いてくれますか？」

「……いいわ。何を願うというの？」

冷然と尋ね返す女神に、少年は告げた。

「シルさんに、もう一度会わせてください――いや」

頭(かぶり)を振って、それを望んだ。

「『本当の貴方』を教えて下さい」

「――――」

銀の瞳が開かれ、言葉を失い、やがて目が伏せられる。

揺れる前髪で、表情を一瞬消した次には、フレイヤは睨み返した。

「好きにすればいい。貴方の求める『本当』が何か、私にはわからないけれど」

相互受理される。

全ての条件が。

見届けたのは【万能者（ペルセウス）】。

調停者（ヘルメス）を主（あるじ）に持つ彼女の証言のもと、この日の決定は都市の総意となる。

「フレイヤ様ぁ！」

階下から上がってきた【フレイヤ・ファミリア】の団員達が扉を開け放つのと、それは同時だった。

フレイヤが静かな神威を放つ。

風のように空間を震わす女神の威光に、雪崩れ込もうとしていた団員達はぴたりと動きを止め、武器を下ろし、外で戦いを繰り広げていたヘグニ達もはっと、館の最上階を仰いだ。

オラリオに空白が生まれ、全てが停戦する。

瞳を見張るアイズも、立ちつくすリューも、【ヘスティア・ファミリア】も、【ロキ・ファミリア】も、全ての者達もまた、女神達がいる神室に目を向けた。

「わかった……勝負だ、フレイヤ」

少年の意志。

そして女神の覚悟。

その二つを受け止め、ヘスティアが多くの耳を震わせる声音で告げた。

「戦争遊戯だ！」

叫びが空へと打ち上がる。

宣言はなされた。

約束されるのは、オラリオ史上『最大の戦争遊戯』。

後に『派閥大戦』と呼ばれる戦いの鐘が、静かに鳴り始めるのだった。

Double Role I

滑稽(こっけい)と言われれば、そうだったのでしょうね。


当時のことは、今でも覚えている。

少し肌寒かった春の朝。

あの子を目にしたのは偶然だった。

その魂の輝きは、とても小さかった。眷族(オッタルたち)とは比べるまでもないほど。

けれど綺麗だった。透き通っていた。私が今まで見たことのない色をしていた。

——欲しい。

一目見た瞬間、そう思った。

美しい光、珍しい色、強い輝き。魂の本質を見抜いては惹(ひ)かれる私には収集家(コレクター)なんていう悪(あく)癖(へき)がある。その時、最初に抱いたのは剥(む)き出しの欲望だけだった。

熱く見つめていた私は胸の内側でほくそ笑み、子兎のように周囲を警戒するあの子に近付いて、懐(ふところ)に隠し持っていた『魔石』を差し出した。

『これ、落としましたよ』

始まりは『嘘（うそ）』。

そもそもが『嘘』。

その時、あの子と出会ったのは『女神（フレイヤ）』ではなく、『娘（シル）』だったのだから。

『シル・フローヴァです。ベルさん』

普段の私ならばすぐに奪おうとした筈（はず）だ。所属の派閥を知り、面倒がないのなら、意地の悪い魔女として近付いて攫（さら）っていっただろう。

けれど、その時の私は自重した。

なぜなら、『女神（フレイヤ）』ではなく、『娘（シル）』として出会ったから。

これは遊び（ゲーム）。『役割演技（ロール・プレイング）』。

ならばいつもと趣向を変えようと思ったのだ。神の傲慢（ごうまん）も少しだけ我慢し、しばらく成長を見守ろうと思った。どうせ私のことだから、すぐに耐えきれず、ちょっかいを出すようになるに違いないと決め込んでもいた。だから最初くらいは、そう思ったのだ。

それに、私はそれまで何度も失敗していた。

私の本当の望みとは、『伴侶（オーズ）』と巡り合うこと。

神でも子供でも構わない。自分の隣に相応（ふさわ）しい存在を、天界でも、この下界でも探し続けていた。だから私はあの子に、今まで見たことのない魂に期待していた。より大切に、丁寧に、そして慎重に、その魂の輝きを引き出すと決めた。

私を知る神（もの）からすれば随分と消極的で、まどろっこしい、これまでとは異なる『少年と娘（むすめ）の交流』が始まった。

今、思えば、それが間違いだったのかもしれない。

最初は思っていた通りだった。

私は我慢しきれず試練（シルバーバック）をけしかけ、物足りないと思えば魔導書（グリモア）を与えた。より強く、より相応しく。酒場で接しては塔（バベル）から眺める日々の中で、未来の『伴侶（オーズ）』に思いを馳せては、あの子の魂を磨こうとした。

けれど、ふとした時から、何かが、おかしくなり始めていた。

いきなりでは、なかった。

静かに、ゆっくりと、私も気付かないうちに、歯車がかみ合わず、奇妙な音を立てていく。

月夜を映す清冽（せいれつ）な泉が波紋を広げ、神意を少しずつ透明な水で毒していくようだった。

兆候はあった。

あっさりと死ぬかも知れない試練（ミノタウロス）を準備しておきながら、『娘（シル）』としてあの子に会った夜、私は不思議なことを言った。

『……冒険はしなくてもいいんじゃないでしょうか』

矛盾だ。笑ってしまうほどおかしい。

たとえ魂が天に還ろうが追いかけることを決めていたくせに、下界の生を望むその言動。酒場から帰ると、私は一人首を傾げていた。

少し、『役割演技』に没頭し過ぎたらしい。『娘』はそのような台詞を言うだろうが、私の神意は違う。ついつい行動判定にこだわってしまった。その時の私は、そう結論した。

そして、些細なズレは増えていった。

あの子の身を案じ、守ることはあれ、介入の頻度が減っていく。零落から回帰、そして覚醒を迎えようとするあの子にもう一度試練をけしかけようとした時でさえ、私は興奮する一方で『決して死なせては駄目』と眷族に厳命していた。

以前より『女神』としての時間が減り、逆に『娘』でいる時の方が確実に増えている。

その事実に気付いた私は愕然とした。私の中で、何かが変わってしまっていた。

原因はなに？

生娘のように、下手くそな昼食を作り続けていたせい？

ヘルンからもらった真名に体が引っ張られている？

それとも、あの子がとても愚かで、憐れむほど純朴で、真っ直ぐだったから？

届く筈のない目標に向かってひた走るその姿が、可能性が、不変の私にとって羨むほど眩しかったから？

わからない。直接的な理由があったとは思えない。あえて言うならば、なんとなく、としか言いようがない。

私はどんな時も、彼の姿を目で追い、探すようになっていた。

たとえば、それは昼食を渡す時。

彼の浮かべる笑顔が好きだった。

たとえば、それは他の女の人と話してる時。

顔を真っ赤にしながら、自分以外の異性にからかわれているのが、少し嫌だった。

たとえば、それは白い意志が翳りを見せた時。

悩んで、傷付いて、それでも顔を上げて前に進もうとする彼の力になりたいと、本当に、何の打算もなく思った。

たとえば、たとえば、たとえば……。

挙げれば切りがない沢山のたとえばを積み重ねて、笑ってしまうほど取るに足らないささやかな時を経て——私は、彼を好きになっていた。

わけがわからなかったけれど、それが無性に恥ずかしいことだと自覚してしまって、絶対に認めたくなかったけれど。

私は彼に、心惹(こころひ)かれていた。

神としてではなく、女として。

認めてしまった後は楽で、簡単だった。

けれど同時に、女神としての思考が、その間抜けな結果に嗤笑(ししょう)の声を落とした。

だって、そうでしょう?

私は役割演技(ロール・プレイング)の先の子供に——遊び(ゲーム)の住人に本当に入れ込んでしまったんだから。

おかしいったらない。どうしようもないったらない。

なぜならば『娘(シル)』は『嘘』だから。

私がただ演じているだけ。下界という盤上(ボード)を見下ろしながら、『街娘』という駒を操っているに過ぎない。普通の盤上遊戯(ボードゲーム)とは異なり、登場人物(キャラクター)達は木や石でできた駒などではなく、意思を持ち、命を宿している。しかしそれが何だと言うんだろう。声色(こわいろ)を変えて、『娘(シル)』という駒を進め、彼等と接し、盤上(ボード)を俯瞰(ふかん)している自分に気付いた時、抱くのは途方もない虚しさだ。

それは本の中の登場人物（キャラクター）に心焦（こころこ）がれたり、架空の人物との逢瀬（おうせ）を夢見るのに等しい。誰もが御伽（おとぎ）の国の住人になることはできないと知っている。

けれど――

最初に見初（みそ）めたのは、女神（わたし）。

惹かれていったのは、娘（わたし）。

だから『女神（フレイヤ）』としてでは駄目だ。

私が追いかけていたものは、きっと、『娘（シル）』でなければ意味がない。

女神（フレイヤ）の『目的』が、娘（シル）という『手段』と入れ替わるということは、そういうこと。

そして私はいつの間にか『女神の軛（くびき）』からの解放を――何万年も前に捨てた筈の希望を再び抱いて――やはり『破綻』を起こした。

その結果が、今。

『娘（シル）』ではもう何も手に入らない。ならば『娘（シル）』という駒は捨て、本来の自分に戻るだけ。もともと抱いていた欲求に、『女神（フレイヤ）』としての私に忠実になる。

あの魂を私のモノに。狂おしい『伴侶（オーズ）』を私のもとへ。誰にも渡さない。

証明は何もいらない。結局、私には『愛』しかない。

そんな私を盤上(ボード)の上から見上げ、彼女達(アーニャ)は「お前は娘(シル)じゃない」と言う。

「娘(シル)を返せ」とも彼女達は言う。

お笑い種(ぐさ)だ。『娘(シル)』などいないと言っているのに。滑稽な彼女達にも、しっかり感傷など抱いている私にも笑ってしまう。私は少し、長く『娘(シル)』でい過ぎたようだ。

そして、そんな隙に付け入られ、彼と処女神(ヘスティア)に盤面を覆された。

……いや。

……違う。

『声』だ。

どこからかずっと響いている『声』が、私を惑わしている。

――いつになったら、本当の『望み』に気付くの？

嗚呼(ああ)、煩(うるさ)い。

葬った筈の『誰か』の声が、心の奥で残響している――。

ステイタス

Lv.4

力：SS1033　耐久：SSS1218　器用：SS1041　敏捷：SS1089　魔力：S965

幸運：F　耐異常：G　逃走：I

《魔法》

【ファイアボルト】・速攻魔法。

《スキル》

【憧憬一途(リアリス・フレーゼ)】
・早熟する。
・懸想(おもい)が続く限り効果持続。
・懸想の丈により効果向上。

【英雄願望(アルゴノゥト)】
・能動的行動(アクティブアクション)に対するチャージ実行権。

【闘牛本能(オックス・スレイヤー)】
・猛牛系との戦闘時における、全能力の超高補正。

≪番(つがい)のペンダント≫

・二つを合わせて一つになる銀細工(アクセサリ)。
・『精霊』は砕け散り、残ったのはベルが持つ『騎士』のみ。

『嗚呼(ああ)、そうだ、聖女(ベリンダ)。
　愛の次に得たもの。それが彼女を壊した。
　そして、愛そのものがお前を狂わせた。
　お前の心に巣食う魔物が爪を振り被り、彼女を殺したのだ』

・聖フルランド大精堂　隠し部屋の手記『騎士の懺悔』より抜粋

【ベル・クラネル】

所属：【ヘスティア・ファミリア】

種族：ヒューマン

職業：冒険者

到達階層：37階層

武器：《ヘスティア・ナイフ》

所持金：87890ヴァリス

≪栄光のファミリア・クロス≫

・【フレイヤ・ファミリア】の制服。白と銀を基調としている。

・戦闘衣（バトル・クロス）としても優れた性能を持つ。

Ｌｖ．３以上の団員はそれぞれの改造を施すことも認められており、

ベルが着ていたものは標準タイプのもの。

・着衣を許された者は美神の目にかなった『栄光』と、

日夜殺し合う『試練』を約束される。

あとがき

原作者「女性はですね、化粧をした後と前では別人なんですよ」
編集長「ほう」
原作者「何だったら化粧してなくても気合の入れようで別人になれます」
編集長「それで？」
原作者「つまりシルさんはフレイヤ様のすっぴんバージョンだったんですよ」
編集長「なるほどわからん」

いくら力説させて頂いても納得してもらえなかったので、唯一の秘法に設定を付け加えた、第十七巻となります。

十六巻から引き続き、まだエピソードが終わらず申し訳ありません。流石に八〇〇ページ越えは無理でした。できる限り早く次の「シル編」あるいは「フレイヤ編」の完結巻をお届けするように励みますので、もう少しだけ待って頂けると幸いです。

そして今回も内容に触れることが難しいので、思い出話でもしようと思います。

ＧＡ文庫様に応募させて頂いた「ダンまち」の投稿作は、実は終盤の展開が異なりました。

怪物祭（モンスターフィリア）でモンスターに追われる時、主人公と一緒に逃げていたのは幼女神様ではなく、薄鈍色（うすにび）の髪の女の子でした。

幼女神様がナイフを持ってきてくれる展開からは同じですが、当時の編集さんに「ちゃんとヘスティアをメインに据（す）えましょう」と助言を頂き、当時の自分も納得して修正しました。

応募原稿を読み返しながら、これってどっちのつもりで書いてたんだっけ、なんて色々なことを思い出しましたが、あの頃からずっと、酒場の街娘が特別な女の子であることだけは変わっていません。

彼女が辿（たど）り着く『花畑』は、当時の自分が思い描いていた場所と同じだったかな、と今はそんなことを考えています。

それでは謝辞に移らせて頂きます。

新しく担当になって頂いた宇佐美様、これからよろしくお願いいたします！　引き続き大森の監視係の北村編集長、どうか見張ってやってくださいませ。今回も魅力的なイラストで物語を彩って頂いたヤスダスズヒト先生、いつもありがとうございます。メディアミックス含め、ダンまちという作品にお力を貸して頂いている関係者の方々にも深くお礼を申し上げます。そして本書を手に取って頂いた読者の皆様、本当にありがとうございます。

ここから別作品のお話になりますが、一つ宣伝をさせてください。

２０２１年４月９日に講談社様より、大森が原作を担当している「杖と剣のウィストリア」一巻が刊行されます。漫画家さんは新人なのに猛者（おうじゃ）レベルの筆力を持つ青井聖（あおいとし）先生です。懲りずに「ダンまち」と同じダンジョン・ファンタジーです。

それと同時に「剣と魔法」をより強く意識させてもらいました。

皆さんにワクワクを届けられたらいいなと日々思いつつ、自分が思う王道を全力でぶつけているので、「ダンまち」と一緒に手に取って見比べて頂けたら、とても嬉しいです。

ここまで読んで頂いて、ありがとうございました。

それでは失礼します。

大森藤ノ

ダンジョンに出会いを求めるのは間違っているだろうか 17

発　行　　2021年4月30日　初版第一刷発行

著　者　　大森藤ノ
発行人　　小川　淳

発行所　　SBクリエイティブ株式会社
〒106−0032
東京都港区六本木2−4−5
電話　03−5549−1201
03−5549−1167（編集）

装　丁　　ヤスダスズヒト
FILTH

印刷・製本　中央精版印刷株式会社

ISBN978-4-8156-0981-8
Printed in Japan　　GA文庫

ファンレター、作品の
ご感想をお待ちしています

〈あて先〉

〒106－0032
東京都港区六本木2－4－5
SBクリエイティブ（株）
GA文庫編集部 気付

「大森藤ノ先生」係
「ヤスダスズヒト先生」係

本書に関するご意見・ご感想は
右のQRコードよりお寄せください。

※アクセスの際や登録時に発生する通信費等はご負担ください。

https://ga.sbcr.jp/